ANNE R. CHÉRIE

TOMASISCHE REPUBLIK

UNRUHEN

Moneten und Priester

Am vergangenen Wochenende erhob sich das Volk gegen den Mann, der fast drei Jahrzehnte lang das Land in der Karibik selbstherrlich regiert hatte: den Diktator-General Leonidas T. Molina. Nur mit knapper Not konnte der ›Wohltäter des Vaterlandes‹, wie sich Molina gerne nennen hört, den Umsturz abwenden.

Tausende von Menschen, alte und junge, reiche und arme, Männer und Frauen, Schwarze, Weiße und Mulatten, Stadtbewohner und Landarbeiter gingen auf die Straße, als bekannt wurde, daß die von katholischen Professoren und Geistlichen geleitete Chérie-Bank geschlossen werden sollte. Bei den Demonstrationen wurden Polizeireviere und Kasernen angegriffen, und Filialen der staatlichen Banco de Tomasia gingen in Flammen auf. Trauriger Bilanz des Wochenendes: 200 Tote und mehr als dreimal so viele Verletzte. Der sonst siegesgewohnte Diktator mußte am Ende nachgeben.

Der Chérie-Bank, die ohne offizielle Lizenz seit 1956 arbeitet, wurde insbesondere Verletzung des Geldmonopols und fortgesetzte grobe Steuerhinterziehung vorgeworfen. Es ist bekannt, daß die Bank etlichen kleinen Betrieben und Bauern, die durch hohe Inflation und Steuern in die Enge getrieben wurden, geholfen hat. Dennoch ist politischen Beobachtern die heftige Reaktion der Massen ›unerklärlich‹, faßte der Reporter der New York Times zusammen.

Den heftigen Widerstand gegen die Schließung der Chérie-Bank mag ein Hirtenbrief begünstigt haben, den Monsignore Rafael Arias Blanco, Erzbischof von Santo Tomás, nach der verfügten Schließung von allen Kanzeln seiner Erzdiözese verlesen ließ. Erst seit wenigen Monaten trat Blanco die Nachfolge des gemäßigten verstorbenen Erzbischofs Marcos Pérez Leon an. Der neue Erzbischof stellte sich sofort an die Seite der tomasischen Opposition, in der seit langem niederer Klerus führend tätig ist.

In seinem Hirtenbrief brandmarkte der Erzbischof die regierungsamtlich verfügte Schließung der Chérie-Bank als ›Enteignung des Volkes‹ und kritisierte die ›ungerechten Eingriffe der Regierung in Angelegenheiten der Gesellschaft‹. Der Erzbischof deutete unmißverständlich an, die Molina-Anhänger bereicherten sich allzu frivol an den Leistungen der hart arbeitenden Menschen.

Die Kritik des Kirchenführers liegt auf der Linie der Vereinigten freiheitlichen Opposition von Tomasia, in der konservative, liberale und kommunistische Kräfte zusammengeschlossen sind mit dem erklärten Ziel, den Diktator zu stürzen. Erst letztes Jahr war der einflußreiche konservative Wirtschaftsminister Fidel Borrego aus dem Kabinett ausgetreten und hatte sich der Opposition angeschlossen. Pech für den Diktator: 95% der Tomasier sind strenggläubige Katholiken.

General Leonidas T. Molina

Professor Benjamino R. Barbarojo

Oppositionsführerin Chérie

Bild links: Rafael Trujillo mit Ehefrau 1934 (Foto gemeinfrei gemäß Wikipedia). **Rechts oben:** Murray Rothbard (The Ludwig von Mises Institute, Creative Commons, Attribution - Share Alike). **Rechts unten:** Evita Perón (Foto gemeinfrei gemäß Wikipedia).

Das Bild rechts unten, typische Schlamperei der ›*Lügenpresse*‹, kann natürlich nie im Leben **Anne R. Chérie** darstellen (vermutlich handelt es sich statt ihrer um **Marguerite Jauve**). — Zum Text vgl. S. 193ff.

KAROLA TEMBRINS

Anne R. Chérie

revisited

herausgegeben von
Stefan Blankertz

edition g.
305

Dieses Buch ist ein Roman. Er lehnt sich an geschichtliche und geografische Gegebenheiten an, verändert sie jedoch. Die Darstellung von historischen Personen und Ereignissen folgt nicht immer der Überlieferung. Ähnlichkeiten mit lebenden Personen sind nicht beabsichtigt und wären unfällig. Der Autor ist Stefan Blankertz. Karola Tembrins ist Teil der Fiktion. Der Roman ist über einen Zeitraum von mehr als dreißig Jahren entstanden, in der Hauptsache Mitte der 1980er Jahre (Biografie *Anne R. Chérie*) und Anfang der 1990er Jahre (Tagebuch *Lauren Jackson*). Wesentliche Schritte der Überarbeitung fanden in den Jahren 1998, 2001 sowie 2016-17 statt.

ERWEITERTE NEUAUSGABE
305 edition g.
Herstellung und Verlag:
BoD – Books on Demand, Norderstedt
Copyright © für diese Ausgabe
2017 *by* Stefan Blankertz
Wollankstraße 133, 13187 Berlin
Alle Rechte vorbehalten
ISBN 978-3-7431-5209-0

INHALT

Vorbemerkung 7
Die Hauptakteure 9

Teil 1. Die Abenteurerin: Kindheit und Jugend

KAPITEL 1 Herkunft aus dem Ungewissen 15
KAPITEL 2 Niño oder die Schule des Lebens 23
KAPITEL 3 Zarte Bindung: Lauren 39
KAPITEL 4 El Beso 67
KAPITEL 5 Der Anmut Zähmung 87
KAPITEL 6 »La Red« 97

Teil 2. Die Politikerin: Die Frau und ihr Werk

KAPITEL 7 Errico Gatablanco und
die Begegnung mit der politischen Ethik 101
KAPITEL 8 Transformation von »La Red« 129
KAPITEL 9 Im Schatten der Revolution 175
KAPITEL 10 Paradox einer freiheitlichen Diktatur 209
KAPITEL 11 Der Mord 223
KAPITEL 12 Die Tomasische Republik: Standpunkte 235

Bibliografie 255

Frühlingserwachen. — Hier beim Schein einer Kerze in lauer Vorfrühlingsmacht[1] schreibe ich. Mein Körper ist Teil der Natur, die Geräusche und Gerüche der Nacht kommen auf mich, überwältigen mich, verleiben mich ein. Ich bin glücklich. Mein Blick wandert hinüber zu den Sternen. Licht der Jahrmillionen. Geheimnis der Unendlichkeit. Nichts quält mich. Glück ist in mir. Was lässt mich schreiben? Die Überheblichkeit, dass ein Nichts in der Welt und ein Augenblick in der Ewigkeit etwas Wichtiges & etwas Bedeutendes aufschreiben könnte, etwas, das überdauern könnte oder überdauern sollte. & GOtt ist eine HUre: ER schenkte uns SEin LIcht, indem er uns die Seele gab. Doch teuer lässt er es sich bezahlen: Mit den Qualen unseres Geistes, welcher seine Beschränkung sieht, dabei aber nicht zu überwinden vermag. Für den Moment lang kann ich mich sogar hiermit abfinden. HErr, ich bin nicht würdig, dass du eingehst unter mein Dach; aber sprich nur ein Wort, so wird meine Seele gesund.
Lauren Jackson, *Walden III*, 1960[2]

---

1 *pre-spring might.* Schreibfehler oder Absicht?
2 Hg. v. Ernest Younger, New York 1989, S. 33.

VORBEMERKUNG

Lange Zeit gab es überhaupt keine deutsche Biografie von Anne R. Chérie, dieser ungewöhnlichen Frau, die während ihrer zweijährigen Präsidentschaft über die Tomasische Republik mehr im eigenen Land und in der übrigen Welt bewirkt hat als andere Politiker während jahrzehntelangen Amtszeiten. Die Bedeutung des chérieistischen Experiments für die dritte Welt als liberale Alternative zur sozialistisch-kommunistischen *attac* gegen reaktionäre Diktaturen, Neokolonialismus, Imperialismus und Globalismus ist nicht zu bestreiten und wurde in der Folge meiner ersten Chérie-Biografie von **1984**[1] auch in der Bundesrepublik immer breiter diskutiert.

Jetzt freue ich mich, dass ich die Möglichkeit habe, die Biografie unter Verwendung neuen Materials überarbeitet veröffentlichen zu können.[2] Denn inzwischen sind Tagebücher aufgetaucht, die die amerikanische Geliebte von Chérie, Lauren Jackson, nach ihrer Trennung von Chérie in der Einöde kanadischer Wälder verfasste (original unter dem Titel *»Walden III«* erschienen). Diese Tagebücher sind so aufregend, dass ich es angebracht fand, meine Chérie-Biografie gründlich zu revidieren. Und so stelle ich als Motto meiner Biografie voran:

»Jeune, naïve ... mais très vicieuse! — Wenn ich je in die Verlegenheit käme, meine Erinnerungen zu publizieren, sollten sie diesen Titel tragen: ›Memoiren einer Gangster-Braut‹.

1 Zunächst zirkulierte sie als *Kopie*, **1989** dann gedruckt.
2 Ursprünglich **1998**. Viele Jahre seit **2002** als *pdf* und erst jetzt als Buch.

Annes Wendung in die Politik ist im lateinamerikanischen Kontext – & die Tomasische Republik gehört, anders als die ›Republik‹ Ossuor, zu Lateinamerika – nichts Ungewöhnliches, wie mir scheint. Sondern dass sie die Politik nicht dazu benutzte, ihr Imperium ›La Red‹ zu schützen und auszubauen. Sie opferte ›La Red‹ der Politik. Um das glaub& würdig zu machen, müsste ich in den Memoiren das blonde Dummerchen sein – ›*ignorance de sauvage*‹ –.[1] Sonst könnte gesagt werden, ich ›interpretiere da was rein‹.«[2]

Zu den Übersetzungen aus Jacksons Tagebuch

Ernest Younger entzifferte & rekonstruierte den Tagebuch-Text von Lauren Jackson. Unvollständige Sätze oder halb geschriebene Worte ergänzte er, soweit er sie eindeutig interpretieren konnte, korrigierte auch die Interpunktion, ohne dies zu kennzeichnen. Sparsam gab er in eckigen Klammern Hinweise für den Leser, die ich zum größten Teil in die Anmerkungen verbannt habe.

Bevor Jackson die Notizen an Ernest Younger weiterreichte, hatte sie sie offenbar durchgeschaut und überarbeitet. Insbesondere setzte sie wahrscheinlich nachträglich viele der Zwischenüberschriften und vagen Datierungen ein.

Jackson schrieb ein eigentümliches Gemisch aus Englisch, Spanisch und Französisch. Übersetzt wurden die englischen Passagen, die eingestreuten spanischen und französischen Ausdrücke habe ich – in Gänsefüßchen gesetzt – Original belassen. Ausnahmen bilden die Worte »*center*«, »*centro*« und »*centre*«, die Jackson für Klitoris in diesen unterschiedlichen Schreibweisen benutzt. Hier steht im Deutschen stets *Zentrum*. Idiosynkrasien wie »*idéa*« ließ ich unverändert.

---

1 [Der Titel lautete dann jedoch schlicht *I Remember ARC*, 1963. Hg.]
2 Lauren Jackson, *Walden III*, S. 36. [Vgl. auch unten S. 251 ff. Hg.]

DIE HAUPTAKTEURE

Barbarojo Soto, Benjamino R. (*1906 †1995), Theologie- und Philosophie-Professor an der Universität Santo Tomás, Schüler von Liberto Callejas (=Niño), Hauptvertreter des »katholischen Anarchismus«; vor allem war er mit wirtschafts- und rechtspolitischen Fragen beschäftigt. Vor der Revolution leitete er die Chérie-Bank – durch die er eine zu 100 % gedeckte Platinwährung schuf – und das Zentrum für katholische Soziallehre. Außerdem ist er der Erfinder des tomasischen privaten Rechtssystems, das auf Schlichtungsverfahren der »*árbitros*« gründet; dieses Rechtssystem hat er aus einer geschickten Transformation von »*La Red*« entstehen lassen.[1] Barbarojo galt als prinzipientreuer Denker ohne Emotionen mit einem starken Hang zum klassischen Liberalismus. Da er sich bis zu seinem Tod als der letzte lebende Vertreter der »alten Schule der Chérieisten« sah, hatte er in seinen späten Jahren jedoch auch die »linke« anarchistische Tradition mit verteidigt. Dies wird u. a. durch seine positive Aufnahme der »*Walden III*«-Aufzeichnungen von Jackson bestätigt.[2]
Callejas, Liberto, siehe unter *Niño*.
Chérie, Anne R. (*1930 †1963), ist die sagenumwobene karibische Revolutionärin, kantische Neothomistin und katholische Anarchistin, die bis heute keine angemessene Aufmerksamkeit erfahren hat. Unsere vorliegende Chérie-Biografie dokumentiert Liebe, Politik, »Verbrechen« und

1 [Vgl. Kap. 8. Hg.]
2 [Vgl. S. 254. Hg.]

Kindheit einer der ungewöhnlichsten Frauen des 20. Jahrhunderts. Hier kommen die Akteure der Zeit zu Wort wie z.B. Chéries Inspirator, der exkommunizierte katholische Theologe Pablo Hombueno. Aber auch die Abenteuer von Chérie und ihre unglückliche Liebe zu der amerikanischen Prostituierten Lauren bekommen den ihnen zukommenden Platz.

Donoso Martínez, Pedro (*1928 †1961). Stets nannte er Anne Chérie »*la princesa*«.[1] In den 1940er Jahre Bandenchef, den Chérie aus dem Gefängnis befreite und der danach zu ihrer rechten Hand wurde; ihr treu ergeben, gibt es wohl kaum eine Aktion, die nicht beide gemeinsam planten und durchführten. Während der Revolution fiel er.

Gärtner, Willie (*1929 †2011), seit etwa Mitte der 1950er Jahre aus Deutschland stammendes Führungsmitglied von »*La Red*«. Als Chérie sich stärker politisch betätigte, leitete er »*La Red*« eigenständig. Nach der Revolution befehligte er Chéries Leibgarde.[2]

Gatablanco, Errico M. (*1926 †2017), Schüler von Barbarojo und Hombueno, prägte den Begriff »spanischer Neothomismus«, legte den Grundstein für dessen politische Umsetzung. Als er 1955 verhaftet und mit dem Tod bedroht wurde, wandten sich seine akademischen Lehrer an Chérie, um eine Gefangenenbefreiung zu organisieren. Auf diese Weise kam der Kontakt zu »*La Red*« zustande, der überhaupt erst die politische Wirksamkeit des Neothomismus ermöglichte. Seit der Revolution bis zu seinem erzwungenen Rücktritt 1989 war er »Minister für Volksaufklärung«[3] der

1 In der Schreibweise von Henríquez: »*la princessa*«.
2 [Ab Mitte der 1960er Jahre verliert sich seine Spur. Sein Tod wurde im »*Occidente*« am 13. April 2011 gemeldet und auf den 27. März datiert. Der kurze Text geht nur auf seine Bedeutung in den Revolutionsgarden ein und erwähnt nicht, was er später trieb. – Anm. d. Hg.]
3 [Zeitweise auch »Minister für Information« genannt. – Anm. d. Hg.]

Tomasischen Republik. Nach Beendigung der politischen Laufbahn verschrieb er sich ganz der Orchideen-Zucht und wurde zum internationalen Star dieser Szene. Von weiteren politischen, philosophischen oder auch schriftstellerischen Betätigungen ist mir nichts bekannt.

Henríquez y Cavajal, Francisco (*1909 †1987), Dichter[1] und Essayist.[2] — Ab Mitte der 1950er Jahre arbeitete er an verschiedenen Zeitungsprojekten von Chérie mit und baute ein intimes Freundschaftsverhältnis zu Chérie, Jackson und Donoso auf. Von ihm stammt die bislang aufwändigste und verlässlichste Chérie-Biografie, die noch zu ihren Lebzeiten erschienen war.[3]

Hombueno Gasvar, Pablo (*1904 †1985). Er promovierte 1930 bei Callejas mit einer Arbeit über thomistische Sexualethik, die einen Skandal an der Universität verursachte, und wurde Studentenpfarrer sowie später führender Theoretiker der Chérieisten. Hauptsächlich widmete er sich der Entwicklung einer libertären thomistischen Psychologie. 1984 wurde er mit einer Reihe von anderen Neothomisten durch den Papst[4] exkommuniziert. Auf einer Massenkundgebung in Santo Tomás beschimpfte er den Papst daraufhin als einen »Sozialistenknecht«.[5]

Jackson, Lauren (*1920 †1988), begann nach der Trennung von ihrer Geliebten im Frühjahr 1960, sich an einem einsamen kanadischen See, welchen sie nach berühmtem Vorbild »Waldensee«[6] taufte, ein Blockhaus zu zimmern. Sie lebte fast drei Jahre in der Einsiedelei. Während der ganzen Zeit hat sie sich Aufzeichnungen gemacht. Drei dieser Hefte

---

1 U.a. *Barco de fuego* 1925, *Historia de torno* 1931, *Monte cardo* 1955.
2 U.a. *Habla, lengua y idioma* 1957.
3 *La biografía de Anne R. Chérie*, Santo Tomás 1962.
4 [Johannes Paul II. – Anm. d. Hg.]
5 [Vgl. unten, S. 250. – Anm. d. Hg.]
6 Henry David Thoreau. [»*Walden II*« schrieb B. F. Skinner. Hg.]

schenkte sie ihrem Freund, dem umstrittenen konservativen Schriftsteller Ernest Younger, aus denen in der vorliegenden Biografie ausführlich zitiert wird.

Niño = Liberto Callejas (*1893 †1964), wurde als Mitglied der sehr kleinen protestantischen Minderheit von Tomasia geboren, trat aber als junger Philosophie-Student 1919 zum Katholizismus über. Obgleich verheiratet, stimmte der Hl. Stuhl 1928 einer Priesterweihe zu, Voraussetzung für die Übernahme einer theologischen Professur. Der Tod der Tochter 1932/33 warf Callejas aus der Bahn, und er lebte fortan als Stadtstreicher. 1934 oder 1935 lernte er, bereits fast erblindet, Chérie als kleines Waisenmädchen kennen, das sich allein in der Stadt behauptete. — Mit seinen Hauptwerken »*Psicología con Santo Tomás de Aquino*« (1927) und »*La ética filosofía con Santo Tomás de Aquino*« (1929) sowie mit den beiden Thomas-Übersetzungen »*Sobre moralidad de acción*« (1928) und »*Virtud de comunidad*« (1931) begründete er den »spanischen Neothomismus«.

Ovo Vega, Claira D. V. (*1929 †1962), im Freundeskreis Chéries Vertreterin einer radikal anarchistischen Position, im Gegensatz zu Barbarojos Individualismus jedoch mit mehr sozialistisch-kommunistischem Hintergrund. War Barbarojo der politische Stratege und Programmatiker, auf den sich Chérie meist bezog, arbeitete sie ihre konkreten revolutionären Aktionen wohl lieber mit der Ovo aus. Nach der Revolution 1961 gründete sie im Osten der Republik das anarcho-kommunistische Modell der »*Comunidad de Higüey*«. Während eines konterrevolutionären Aufstandes wurde Ovo 1962 ermordet. Unter der Landbevölkerung ist Ovo noch heute fast ebenso populär wie Chérie. Da das Andenken an Ovo offiziell kaum gepflegt wird (bloß Barbarojo erwähnte bisweilen noch »unsere unvergessene Freundin Claira Ovo«), drückt sich in der Verehrung durch das Volk

auch eine gewisse Unzufriedenheit mit den Entwicklungen in der Tomasischen Republik aus. Eine kitschige Idylle, die Claira Ovo und Anne Chérie als händchenhaltende Kinder zeigt, hängt heute in vielen Zimmern von einfachen Leuten neben einer Jesus-, Maria- oder Papstdarstellung.
Younger, Ernest (*1898 †1991). Sein isolationistisches Bekenntnis während des Kriegs wurde lange als »faschistoid« etikettiert.[1] In den 1960er Jahren erfuhr es jedoch eine Neubewertung durch die Proteste gegen den Krieg in Vietnam, unterdessen Younger sich zunehmend zum unpolitischen konservativen Individualisten entwickelte. Die literarischen Hauptwerke Youngers: *»Helios City«* (1958) und *»Venator City Limits«* (1964).[2]

---

1 Bezeichnenderweise kommt Ernest Younger aber in Roberto Bolaños *»La literatura nazi en América«* (1996) nicht vor.
2 »Mit Ernest übers nächste Projekt geredet. Radikalisierung von ›*Helios City*‹. Der Arbeitstitel ›*The Plight of Theo Wadorn*‹ [später: ›*Venator City Limits*‹]. Zum Schluss geht Theo mit seinem Helden in den Wald auf eine Jagd, von der er nicht zurückkommen wird. Ernest hat mich nach meinen Wald-Erfahrungen gefragt. Ich suche sie ihm aus meinen Aufzeichnungen heraus. Sind es meine? Es ist *extraño*, etwas von einem selbst zu lesen. Es ist vertraut & fremd zugleich. Ernest sagt, so erginge es ihm auch noch – y das bei über 10 veröffentlichten Büchern. & sagt, Theo sei kein ›Anarchist‹, sondern ein ›Anarch‹. [...]
Für Ernest Younger. — Die Erde, die Sonne, alles dreht sich um mich, dachte der Falter, gerade geschlüpft. Die Blume konnte ihn nicht überzeugen: ›Du eingebildete Ruhelosigkeit. Die Erde steht fest, sie bewegt sich nicht. Sie ist so weit wie die Ewigkeit, und die Sonne, sie dreht sich um das Fleckchen Erde, auf dem ich das Glück habe, wachsen zu dürfen. Halleluja.‹ – ›Du leidest an eingeschränktem Horizont. Lebewesen, die sich nicht bewegen können, sollten das Denken gar nicht erst versuchen‹, gab der Falter zurück. Als Billie, elf Jahre alt und begeisterter Insekten-Sammler, den Falter, eine seltene Sorte, die ihm fehlte, fängt, dreht er sich fortan um die Achse der Minutiennadel, die ihn im Schaukasten fixiert.
Ernest, mein Geliebter, nimm diese Hefte und Zeilen aus dem Wald – wenn Du meinst, sie gebrauchen zu können, schlachte sie aus, sonst übergib sie den Holzwürmern.« Lauren Jackson, *Walden III*, S. 72, 105.

Die Tomasische Republik

KAPITEL 1

HERKUNFT AUS DEM UNGEWISSEN

Verwüstung, Chaos und Elend bringt der Wirbelsturm im September '34, der sich nicht über der offenen See austobt, wie gewöhnlich, vielmehr den Südwesten der Insel Ossuor erfasst, Dörfer und Felder zerstört, mehr als zweitausend Menschen tötet, zehntausende verwundet und obdachlos macht und fast zweidrittel des mittelalterlichen Stadtkerns von Santo Tomás aufmischt. Irgendwo in diesem Durcheinander verläuft sich ein 4- bis 6-jähriges Mädchen, das später unter dem Namen Anne R. Chérie bekannt wird. Die dunkle Hautfarbe, die auf zwei schwarze Eltern schließen lässt, und das Kreolen-Französisch, das es in seiner frühen Kindheit spricht, legen die Vermutung nahe, dass Anne aus einem ganz weit westlich gelegenen Teil der Tomasischen Republik stammt, in der Nähe der Grenze zur französischsprachigen Republik Ossuor. Irgendwie jedoch erreicht das Mädchen eins der Auffanglager bei Santo Tomás. Da die Behörden angeblich nicht herauskriegen, wer die Eltern sind, kommt es ins Heim. Das Mädchen nennt sich Anne Chérie. Dem ostdeutschen Historiker Rudolf Hufnagel haben wir es zu verdanken, dass wir heute wissen: Anne ist tatsächlich ihr Taufname, während sie »Chérie« sich selbst ersonnen haben muss, wohl abgeleitet von der kreolischen Koseform für Kinder »*sheri*«, Liebling. Hufnagel kann nachweisen, dass Anne uneheliche Tochter von Françoise Duneuf ist, Sprössling der wohlhabendsten kreolischen Familie in der Tomasischen Republik. Man wohnte in der Stadt Duvergé am Lago Enriquillo, dem Salzsee an der Grenze zu Ossuor. Die Anwesenheit der unehelichen Tochter hatte, so ergaben Hufnagels Nachforschungen, zu Spannungen in der Familie Duneuf geführt. Als dann das Mädchen in den Wirrnissen des Wirbelsturms verloren ging, war man bei den Duneufs eigentlich recht froh. Doch obwohl kein Familienmitglied sich um die Suche kümmerte, hatte die Leitung des Auffanglagers Santo Tomás Ost – niemand weiß, wie Anne dorthin, rund 250 km entfernt, gelangte – Kenntnis von der Identität Annes. Hufnagel vermutet, Informantin sei eine ehemalige Bedienstete gewesen, entweder um sich an der Familie zu rächen oder weil sie dachte, sie täte der Familie damit einen Gefallen. Duneuf zahlte eine nicht unerhebliche Summe an das Lager und an das Heim, in das Anne eingewiesen werden sollte, damit sie nicht zurückgeschickt oder ihre Identität preisgegeben werde.

Die Mühen von zweijährigen Recherchen nahm der Marxist Hufnagel auf sich, um seine These belegen zu können, dass Chérie »einer reichen Familie« entstamme. Sie formulierte er, um eine »bourgeoise frühkindliche Sozialisation« annehmen zu dürfen. Mit ihr erklärte er dann Chéries spätere politische Aktivitäten »klassenmäßig«. Von der Tatsache, dass jene aus der marxistischen Theorie »deduzierte« These wirklich die Spur zu Chéries Herkunft wies, leitet Hufnagel triumphierend den Schluss ab:

»Damit ist die klassenmäßige Determinierung des Bewusstseins nachgewiesen. List der Vernunft, dass ausgerechnet die bürgerliche Sozialisationstheorie hierzu beigetragen hat.«[1]

Die »klassenmäßige« Verortung von Chéries Bewusstsein »ergibt«, dass sie ihr Leben lang »mit unbewusstem Hass

---

[1] Rudolf Hufnagel, *Chérie – Hure auf dem Thron*, Berlin (Ost), S. 63 ff. List der Vernunft, dass es ausgerechnet dieses Machwerk ist, dem wir so viele wertvolle Erkenntnisse zu Chéries Leben verdanken.

versuchte, wieder in die Gefilde genau der Bourgeoisie aufzusteigen, aus denen sie so früh verstoßen ward«.

Logisch kann dieser Schluss keinesfalls gezogen werden. Es geht nicht an, von einem empirischen Faktum auf eine Allaussage zu schließen. Macht Hufnagels These – und sein Schluss – wenigstens inhaltlich einen Sinn? Zweifel sind angebracht, diese Frage mit »Ja« zu beantworten, obgleich seine Grundannahme, wie jede Determinismus-Annahme, schlechterdings unwiderleglich – aber auch unbeweisbar! – bleibt. Mit Determinismus-Annahmen berauben wir uns der Möglichkeit, unser Handeln als (sinnhaftes) Handeln wahrzunehmen, über seine Berechtigung nachzudenken und zu streiten. Das, was uns von Chéries Kinderjahren überliefert ist, stützt den Gedanken, dass viel früher als heute oft angenommen wird, aktives Handeln, Begreifen, Mitgestalten und Ausgestalten der Umwelt, ja Reflexion im menschlichen Leben die Hauptrolle spielt. Als Anne 1935 aus dem Heim weglief und sich auf eigene Füße gestellt sah, gab es für sie praktisch keine Förderung durch sozialisierte Verhaltensweisen. Sie musste neue Verhaltensweisen selbst erfinden. Und diese hatten immer perfekt zu sein, sie konnten nicht spielerisch erprobt werden. Jeder Fehler wäre mit Tod oder zumindest Elend bestraft worden. Dies heißt, dass Anne die verschiedenen Möglichkeiten im Kopf vorwegnahm, und so Spiel durch Realität ersetzte. Die ersten Gespräche, von denen Niño berichtet,[1] zeigen diese Fähigkeit Annes sehr deutlich. Die Kinderjahre von Anne Chérie sprechen nicht für die Sozialisationstheorie, weder in ihrer »bürgerlichen« noch der marxistischen Variante, vielmehr – nach der Ansicht von Francisco Henríquez[2] – für »den Primat des

---

[1] Vgl. Kap. 2. [Hg.]
[2] Vgl. Francisco Henríquez y Cavajal, *La biografía de Anne R. Chérie*, Santo Tomás 1961, S. 310.

Denkens in der menschlichen Existenz«. Doch nun zurück zu den Ereignissen.

Für Leonidas T. Molina war der Wirbelsturm ein Geschenk des Himmels. Er fungierte als Oberbefehlshaber der Streitkräfte, »eine polizeiartige Armee oder eine armeeähnliche Polizei«,[1] welche die Yankees während ihrer Okkupation von Tomasia 1916 bis 1924 ausbildeten. Vor einigen Tagen hatte er sich zum Präsidenten der Republik gemacht, um damit das politische Vakuum auszufüllen, das nach dem Abzug der us-amerikanischen Marines entstanden war. Die Naturkatastrophe gab Molina die Gelegenheit, sich zu beweisen. Unverzüglich organisierte er »Soforthilfe« für Verwundete und Obdachlose, beschaffte Nahrung für die Hungernden und setzte den Aufbau der zerstörten Hauptstadt ins Werk. In dem folgenden Jahr wurde die 440 Jahre alte Stadt Santo Tomás auf den angeblich spontanen Wunsch der dankbaren Bevölkerung hin in »*Ciudad Molina*« umgetauft, während das gleichgeschaltete Parlament dem Diktator den Titel des »Wohltäters« verlieh. Erst lange Zeit später konnte Molina bemerken, dass ungefähr gleichzeitig mit Amtsantritt und Triumph ihm ein unüberwindlicher Feind »erspross«;[2] und Anne R. Chérie wird nie zugeben dürfen, wie stark die »Ära Molina« sie prägte.

Ossuor war die Insel, die Columbus für seine erste Siedlung auserkor. Er nannte sie »*La Isla Española*«. Im Allgemeinen wurde sie jedoch mit dem Namen der Stadt Santo Tomás bezeichnet, Zentrum der ersten Phase spanischer Kolonisation Mittel- und Südamerikas. Inzwischen setzte sich allerdings der indianische Name Ossuor (»Ort des Friedens«) durch. Die Arawak-Indianer, von Columbus als »friedlich und glücklich« gepriesen, die die Insel ursprünglich bewohnten,

---

1 Marguerite Jauve, *Die Tomasische Revolution* (1964), Wetzlar 1967, S. 18.
2 Henríquez, S. 21. [*hubo brotado*, Hg.]

hatte innerhalb von 30 Jahren nach ihrer »Entdeckung« fast alle Krankheit, Krieg oder Überanstrengung in Zwangsarbeit dahingerafft.

In dem Maße, in welchem die Kolonisation auf das Festland übergriff, wurde Ossuor weniger interessant für Spanien. 1679 übernahm Frankreich die Westhälfte der Insel. Die französischen Filibuster[1] und Bukaniere[2] richteten mit aus Afrika importierten Negersklaven große Plantagen ein. Bald gab es zehnmal mehr Schwarze als Weiße auf der Insel. Produziert wurde Zuckerrohr mit den Nebenerzeugnissen Rum, Tafia usw., dann Kaffee, in der ersten Zeit daneben Hölzer und Häute, sowie Indigo und Baumwolle, später auch Bananen. Reichhaltige Bodenschätze bilden heute die Grundlage von Ossuors Außenhandel.

Den weiteren Lauf der Geschichte dieser Insel beeinflusste nicht unwesentlich, dass im französischen Teil eine strenge Sklavenzucht und ein Rassismus der weißen Minderheit herrschte, der jede Mischung verhinderte, während man im spanischen Osten die wenigen Sklaven besser behandelte, oft auch freiließ. Hier war die Rassenmischung an der Tagesordnung, so dass der größte Teil der östlichen Bevölkerung aus Mulatten besteht.

Im Gefolge der französischen Revolution begann im Westteil von Ossuor ein Unabhängigkeitskampf, der 1804 zum Sieg und zur Errichtung der ersten schwarzen Republik der Welt führte. Der Führer der neuen Republik, Dessalines, fühlte sich allerdings zum Monarchentum berufen und ließ sich bald als »Kaiser Jacques I.« krönen. Er herrschte mit Terror, durch welchen die weiße Oberschicht ebenso wie die Mulatten stark dezimiert wurden. Nach dem Tyrannenmord an Dessalines 1806 teilte sich das Land in ein nörd-

---

1 Aus franz. *flibustier* und nl. *vrijbuiter*, Freibeuter, Söldner. [Hg.]
2 Siedler, die sich als Kaperfahrer in englischen Dienst stellten. [Hg.]

liches Gebiet, das durch die Militärdiktatur des Schwarzafrikaners Henri Christophe beherrscht wurde, und einen Südteil, in welchem Alexandre Sabès Pétion, ein Mulatte, regierte. Das liberale Experiment Pétions¹ im französischen Ossuor scheiterte, jedenfalls ökonomisch gesehen: Die wirtschaftliche Situation verschlechterte sich im Süden noch weiter anstatt sich zu bessern.

In der Osthälfte Ossuors gelang zunächst keine Befreiung aus der Kolonialherrschaft. Bis 1821 stritten sich Frankreich und Spanien um diesen nach der wichtigsten Stadt der Insel »Tomasia« genannten Teil der Insel. 1821 rebellierten die Tomasier erfolgreich gegen Spanien und riefen eine eigene Tomasische Republik aus. Doch die unter Präsident Boyer geeinigte westliche Republik Ossuor überrannte 1822 mit über 600 000 Mann die kaum mehr als 50 000 Mann zählende tomasische Miliz und übte eine brutale Herrschaft aus. Mulatten und Weiße verfolgte man, die Steuern wuchsen ins Unerträgliche, die Universität von Santo Tomás, eine von den ältesten in der Neuen Welt, musste schließen, die Kirche der frommen Tomasier sah sich Schikanen ausgesetzt, die Produktion lag darnieder. Als 1844 in der Republik Ossuor Bürgerkrieg losbrach, ergriffen die Tomasier ihre Chance und schüttelten das Joch ab. Die neue Tomasische Republik stand jedoch unter keinem besseren Stern als die Nachbarrepublik. Bürgerkrieg und Tyrannei bestimmten das Bild. Der patriotische Kämpfer, aber glücklose Politiker Santana holte 1861 gar die Spanier wieder. Sie brachten nicht die ersehnte Stabilität, sondern rächten sich für die Niederlage von 1821. 1865 wurden sie erneut vertrieben. Als bis 1916 keine Beruhigung der politischen Lage in der Tomasischen Republik eingetreten war, intervenierten die Vereinigten

1 Jauve, S. 5. — Dass es sich bei Pétion (1770-1818) um einen »Liberalen« handelte, hat Benjamino R. Barbarojo stets bestritten.

Staaten, um eigene Investitionen und Kredite zu schützen und um einer angeblich möglichen Okkupation durch die Deutschen vorzubeugen.

Die amerikanische Militärherrschaft endete 1924; und nach zehnjährigen zermürbenden, bürgerkriegsähnlichen Machtkämpfen begann mit dem besagten Wirbelsturm die »Ära Molina«. »Befriedung und Tyrannei liegen dicht gedrängt auf demselben Friedhof begraben. Das ist die Lektion der Geschichte, die die Hobbesianer ebenso wie all die anderen Etatisten niemals lernen werden, bevor sie nicht der Bannstrahl des Diktators trifft. Und dann ist es zu spät; für sie.«[1]

---

[1] Anne R. Chérie, überliefert von Lauren Jackson, *Action Doomed Doing the Wrong Thing*, 1969, Nachwort zu: Ernest Younger, *Helios City*, S. 269.

Straßenszene in Santo Tomás
1940er Jahre

KAPITEL 2
NIÑO ODER DIE SCHULE DES LEBENS

»Eine Stadt braucht kein internationales Zentrum zu sein, um ›Flair‹ zu haben. Abseits des Interesses der Weltöffentlichkeit und nur ein Nebenschauplatz des Welthandels war das Santo Tomás der 1930er Jahre ein unverfälscht schönes Beispiel für die faszinierende Fähigkeit der Menschen in unserer Region, sich trotz Diktatur, politischer Wirren und Wirtschaftskrise alles zum Leben Nötige zu organisieren, Lebensfreude und Ausdrucksfreiheit ebenso wie Nahrung und Unterkunft. Dass viele Tomasier nicht lesen konnten, störte nur wenige, denn diese Tatsache wurde naserümpfend hauptsächlich in Büchern vermerkt; auch die papierene Behauptung, dass eine schlechte oder falsche Ernährung vorherrschte, ist eher daraus zu erklären, dass statistisch gesehen ungenügende Versorgung vorlag, als der direkten Beobachtung entnommen. Arbeitslosigkeit war ein abstrakter Begriff, der angesichts von Muße einerseits und Geschick ›sich etwas zu besorgen‹ andererseits überstülpt anmutete. Das Herz einer solchen freien und lebendigen Stadt, auch von Santo Tomás, war der Markt. Kaum ein Tyrann unserer Breiten wagte es, die Freiheit des Handels auf dem Markt einzuschränken; und keiner kam mit einem so monströsen Unterfangen durch.«[1]

In der dampfenden Hitze der Regenzeit 1935 stand Niño bettelnd am Rande des Marktgewühls, starrte halb blind vor sich hin und dachte über sein Lieblingsthema nach, nämlich

[1] Henríquez, S. 23.

ob Kant in der vierten Antinomie der reinen Vernunft tatsächlich gegen Aristoteles' ersten unbewegten Beweger den gleichrangigen Gegenbeweis geführt habe; als ihm jemand seine Mütze mit den milden Gaben geschickt entwendete. Niño nahm es, was seiner stoischen Art entsprach, regungslos zur Kenntnis; registrierte nur verblüfft, dass der dreiste Dieb ein ganz kleines Mädchen sein musste. Nachdem es schon im Getümmel verschwunden war, kam es wieder und fragte: »Blind?« – »Vielleicht«, gab Niño vage zurück. – »*Merde*, was für eine Antwort«, fluchte das Mädchen auf französisch. Als es merkte, dass es französisch gesprochen hatte, ließ es die Mütze, die es noch verkrampft mit beiden Händen an sich drückte, fallen und wollte verschwinden. Doch Niño rief ihm in französischer Sprache hinterher ...
So beschreibt Niño seine erste Begegnung mit Anne,[1] den Beginn einer lebenslangen »unmöglichen« Freundschaft. Nach dem zweiten Schlaganfall, kurz vor seinem Tod 1964 sammelte Niño alle Erinnerungen an Anne Chérie in einem mehrtägigen Interview. Dieses streckenweise konfuse, kaum geordnete Interview ist das wichtigste Zeugnis von Annes Kinderjahren. Darüber hinaus enthält die 1962 verfasste nicht-chronologische Biographie von Francisco Henríquez y Cavajal, dem bekanntesten Dichter von Tomasia, einige Informationen. Henríquez kann sich auf Annes und Niños Erzählungen stützen, denn mit beiden war er befreundet. Zudem stellte er einige eigene Nachforschungen an. Doch neigt er dazu, magere Fakten blumig auszuschmücken.
Niño – »unser [!] blinder Lehrer, der die Sehenden sehen lehrt«, wie es Lauren Jackson in »*Walden III*« notierte[2] –, Jahrgang 1893, hieß mit bürgerlichem Namen Dr. Liberto

---

[1] Liberto Callejas, *Interviú*, Santo Tomás 1964, S. 40.
[2] Lauren Jackson, *Walden III* (Tagebuch 1960), hg. v. Ernest Younger, New York 1989, S. 26.

Callejas. An der Universität Santo Tomás de Aquino hatte er einen Lehrstuhl für katholische Theologie inne gehabt, wo er Dogmatik und Philosophie vertrat. Seine intellektuelle Leidenschaft galt dem Namenspatron der Universität, dem mittelalterlichen Philosophen Thomas von Aquin, dessen Inspirator Aristoteles sowie der Auseinandersetzung mit Kant. Aus seiner Feder stammen die zwei großen Standardwerke des spanischen Neothomismus, *»Psicología con Santo Tomás de Aquino«* und *»La ética filosofía con Santo Tomás de Aquino«*.

Ursprünglich gehörte Callejas zur kleinen protestantischen Minderheit Tomasias, die weniger als 2 % der Bevölkerung ausmacht. 1919 trat der junge Philosophie-Student zum Katholizismus über. Da war er bereits verheiratet, so dass eine Karriere als Theologe ausgeschlossen schien. Sie setzt Priesterschaft voraus. Weil die Fakultät großen Wert auf den originellen Kopf legte, stimmte der Heilige Stuhl 1928 schließlich zu, Callejas die Priesterweihen zu gewähren. Seine Frau Rosa war in das Zisterzienserinnen-Kloster Santo Roberto in der Nähe von Puerto Plata eingetreten. Auf diese Weise wurde Callejas einer der wenigen »verheirateten« katholischen Priester. Über seine Ehe hat Liberto nie eine genauere Auskunft gegeben, ebenso eisern schwieg Rosa, seine Frau, die bis 1986 noch in besagtem Kloster lebte.

Als zur Jahreswende 1932/33 die Tochter, die ohne Wissen der Kirchenoberen bei ihm wohnte, an Gelbfieber starb, verschwand er von einem auf den anderen Tag. Aus religiösen Gründen verbot sich ihm der Gedanke an Selbstmord; ein Auslöschen seiner bisherigen Identität aber untersagte die Religion nicht. Er trieb sich herum, schlug sich mit Gelegenheitsarbeiten durch und mischte sich unters einfache Volk. Ein stetig schlimmer werdendes Augenleiden, ein Glaukom, das heftige Kopfschmerzen und sich häufende Erblindungs-

anfälle mit sich brachte, machte das Arbeiten zunehmend schwerer, und er verlegte sich aufs Betteln. Seine neuen Bekannten, die nichts von dem Vorleben ahnten, nannten ihn »Niño«, das Kind, weil er sich so täppisch anstellte. Aber oft schweiften seine Gedanken ab zu den philosophischen Problemen der früheren Existenz.
Als sich das fremde Mädchen beim Französisch-Sprechen ertappte und weglief, überkam Niño Scham über das antifranzösische Ressentiment seiner Mitbürger. »Ohne groß zu grübeln«, hatte er die Französisch-Kenntnisse seiner vergangenen Identität reaktiviert und das Mädchen zurückgerufen, das er kaum älter als fünf Jahre schätzte. Von dem vertrauten Klang angezogen, kehrte es auch tatsächlich um. Sie hieße Anne Chérie, sagte sie, und sei »schon immer« in der Stadt gewesen, habe »Eltern nie« gehabt, informierte sie Niño auf Nachfragen. Ihre Ausdrucksmöglichkeit war begrenzt, weil sie seit ihrer Ankunft in Santo Tomás sich scheute, französisch zu sprechen; und Spanisch konnte sie grade so viele Brocken, wie sie benötigte, wenn es zu keiner längeren Unterhaltung kam.
Das Misstrauen des Kindes verflüchtigte sich rasch. Und so konnte Niño Anne zu einem Festessen einladen, das er aus den Almosen des Vormittags finanzierte. Auf dem Markt kauften sie, was sie brauchten, und schlenderten zu Niños selbstgebastelter Bretterhütte ohne Einrichtung am Ostrand der Stadt. Erstaunt musste Niño den Erzählungen seiner kleinen Begleiterin entnehmen, ein fünf- bis sechsjähriges Kind sei in der Lage, sich ohne jede äußere Hilfe zu erhalten. Niño schildert, welches Gespräch sich an diese Tatsache anknüpfte: »Lange überlegte ich nicht und fragte sie, ob man denn stehlen dürfe. Sie antwortete in einem ›Kreyòl‹ aus Spanisch und Französisch: ›Ich zurückbringen dir. Denken, du blind.‹ Anfangs meinte ich, sie habe an der Frage vorbei-

geredet, vielleicht weil sie sie nicht richtig verstanden hatte. Einen Moment schwieg ich, bis ich begriff, dass Anne der Diskussion vorausgeeilt war. Sie hatte wohl die These aufgestellt, dass das Recht auf Eigentum an die Bedürftigkeit des Besitzers gebunden sei. So fragte ich: ›Wenn du mich nicht für blind gehalten hättest, wärst du also nicht zurückgekommen?‹ – ›Nein.‹ – ›Aber überleg mal, ein Sehender kann auch arm sein. Vielleicht hat er viele Kinder zuhause, die alle auf ihr Essen warten.‹ – ›Froh, ich nicht wissen.‹ – ›Wie meinst du das?‹ – ›Wenn, ich würden hungern.‹
Hierauf wusste ich nichts zu erwidern. Von der Seite schaute ich sie an. Anne war natürlich mit ihren sechs Jahren kleiner als ich; aber ich realisierte, dass außer Körpergröße nichts Wesentliches uns unterschied. Vollkommen ernsthaft hatte sie die Unterhaltung geführt, und jetzt dachte sie über das Gesagte nach. Hierbei war ihre Haltung ganz entspannt geworden. Ihre Angst, ich könne sie wegen ihres Französisch-Sprechens ablehnen, schwand.
Die große Tüte mit den Zutaten für unseren Sancocho hielt sie im linken Arm leicht gegen die Hüfte gedrückt, damit das Tragen nicht ermüdete und nicht das Gehen behinderte. Der rechte Arm hing locker hinunter und schwang ein wenig im Takt ihrer Schritte mit. Mit ihm griff sie von Zeit zu Zeit beiläufig in die Tüte, zog eine der Kostbarkeiten heraus und schob sie sich in den Mund. Lange kaute sie dann, ehe sie schluckte. Schließlich beobachtete ich, dass sie immer, bevor sie in die Tüte griff, den Atem anhielt, den sie, sobald das Gemüse im Mund verschwunden war, wieder ausstieß.
›*Viveres* sind‹, sagte ich, Aristoteles zitierend, ›uns unähnliche Dinge, die wir uns ähnlich machen.‹ Anne schluckte zuerst und antwortete dann: ›*Oke*, darum kauen gut.‹ – ›Es gibt Leute‹, fuhr ich fort, ›die nicht lange genug kauen. Sie haben ein schlechtes Gewissen, dass ihr eigenes Leben auf

der Zerstörung von anderem Leben beruht. Sie trauen sich nicht, mit den Zähnen kräftig das andre Leben zu zerbeißen. Aber sie verschwenden bloß die gute Nahrung und kriegen Magenschmerzen. Die Magenschmerzen machen sie böse, und so kriegen sie ein noch viel schlechteres Gewissen.‹ – ›*Oke*‹, sagte Anne, ›es machen glücklich, zu kauen.‹ Als sie sich ein weiteres Stück in den Mund schieben wollte, fügte sie hinzu: ›Du merken, weil ich anhalten Atem. Aber mein Gewissen noch nicht zu groß, ich nicht kauen. Ich nicht böse, du nicht böse. Aber es dumm von mir; wir nichts haben zum Kochen, wenn ich naschen weiter jetzt.‹ Sie steckte die Olive zurück in die Tüte.

Nachdem wir einige Schritte schweigend nebeneinander her gegangen waren, meinte Anne plötzlich: ›Du Recht. Nie wissen, ob Mann, den bestehlen, arm und Geld brauchen selber. Aber du nicht wissen, ich nicht erlaubt sein, Geld-das verdienen ehrlich. Ich zugucken bei Mann in Werkstatt. Ich sagen ihm: Ich können helfen dir. Er nicht glauben mir. Ich sagen, ich arbeiten ohne Geld für einen Tag. Er sehen dann. Er sehr zufrieden mit mir. Ich bringen ihm Sachen, immer gut. Er lassen mich bei sich. Eine Woche gut. Dann böse Kerl von andere Werkstatt auf andere Seite rufen Polizei. Polizei sagen, bloß Verbrecher lassen Kinder arbeiten. Ich wieder in Heim, Mann in Gefängnis. Aber ich nicht wollen Heim. Ich laufen weg. Du sehen, ich machen stattdessen: Stehlen.‹ – ›Man könnte auch fragen, ob die Leute nicht freiwillig einem was abgeben; dann kann man sicher sein, dass man keinem wegnimmt, was er selber braucht.‹ – ›Betteln? Tun doch nur Bettler-die und *granmoun gason-yo*‹, das heißt[1] so viel wie: ›die alten Männer‹.

Ihre Geschicklichkeit bewies Anne mir, als wir meine Hütte erreicht hatten. Ich stellte mich ja immer eher unbeholfen an

[1] in ossuorischem Kreyòl [Hg.]

bei der Zubereitung von Speisen. Als ›Herd‹ diente mir ein offenes Feuer in einer Kuhle auf dem Boden. Einige Meter von meiner Hütte entfernt entdeckte Anne die Bauruine. Wir siedelten hier wild; erst vor einigen Monaten hatte ein Bauunternehmer unseren Boden gekauft, und nun wollte er beginnen zu bauen. Aber irgendetwas war nicht so gelaufen, wie geplant, und es klappte vorerst nicht. Dort, an der Ruine, suchte Anne einige Steine aus, die sie mit meiner Hilfe zur Hütte brachte. Mich degradierte sie zum Hilfsarbeiter. Sie machte einen Herd. Mit zwei, drei Eisenstangen machte sie sogar einen Rost. Bald roch es ganz vorzüglich in meiner Hütte. Während das Essen brutzelte, machte Anne aus den übrig gebliebenen Steinen zwei niedrige Sitzgelegenheiten und ein Tischchen. Als sie fertig war, rief sie fröhlich auf und ab hüpfend: ›*Mezanmi!* Du haben es toll!‹ Ich antwortete: ›Du machst es toll.‹ – ›Oh *mèsi*‹, sagte sie.«[1]
Am nächsten Morgen, bevor Niño erwachte, war Anne fort. Sie kam aber am Abend, um sich fürs Mahl zu revanchieren. So blieb es auch in der folgenden Zeit: Am Tag »gingen wir getrennter Wege«, abends trafen sie sich in Niños Unterkunft, wobei sie abwechselnd die Nahrung besorgten. Niño fing an, darauf zu achten, dass Anne Spanisch richtig lernte, jedoch auch, dass sie Französisch nicht verlernte. Und in der kindlichen Naivität nahm Anne es als selbstverständlich, dass Niño in der Lage war, die meisten ihrer tausend-und-eine Warum-Fragen ausführlich und präzis zu beantworten. Bald gehörten auch Lesen, Schreiben und Rechnen zum abendlichen Programm, das das wissensdurstige Kind geduldig absolvierte.
Zum Zwecke des Leseunterrichts hatte Niño ein Exemplar von Rousseaus »*Contrat Social*« in einer Ausgabe spanisch-französisch erstanden. Was auch immer Anne damals, mit

[1] Liberto Callejas, *Interviú*, Santo Tomás 1964, S. 25 ff.

ihren sechs bis sieben Jahren, von dem Text verstand, der Anfangssatz »Der Mensch wird frei geboren, doch überall finden wir ihn in Ketten« und das somit angesprochene Problem, wie die Menschen ihre Freiheit sichern können, ohne sie zu vernichten, weist weit in die Zukunft – bis 1959 *Rousseau, estado y anarquía: El ›contrat social‹ y la revolución americana* erschien, das einzige theoretische Werk Chéries, und bis Chérie 1961 Molina stürzte, den Tyrannen.

Ende 1935 wurde Niños Bude, die Anne in ein – wie Niño sich ausdrückt – »gemütliches Zuhause«[1] verwandelt hatte, zusammen mit den anderen Quartieren der illegalen Ansiedlung abgerissen. Der von Niño erwähnte Unternehmer, dem der Boden gehörte, hatte inzwischen neue, vom Staat »zur Anregung der Bautätigkeit« billig zur Verfügung gestellte Kredite erhalten und eine Räumung des Gebiets veranlasst. Als Niño sich darüber bitterlich beklagte, antwortete Anne: »›Du kannst aber doch nicht wissen, ob der, dem das hier gehört, es nicht nötig braucht.‹ Natürlich erkannte ich, dass sie mich zitierte. Aber ich konnte ihr erklären, dass nicht der Unternehmer der rechtmäßige Besitzer war, vielmehr wir. Wir hatten uns hier niedergelassen, als der Boden noch niemandem gehörte, und hier bauten wir uns unsere armseligen Hütten. Und dann verkaufte der Staat das Land dem Unternehmer, weil der Staat behauptet, all das Land, das niemandem gehört, gehöre ihm.«[2]

Kaum hatten sich Niño und Anne und die andern Bewohner der illegalen Siedlung an einer anderen Stelle – ebenfalls illegal – wieder ein Zuhause geschaffen, wurden sie erneut vertrieben, diesmal im Rahmen des großangelegten Sozialplans der Regierung. Alle sollten in »richtigen Häusern« untergebracht werden, die Kinder zur Schule gehen. »Dies-

---

1 Ebd., S. 86. [*hogar íntimo*, Hg.]
2 Ebd., S. 74.

mal«, schreibt Henríquez, »nahmen sie den Leuten nicht nur ihre Unterkünfte, sperrten sie vielmehr auch ein«.[1]
Wenigstens konnte Niño den Behörden gegenüber seine Identität verheimlichen und Anne als seine Tochter ausgeben. Als Nachnamen gab er »Favorito« an.
Zu der neuen »Heimat« der Favoritos schreibt Francesco Henríquez: »Es handelte sich da um ein frühes Zeugnis der Wohlfahrtsarchitektur, die seit den 1950er Jahren das Bild der meisten Städte in der Welt entscheidend mitprägt. Man hatte einen 45 einheitliche Wohnungen umfassenden Block entworfen und zunächst zehn solcher Blöcke gebaut. Da die Leute, die die Behörden in die Wohnungen einwiesen, kaum Besitz hatten, wurde neben einem Gasherd eine Mindestmöblierung mitgeliefert. Kaum zehn Jahre nach Erstbezug standen sechzig, fünfzehn Jahre später 85 % der Wohnungen leer, bis man sie schließlich sprengte, um Platz zu machen für eine weitere Generation staatlichen Mists.
Im ersten Jahr sollten die Leute mietfrei wohnen. Ihnen wurden Arbeitsplätze in einer nahegelegenen, von der Regierung betriebenen petrochemischen Industrie angeboten. Diejenigen Bewohner, die nicht schon während des ersten Jahres aus den meist überfüllten Wohnungen – oft kamen mehr als sieben Personen auf 60 m² – geflohen und die nicht wegen ›Vandalismus‹ verhaftet worden waren, konnten sich im zweiten Jahr die Wohnungen von dem in der vorgesehenen Firma verdienten Lohn nicht mehr leisten, zumal die Steuern immens erhöht wurden. Steuerbetrug und Mietverweigerung führten zu weiteren Verhaftungen. Die Rate der Verbrechen stieg. Aus Menschen, die arm doch autonom und anständig gelebt hatten, waren nun Elende geworden, eingemauert, eingeschüchtert, ehrlos.«[2]

[1] Henríquez, S. 85.
[2] Ebd., S. 87f.

Ein anderes Problem stellte die Schule dar. Täglich gab es Zusammenstöße zwischen Schwänzern und Polizisten, die man einsetzte, damit sie die Anwesenheit garantieren. Zu brutalen Zwischenfällen kam es auch in der Schule selber, manchmal wurden Lehrer tätlich angegriffen, meist Schüler. Die Lehrerin Maria Martinez erinnert sich: »Es ist ja schwer, von heute her, von dem, was man heute über die weiß, unvoreingenommen über damals zu sprechen. Aber wenn ich mich recht entsinne, fiel sie mir damals gar nicht besonders auf. Sie war ungewöhnlich ruhig, fast scheu, störte weder, noch arbeitete sie mit. Sie war völliger Einzelgänger, gehörte keiner Clique an, zankte nicht, redete kaum mit jemandem. Wenn sie jedoch attackiert wurde, nahm es die Achtjährige mit zwei, drei Jahre älteren Jungs auf. Einen Vorfall, an den erinnere ich mich, als wär' es heute: In einer Pause rief ihr ein größerer Junge, etwa zehn, was über ihre Hautfarbe nach. Ich stand in der Nähe. Ohne die üblichen Beschimpfungen oder die zornerfüllten Grimassen, die solche Provokationen sonst auslösten, auslösen sollten, packte Anne den Jungen. Sie warf ihn gegen die Wand. Es ging ihr nicht ums Raufen, wie den anderen, vielmehr um Bestrafung. Sie verabreichte ihm zwei Haken und drehte sich weg. Der Junge war schwer von Capé und stürzte hinter ihr her. Aber Anne hatte ihn gehört. Sie wandte sich um und, immer noch ohne etwas zu sagen, fegte ihm mit dem Handrücken über das Gesicht, so dass seine Nase augenblicklich zu bluten begann. Erst jetzt zog er ab. Nach zwei oder drei solchen Lektionen hatten die Mitschüler begriffen, dass mit Anne nicht zu spaßen war. Im Unterricht? Nein, nicht dass ich mich an was erinnere. Wenn ich jetzt höre, was die alles gelernt und gekonnt haben soll, also, in der Schule hat sie es nicht gezeigt.«[1]

[1] In: Hufnagel, S. 182f. Er benutzt dieses Statement, um einmal mehr seine moralische Entrüstung über Chérie auszudrücken.

Niño erklärt Annes ihrer hohen Intelligenz zum Trotz nur mittelmäßigen Schulleistungen so: »Ich hatte ihr alles mögliche Gute über die Schule gesagt, um sie nicht zu ängstigen. Aber schon nach den ersten Tagen kam sie heim und weinte: ›Nichts, was die da sagen, hat einen Sinn. Und nichts, was ich sage, bewirkt etwas. Warum spricht man da überhaupt? Es ist wie Schweigen.‹ Das war des Pudels Kern.«[1]

Nach dem einen Jahr Mietfreiheit zogen Niño und Anne aus dem Block aus. Sie schlossen sich einer erneut entstehenden illegalen Siedlung am Ortsrand der Stadt an. Anne war nun neun Jahre alt und meinte, sie sollte jetzt beginnen, Geld zu verdienen.

Sie gab sich als zwölfjähriger Junge aus – was man ihr laut Niño gut glauben konnte und tatsächlich glaubte – und fing mit Arbeiten an. Von ihrem Verdienst bezahlte sie eine Behandlung von Niños grünem Star; zwar führte diese zu einer Beseitigung der Kopfschmerzen, Ende 1940 aber zur Erblindung. Bald war Annes Lohn hoch genug, dass sie sich eine schlichte Souterrainwohnung im »*barrio fiallo*« leisten konnten, ein Viertel im Süden von Santo Tomás, wo es sich bescheiden und anständig zwischen den Arbeitern, Tagelöhnern, kleinen Handwerkern, Mini-Unternehmern sowie *bolicheros* – Krämern – leben ließ.

Die Zeit von 1935 bis 1943 charakterisiert Niño auf die folgende Weise: »Anne war zäh und tapfer. Nie habe ich sie klagen gehört; ganz anders als ich. Ich war faul und oft depressiv gewesen, was ich hinter stoischer Miene versteckte. Ich wollte gleichsam als Suizidersatz meine Identität auslöschen. Anne hatte mir gezeigt, dass dies nicht nur unmöglich, sondern auch falsch war. Sie holte alles aus mir heraus, was ich den Mitmenschen bieten kann und ihnen schuldig

---

[1] Callejas, *Interviú*, S. 55. [*Tal era, pues, del perro, la pepita*. Nach der Faust-Übersetzung von Manuel Antonio Matta, posthum 1907 erschienen. Hg.]

bin: mein Wissen. Meine Existenzweise ließ sich verändern, und weiß Gott, ich bereue es nicht, aber nein, nicht meine Identität. Sogar über meine eigene Tochter, die ja als Dreizehnjährige starb, konnte ich nun nachdenken; zum Beispiel sage ich mir jetzt, dass ich sie in typischer Macho-Manier als Frau erziehen wollte. Bei Anne vergaß ich, dass der Unterschied von Mann und Frau eine Bedeutung hat außer in der Frage der Fortpflanzung. Ich habe ihr den Namen Alexandre Pétion – nach unserem liberalen Präsidenten der Republik Ossuor[1] – gegeben, um sich in der Männergesellschaft behaupten zu können. Sie hat es verstanden, bis sie dreizehn oder vierzehn war, sich das männliche Image zu bewahren. Die einzige Krankheit, die sie niedergeworfen hat, war der Scharlach im Sommer 1941; aber sie blieb nur eine Woche zu Hause, obwohl eigentlich mehrere Wochen nötig sind. Ich war natürlich besorgt. Die folgende Gelenkentzündung ignorierte sie trotz großer Schmerzen.

Was sie den Tag über machte und arbeitete, das weiß ich nicht. Wir gingen immer getrennter Wege, weil wir beide Einzelgänger waren. Und sie erzählte mir kaum je etwas von ihren Erlebnissen oder Tätigkeiten. Am Abend unterhielten wir uns; so unglaubwürdig das scheinen mag, es ging immer um sachliche Themen, um Philosophie und so. Bis zu ihrem vierzehnten Lebensjahr hatte sie mit mir Rousseaus ›Contrat Social‹ und ›Emile‹ auf Französisch gelesen. Während der Lektüre des ›Emile‹ übrigens lief Anne ein Wunderheiler über den Weg. Sie entlarvte ihn, wie Emile den Gaukler. Aber Anne war, wie sie mir erzählte, weniger nachsichtig als Jean-Jacques. Denn der Gaukler, dem Jean-Jacques seinen Lebensunterhalt nicht streitig machen wollte, handelte nicht

---

1 1806-1818. Die Redistribution des großen Plantagenbesitzes führte zu einem Rückfall in die Subsistenzproduktion und damit zu einer wirtschaftlich schwierigen Situation. [Anm. d. Hg.]

unrecht. Der Wunderheiler dagegen habe durch falsche Behandlung auch Menschenleben auf dem Gewissen. So dürfe man kein Geld verdienen. Also, und wir lasen Thomas von Aquins ›*Tugenden des Gemeinschaftslebens*‹[1] in Spanisch, dann haben wir daran Latein gelernt; Kants Aufklärungsschrift in Spanisch; Nietzsches ›*Antichristen*‹, woran wir Deutsch lernten, sowie etliche Romane, meist Liebes- und Abenteuergeschichten in verschiedenen Sprachen. Um an Bücher zu kommen, die uns auf Dauer zu teuer wurden, habe ich sogar Kontakt zu Hombueno,[2] damals Studentenpfarrer und fast so kauzig wie ich, den ich von früher kannte, aufgenommen, der so lieb war, ohne viel Aufhebens für mich Bücher aus der Bibliothek auszuleihen. Sie war intelligent, rücksichtsvoll, unbeugsam und voller Demut.«[3]

Auch meldeten einige Arbeitskollegen sich zu Wort, die sich an »Alexandre Pétion« erinnern. Mit Niño stimmen sie in der Charakterisierung »unbeugsam und intelligent« überein, ansonsten aber zeichnen sie eine ganz andere Anne: Eine »harte, egoistische, brutale« Seite begleitete ihrer Meinung nach die »unbeugsame und intelligente« Seite. Wenn sie meinte, den Job von zwei Männern machen zu können, bot sie dies an und teilte sich mit dem Arbeitgeber den eingesparten Lohn. Arbeitgeber, die nach einiger Zeit den Lohn auf den eines Arbeiters drücken wollten, verließ sie sofort, aber nicht ohne einen teuren Akt der Sabotage. So zerstörte sie einem kleinen Transportunternehmer einen von drei Lastwagen, als dieser den abgemachten anderthalbfachen Lohn für die Arbeit zweier Mitarbeiter, die Anne leistete, nicht zahlte. Ein selbständiger Installateur, der Anne den Lohn ganz schuldig blieb, sah sich plötzlich einer

---

1 *Summa theologica II-II*, q. 101-122.
2 Vgl. Kap. 7. [Hg.]
3 Callejas, *Interviú*, S. 55 ff.

keifenden Ehefrau gegenüber. Anne hatte diese kurzerhand über das Verhältnis ihres Mannes zu einem Straßenmädchen informiert.¹

Der Bauarbeiter Iván Gumertez etwa berichtet: »Wir hatten was zu renovieren. Damals unter Molina waren wir keine Kommunisten oder so, aber es gab doch schon so Sachen wie Solidarität. Also, Alexandre kam eines Tages hinzu. Dann war er, oder vielmehr sie, zwei oder drei mal dabei, einige Wochen, hat immer gut ihre Arbeit gemacht und so. Aber dann ist sie zum Chef gegangen und hat gesagt: ›*Oke*, hier das mit den elektrischen Leitungen, geht auch noch einen halben Zahn schneller. Lass mich da mal dran.‹ Gewiss, sie hatte schon Recht, aber so musste man das ja nicht gleich überall rausposaunen.«²

Es ist dies eine der Episoden, an denen Hufnagel zufolge die »bourgeoise Sozialisation« durchschlägt: »Obwohl sie in der Situation formell als Teil der Arbeiterklasse gelten muss, nimmt sie unbewusst ihr vergangenes – und zukünftiges – Interesse der Kapitalistenklasse wahr, nämlich das der Entsolidarisierung, um effektive Produktion zu ermöglichen.«³

Wenn man eine solche Interpretation überhaupt an das Verhalten eines 10-jährigen Mädchens anlegen will, das unter den Bedingungen des Waise-Seins, der Massenarbeitslosigkeit, der Vorurteile gegen sein Geschlecht, seine Hautfarbe und die Fähigkeiten seines Alters um das Überleben, um Unabhängigkeit und um Pflichterfüllung gegenüber einem Blinden kämpft, dann könnte man doch ebensogut fragen: Welche Gesellschaft hätte kein Interesse am effektiven Produzieren? Die sozialistische Gesellschaft? Was für eine Auswirkung hätte es auf eine Gesellschaft, wenn derjenige, der

---

1 Beide Informationen nach: *La Patria*, 10. August 1965.
2 Dokumentiert bei: Hufnagel, S. 184.
3 R. Hufnagel, S. 185.

etwas besser kann, sein Können »aus Solidarität« hinterm Berg hält? Sicher ist eine Gesellschaft möglich, in der eine solche Regel gilt. Aber es wäre in ihr wenig wahrscheinlich, dass es den Leuten, zumal den Arbeitern, gut geht; und in ihr wird keine Vollbeschäftigung zu erreichen sein. Andererseits hat Anne die Fähigkeit zur Mitmenschlichkeit und zur Solidarität durchaus bewiesen, wie wir noch sehen werden. Auch zanken – »eine der wichtigsten sozialen Tätigkeiten unter Männern« (Niño) – konnte man mit Anne schlecht, denn jede Möglichkeit dazu wies sie mit eiserner Logik ab. Der Mechaniker Nicolás berichtet von einem Zwischenfall in den 1940er Jahren:[1] »Eines Tages fand Alexandre, oder Anne Chérie, eine Geldkatze in der [KFZ-]Werkstatt.[2] Jeder von uns hätte sie eingesackt, es waren was Mäuse drin, aber nicht viele. Da ich am nächsten stand, sagte sie zu mir: ›*Oke*, gehört die dir?‹ Ich nickte und wollte sie abgreifen. Doch José kam dazwischen und behauptete nun, ich hätte ihm die Katze gestohlen, was eigentlich auch stimmte, aber so lange her war, dass es doch nicht mehr stimmte; die Mäuse in ihr waren meine. Wir fingen zu zanken an; José beschuldigte Alexandre, mit mir unter einer Decke zu stecken. Während wir drauf und dran waren, in die schönste Schlägerei zu geraten, sagte sie zu José, er solle ›*¡suspan pale kaka!*‹ und fragte uns nach den besonderen Merkmalen der Katze und des Inhalts. Da wir beide gleich gute oder schlechte Angaben machten, sagte sie kurz: ›*Oke*, da nicht zu beweisen ist, wem das Ding gehört, gehört es niemandem, sondern dem ersten, der es findet. Das bin ich.‹ Und sackte sich alles ein. Jeder von uns hätte es eingesackt, aber sie hat's so gemacht, dass keiner was dagegen sagen konnte.«

1 In: Henríquez, S. 53.
2 Auf der Avenida Molina in einer von kleinen Handwerkern, Händlern, Tagelöhnern und -dieben geprägten Gegend in Santo Tomás.

In ihrer Einsamkeit nach der Trennung von Anne erinnerte Lauren sich an einen anderen Aspekt: »Seit Wochen hatte ich keine Cigarette geraucht. In der Stadt kaufte ich mir aber nicht meine ›*Don Tomás*‹, sondern von den feinen dünnen Cigarren aus tomasischem Tabak ›*lucero del alba*‹, die Anne manchmal rauchte. (& diese Angewohnheit behielt sie sich aus der Zeit, als sie sich als Alexandre ausgab.) Jetzt verstand ich Niño: Als er nicht mehr rauchen durfte, mochte er es besonders, wenn Anne es tat. ›Dann fühle ich mich in einem Raum mit Dir‹, sagte er einmal. Nach den ersten Zügen, die ich nahm, fühlte ich mich in einem Raum mit ihr. Aber es war nur eine Illusion.«[1]

---

[1] Lauren Jackson, *Walden III*, S. 28. [Die beiden Sätze davor: »Nachdem ich den Tisch zum Schreiben fertig hatte – er wird mir zu nichts anderem dienen – & die Bücher aufgestellt waren, fühlte ich mich zu Hause in der Einsamkeit. Oder nein. Es kam noch eine rituelle Handlung hinzu.« Hg.]

KAPITEL 3

ZARTE BINDUNG: LAUREN

Während der Okkupation durch US-Streitkräfte wurde das Hafenviertel im Süden von Santo Tomás zu einem »*barrio americano*«. Spelunken, Kneipen und billige Bordells für die amerikanischen Marines entstanden neben vornehmen Hotels, feinen Restaurants und teuren Prostituierten für die ausländischen, meist amerikanischen Investoren. Schließlich zogen die Marines ab. Dank der politischen Stabilität, die der Diktator Molina garantierte, blieb der Außenhandel aber aktiv; ausländische Investoren besuchten weiterhin das Land, die zivilen Matrosen und Hafenarbeiter ersetzten die Marines. Das »*barrio americano*« war gerettet.
Zur teuersten der teuren Prostituierten im ganzen Amerikaviertel gehörte in den 1940er Jahren Lauren Jackson. Sie, die jüngste der drei Töchter von Harriet und Hector Jackson, wurde 1920 geboren. Als »ein zartes, zerbrechliches Mädchen«, wie eine ihrer Schwestern sie beschrieb, kam sie in dem Dorf Leslie, Michigan, zur Welt. Von Anfang an besaß sie jedoch einen »rebellischen Charakter«. Die Jugend verbrachte sie im mittleren Westen der USA auf großen Farmen und in kleinen Städten. Ihre katholische Mutter stammte aus Frankreich. Der Vater, obschon Yankee, hatte eine frankophile Ader; bei der Heirat trat er zum Katholizismus über. Hector Jackson verwaltete – mit großem Geschick – im Auftrag von Banken bankrotte Farmen. (Verwunderlich, dass Lauren auf diese Farm-Erfahrung nicht hinweist, wenn sie von ihrer Fähigkeit spricht, am »Waldensee« zu überleben.)

Die behütete, gutbürgerliche Kindheit und Jugend Laurens endete, als sie mit siebzehn oder achtzehn Jahren den Erfolgsdruck der Eltern nicht mehr ertrug. Sie begann ein Vagabundenleben. Gelegentlich landete sie sogar in Nordafrika, wo sie sich einer Widerstandsgruppe vom Freien Frankreich anschloss. Nachdem die Gruppe einen Helden des Widerstandes und dessen Frau durchschleuste, flog die Gruppe auf. Ihr Anführer, Frenzy Reclus, kam ums Leben. Die überlebenden Mitglieder der Gruppe verstreuten sich. Lauren zog weiter und kam Anfang der 1940er Jahre ohne einen Cent in der Tasche im Hafen von Santo Tomás an. Sie lebte von Prostitution, und wurde bald die stadtbekannte »*prostituta precioso*«,[1] als die sie selbst sich bezeichnete.

An das einzige, inzwischen verschollene Foto von Lauren aus jener Zeit erinnert sich Henríquez: »[Es] zeigt eine schlanke weiße Frau mit zierlicher Taille und breiteren Schultern, die im Gesicht ihre Weiblichkeit nicht weniger betont als ihr Selbstbewusstsein, das herausfordernd, doch nicht vamphaft wirkt, ja einen Zug ins Spielerisch-Kindliche kaum verbergen kann. Die schulterlangen blonden Locken sind nach hinten gekämmt, so dass sie meinen Blick auf die Mimik ihres Gesichts nicht stören. Halb zur Seite gewandt schaut die Frau aus den Augenwinkeln in die Kamera; der Betrachter fühlt sich von ihr beobachtet, nicht umgekehrt, das aber ist kein unangenehmes Gefühl. Unvermeidlich die Cigarette im Mundwinkel.«[2]

An diese Beschreibung anschließend bemerkt der spätere Lebensgefährte Lauren Jacksons, Ernest Younger,[3] in seinem

---

1 Vgl. *Walden III*, S. 26.
2 Henríquez, S. 34.
3 Younger und Jackson liefen sich, zufällig, über den Weg, als sie »beide auf Insektenjagd« waren. Vgl. auch Jacksons Tagebuchnotiz zur Insektenjagd und zum Insektenessen unten S. 63. [Anm. d. Hg.]

Nachwort zu ihren Tagebüchern: »Als ich sie im Frühjahr 1960 zum ersten Mal sah, da hätte ich sie vermittels dieser Beschreibung nicht erkannt: Wirrzottig staubgraues Haar verdeckte ihr Gesicht. Bekleidet mit Tüchern, glich sie einem indischen Weisen. Sie sagte nicht ›*hello*‹, sondern: ›*You eat 'em, too?*‹ Weil ich mich nie wundere, gab ich gleichmütig zurück: ›Nein, ich habe eine Sammlung.‹ – ›Welche Verschwendung an Proteinen!‹ Dann sprachen wir über die Art, auf deren Spur ich war, und über meine Leidenschaft für die Tiere, die sie gerne und guten Gewissens aß, weil sie die Gattung der Lebewesen bildeten, der sie sich am wenigstens verwandt fühlte.[1]

Es war dieser Klang ihrer Stimme, der mich sofort gefangen nahm. Sanft und bestimmt wie Henríquez' Beschreibung ihres Äußeren. Sie strich die Haare zur Seite und gab mir den Blick frei auf ein aristokratisches Lächeln, das ich in meinen Romanen nur den besten der Männer zubillige.

Das Haus, das sie für sich gebaut hatte, war eine sonderbare Mischung aus amerikanischem Pionier-Stil (Veranda!) und Indio-Bescheidenheit. Ganz karg eingerichtet, aber – soweit es die Umstände zuließen – sauber und aufgeräumt. Außer ein paar Haushaltsgegenständen wie Töpfen, Kellen, Tellern war alles das Werk ihrer Hände Arbeit – Schlafstätte, Esstisch, drei Stühle, Feuerstelle, sowie der einzige Luxusgegenstand: ein Schaukelstuhl. Die Schreibecke mit den Büchern wirkte nicht deplatziert. Insgesamt hat sie für die drei Jahre weniger Geld aufwenden müssen, als ein ›Normaler‹ wie ich in drei Monaten verbrauchte. Von Annes Geld, das sie mit-

---

[1] »*Rätsel des Verwandt-Fühlens.* — Ich spreche mit den größeren Säugetieren & den Pflanzen. Andere Tiere, wie die Insekten, sind nicht verwandt. Obwohl ich deren biologischen Funktionen erkenne *y* anerkenne, bleiben sie mir fremd, sind sie das radikal Andere. Die Nähe der Säugetiere leuchtet mir ein, die der Pflanzen ist mir aber ein Rätsel.« *Walden III*, S. 55.

brachte, musste sie kaum etwas nehmen, da sie fast alle Ausgaben durch den Verkauf von Gemüse wieder reinbekam.
Lauren ernährte sich in der Tat hauptsächlich biblisch von ›Heuschrecken und wildem Honig‹. Ich kann nicht sagen, dass sie mich zu einem Konvertiten machte, jedoch: es *gibt* schmackhafte Insekten. Zum Ameisen-Experiment[1] bleibt allerdings anzumerken, dass diese Tiere sauer sind. Nur die Eier der Ameisen sind genießbar.
Später, in New York, haben wir manches Mal unsere Gäste mit köstlichen Leckerbissen überrascht – die einigen, nach genussvollem Verzehr, bei Erläuterung der Herkunft wieder hochkamen. Das waren die, die ihr Selbst nicht gegen die Gesellschaft genügend gewappnet hatten. Ich erinnere mich, schmunzelnd, an das göttliche Gekotze von Paul.[2]
Der Neugier des Lesers will ich bloß eines nachgeben: Die Eifersucht, die Lauren in ihren Tagebuchnotizen so sehr beschäftigt, plagte sie bezogen auf ihre weiblichen Geliebten, eine Eifersucht, die sie nie überwand. Männer konnte sie teilen. Und ich musste sie teilen. Der Rest ist nicht gerade Schweigen – aber, was soll ich noch sagen? Es waren schöne Jahre, Lauren. Und bisweilen mache ich mir, zur Erinnerung, gegrillte Heuschrecken mit Zitrone oder Ketchup. Mögen diese Zeilen nicht dem Schmutz des Parteiengezänks anheimfallen, sondern möge ihnen dies beschieden sein: ein reines Interesse an der Person, die in jeder Zeile, auch der theoretischsten, hervorscheint.«[3]
1944 arbeitete Anne unter ihrem männlichen Pseudonym Alexandre Pétion im »*Café americano al Fabio*«. Das Café galt nicht als allen voran vornehmes Etablissement, sondern

---

[1] [Bezieht sich das auf diese Notiz?: »Lauren, morgen nicht vergessen, was zu essen! – Vielleicht mal Ameisen probieren.« (*Walden III*, S. 59.) – Hg.]
[2] Paul Goodman.
[3] Ernest Younger, im Nachwort zu: Lauren Jackson, *Walden III*, S. 112f.

als Treffpunkt für wichtige Leute – wichtig auf politischem, finanziellem oder kulturellem Gebiet. Rafael Fabio, der Besitzer, fungierte als Mittler zwischen Politik und freiem, auch illegalem Handel, sowie Politik und intellektueller Freiheit. Fabios Café eignete sich, um Kontakte nach ›oben‹ und ›unten‹ zu knüpfen oder um ausgefallene Waren zu besorgen, einschließlich Regierungsposten oder Publikationsgenehmigungen. Der Ruf von absoluter Diskretion öffnete Alexandre die Tür zu Fabios Café.
Lauren Jackson und Rafael Fabio bilden ein Team. Nicht, dass Fabio den Zuhälter macht. Vielmehr sondiert er die Kunden und gibt ihr Hinweise, während sie einen Teil der Einnahmen an seinen Roulette-Tischen verspielt.
In ihrem kleinen Pamphlet »*I Remember ARC*«, einer der besten Quellen zu Chéries Jugendjahren, berichtet Jackson, wie sie in den Bann von Alexandre/Anne geriet: »Leute zu beobachten, war mein Beruf. Sicherlich achtete ich nicht speziell auf das Personal des Cafés; da ich dort aber fast täglich ein und aus ging, konnte es nicht anders sein, als dass ich Fabios Personal einzuschätzen lernte. Alexandre fiel mir in mehrfacher Hinsicht auf: Trotz seiner Jugend, wir schätzten ihn auf achtzehn oder neunzehn, und seiner relativ untergeordneten Stellung entwickelte er mit der Zeit ungewöhnliche Autorität. Ich selber habe es einmal mitgekriegt, wie Alexandre den Rausschmiss eines Gastes anordnete, obwohl ihm das nicht zustand und überdies Fabio dem Personal diesen Gast ausdrücklich ans Herz gelegt hatte. Zur Rede gestellt, antwortete Alexandre kurz, es handele sich um einen hochstapelnden Taschendieb; was sich ein paar Tage später auch als richtig erwies. Von da an gab sogar Fabio etwas auf Alexandres Meinung. Dann fiel mir an Alexandre neben der Härte, die alle negativ vermerkten, ein weiblicher Zug im Gesicht auf, und ich vermutete in ihm einen angehenden

Transvestiten. Schließlich konnte ich mit ihm französisch sprechen, was mir gut gefiel. Es war kein reines Französisch; aber doch besser als das Kreolen-Kauderwelsch. Die Spanier hielten Alexandre für verschlossen und asozial, weil er nicht die derben Späße der Machos mitmachte, nicht stritt und feilschte und klatschte. Angesichts meiner distinguierten Kinderstube gab die zurückhaltende Verbindlichkeit einer französischen Unterhaltung mit Alexandre mir dagegen ein heimisches Gefühl.

Eines Tages kam ich ziemlich spät, kurz vorm Lokalschluss um zwei Uhr morgens ins Café. Ich war deprimiert. Um mit einem widerlichen, nur begrenzt wichtigen amerikanischen Geschäftsmann nicht ins Bett zu müssen, hatte ich mit Fabio die Erpresser-Nummer abgesprochen. Fabio schickte einen Mann ins Hotel, der den Freier ansprach, als kenne er ihn aus der Heimatstadt, ob er ihm nicht seine reizende Begleitung vorstellen wolle und so weiter. Der Freier verstand diesen Wink, geleitete mich zu meinem Zimmer, machte kehrt in die Lobby, bezahlte Fabios Mann und verschwand. Auf dem Weg in das Hotel hatte sich aber unprogrammgemäß ein doch ernstes Gespräch entwickelt, und ich kriegte Mitleid mit dem Freier. Nun, es gab keinen Weg mehr, den Lauf der Dinge aufzuhalten. Niedergeschlagen kam ich ins Café zurück. Die, die mich kannten, riefen mir etwas zu, woraus hervorging, dass sie von meinem Gemütszustand nichts ahnten. Alexandre allerdings brachte mir wortlos meinen Lieblingsdrink, den ›Havanna Special‹, wartete, bis ich mich gesetzt hatte, und fragte auf französisch: ›*Madanm*, kann ich Ihnen irgendwie behilflich sein?‹ In diesem Moment wusste ich, dass ich einen Freund hatte in dieser Stadt aus den allergottverdammtesten ›*putains de merde*‹.

›*Oui*‹, antwortete ich langsam, auch auf französisch. ›Ich weiß, dass Sie bald frei haben und sicher müde sein werden.

Aber ich würde gern noch ein wenig mit Ihnen plaudern, irgendwo. Ich meine, wo es ruhiger ist. Vielleicht bei mir zu Hause?‹ Das erste Mal seit mehr als tausend Jahren hatte ich ›*chez moi*‹ gesagt, als wenn ich die kommenden Ereignisse vorhergesehen hätte. Alexandre blieb ernst, deutete einen Diener an und sagte: ›*Madanm*, seit zwei Minuten bin ich frei und stehe zur Verfügung.‹ Den karibischen Spaniern mag eine solche Ausdrucksweise förmlich, ja geradezu unhöflich erscheinen. Aber ich war froh drum und spürte auch die hinter den Worten liegende respektvolle Sympathie.

Vorm Café fragte Alexandre wie selbstverständlich: ›*Oke*, in welchem Wagen wünschen *Madanm* gefahren zu werden?‹ Er wies auf die Wagen der letzten Gäste. Ich wählte einen schlichten dunkelblauen '44er Chevy Sports. Beim Hotel angekommen, rief Alexandre mit verstellter Stimme im Café an, gab sich als Inspektor aus und informierte Fabio, man habe in der Avenida Columbus, Ecke Calle Trujillo, einen Wagen gefunden, der wohl einem seiner Gäste gehöre; Fabio sollte mal nachfragen und jemanden zum Holen schicken, es stehe momentan kein Beamter dafür zur Verfügung. Zu mir sagte er: ›Wir wollen doch nichts stehlen, oder?‹ Mein Appartement beeindruckte Alexandre. Ich zeigte ihm das luxuriöse Bad und sagte: ›Wollen Sie sich eventuell etwas frisch machen, während ich uns einen Drink mixe?‹

Als Alexandre aus dem Bad kam, war es an mir, erstaunt zu sein. Vor mir stand ein junges, völlig hübsches Mädchen; auf fünfzehn hätte ich sie nicht geschätzt, sondern auf sechzehn oder siebzehn. Sie hatte das stramme Tuch, das ihren Busen flach hielt, unter dem Hemd ausgezogen und den zusammengewurstelten Strumpf, der in der Hose den Abdruck eines ›*Zozos*‹ imitierte, herausgenommen. Ihr Gesicht hatte sich gelöst. ›*Oke, non'm se* Anne‹, sagte sie lachend und sie setzte sich. Sie stellte mir ein paar taktvolle Fragen, die mir die Gelegenheit gaben, mich auszuheulen. Es dauerte, bis ich den Dreh kriegte, auch Fragen an Anne zu richten. Doch weit gelangte ich nicht, weil ihr – ich weiß nicht mehr aufgrund welcher Frage – die Tränen kamen. Um sie zu trösten, nahm ich sie in die Arme ... es wurde aber viel mehr daraus: mein größtes erotisches Abenteuer und die tiefste menschliche Beziehung meines Lebens.«[1]

In »*Walden III*« steht mehr: »Wie, oder: wann fängt Liebe an? Das Feuer? Versuche, mich zu erinnern. [...] Nein, an Alexandre war ich nicht interessiert. Nicht wirklich. Er gehörte für mich als Kundin des *Cafés* zum Inventar. Aufmerksam, verschlossen, aber mir gerade darum so angenehm. [...] & doch war ich an ›ihm‹ interessiert. Ich verfolgte das, was ›s-he‹ tat, wusste immer, wo ›s-he‹ war. Ich weiß, dass – & wie – ›s-he‹ mir damals gleichgültig war, & doch ist mir, als habe ein tieferes Gefühl in mir schon vorausgeahnt & vorausgeplant. Oder ist es eine rückwärtsgewandte Projektion? Jedenfalls weiß ich auch, dass es mir völlig vertraut *y* selbstverständlich schien, als der Körper sich vor mir in eine Frau verwandelte, ich ihn in die Arme schloss *y* liebkoste ohne ein Wort, ohne Scheu und Frage. Etwas in uns hatte schon Erkundungen eingezogen *y* Freundschaft geschlossen. & doch war es Liebe auf den ersten Blick.«[2]

Niño: »Ich glaube eigentlich nicht, dass Anne sich bewusst schon vorher in Lauren verliebt hatte; vielleicht ungewollt. Aber dann war es wie ein Wunder. Anne blühte auf. In ihr war ein Feuer entzündet worden, das nie wieder verlosch, das Feuer göttlicher Liebe. Ich bin mächtig stolz, dass sie nie ein schlechtes Gewissen kriegte, was, glaube ich, auch auf meinem Mist gewachsen ist. Kein schlechtes Gewissen zu züchten, habe ich mir als pädagogische Aufgabe gestellt,

---

[1] Jackson, *I Remember ARC*, New Rochelle, NY 1963, S. 55 ff.
[2] Jackson, *Walden III*, S. 63 f.

denn es ist der Nährboden des Teufels.«[1] Seine Antwort auf die Rückfrage, ob er aus religiösen Gründen nichts gegen die lesbische Liebe einzuwenden habe, und wie er solche Liebe, die Thomas von Aquin als »sündig« klassifiziere, als »göttlich« bezeichnen könne, offenbarte viel vom »katholischen Anarchismus« (Barbarojo), der Anne R. Chéries Politik so stark kennzeichnete: »Das Leben selber ist sündig. Nichts ist von der Sünde verschont. Thomas lehrte in Anlehnung an Augustins Kritik am Manichäertum, an dem Gedanken, aus der Sündhaftigkeit desLebens eine Lebensverneinung schließen zu dürfen, – Thomas lehrte, das sündige Leben auch anzunehmen, denn das Leben ist dieses *eine* Medium, in welchem gute Taten möglich sind, die die Gnade nicht erzwingen, aber möglich und verdient machen. Ein sündenfreies Leben hat Thomas nie gefordert, nur das Gebet, das nach Verzeihung ruft. Als Aristoteliker lehrte Thomas aber vor allem, dass die gute Tat von der Lust, der Befriedigung begleitet wird. Darum kann eine Tat, die zwar nicht um der Lust willen begangen werden darf – das ist ein Widersinn, jede Tat wird um ihrer selbst willen getan und die Lust ist nur das Zeichen ihrer Erfüllung; um der Lust willen Getanes führt nicht zur Lust, sondern zur Unlust – eine Tat also, die von Lust begleitet wird, kann darum nie im speziellen Sinne sündig sein. Liebe, auch perverse Liebe, ist immer göttlicher als der Hass oder die Gleichgültigkeit, die Folgen sind, wenn man sich Handlungen der Liebe versagt.«[2] Diese Passage zeigt, in welchem Geist Niño gelehrt haben muss und wie er dadurch Chéries Entwicklung vorbereitete.

Lauren Jackson notierte etwas, das das Establishment der heutigen Tomasischen Republik besonders empörte: »Der Geruch, die Erinnerung – – & als ich das erste Mal in Annes

[1] Callejas, *Interviú*, S. 32.
[2] Ebd., S. 53f.

und Niños ›*morada*‹ war – nach unserer ersten Nacht, die ich noch spürte, überall, Niño begrüßte mich schüchtern und verlegen – der Blick in die Ecke der Bücher – es war wie heimkommen. & der blinde Niño legte Holz nach + kochte uns einen herrlichen ›*sancocho*‹. [...] Erst später begriff ich, wie viele homosexuelle Beziehungen nicht nur scheitern an äußerem Druck, sondern auch von innen an beißendem Gewissen. (Das beißende Gewissen wird oft – fälschlich – das schlechte Gewissen genannt.) Anne hatte viel ›*esmero*‹, aber nie hat sie einen Gedanken daran verschwendet, ob eine Beziehung, die beide Menschen wollen und die niemandem auch nur den Hauch eines Schadens zufügt, etwa unethisch sein könnte. Und das bei einem Mädchen, das von einem evangelisch aufgewachsenen ¡&! zum Katholizismus übergetretenen Theologen erzogen wurde. Ich frage mich bloß, wo Niño seine Festigkeit in moralischen Fragen hernahm, die allem widerspricht, was man für katholisch hält, *y* auch die Kraft, seine Überzeugungen aufrechtzuerhalten.

Lange war er dem Druck der Gesellschaft nicht ausgesetzt. Nachdem er sich zum Leben am Rande der Stadt als ›*vago*‹ entschlossen hatte, war er vielfältigen Pressionen ausgesetzt, unterstand jedoch keiner theologischen Aufsicht mehr. *Oke*, demnach musste er dort keine Festigkeit beweisen.

& dennoch bleibt es sein Verdienst, dieses Waisenmädchen Anne absolut non-konformistisch erzogen zu haben. [...] & Niño? Wie war es, als wir uns kennen lernten? ›Und nun stehe ich wieder vor einem jener Geständnisse, bei denen ich im voraus von der Ungläubigkeit der Leser überzeugt bin‹ (R, *Confessions*).[1] Ich habe – bisher – niemals darüber nachgedacht. Als mir vor ein paar Tagen der Gedankenblitz kam.

---

1 Jean-Jacques Rousseau. [Warum lässt die Autorin die folgende, durch nichts sonst belegte Vermutung von Lauren Jackson hier unkommentiert stehen? – Anm. d. Hg.]

Natürlich sind wir alle davon ausgegangen, dass sie nie Sex miteinander hatten. Niño war unser Heiliger. Hat nicht vielmehr auch der Heilige das Recht auf eine Nacht! & jetzt denke ich, dass er den ›Droit du seigneur‹ vielleicht doch wahrgenommen hat. Mit dem ›*esmero*‹ des Lehrers.
Sie wusste, als wir uns erkannten, wo sie suchen musste. Ihr Mund, & ihre Zunge, & ihre Finger fanden mein Zentrum ohne Suche. & das kann nicht in der Theorie geübt worden sein. Keinem anderen als Niño traue ich dieses ›*génie du cœur*‹ zu. Ich bin nicht eifersüchtig auf ihn. & noch weniger verurteile ich den ›Inzest‹. Ich bin ihm dankbar.
Wenn Anne & Niño miteinander geschlafen haben sollten, war dies ebenso sehr Inzest wie ehelicher Verkehr. Schließlich war Anne nicht nur seine Tochter, sondern auch seine Frau, die für ihn sorgte. & so war ihr ganzes Leben: ungesetzlich *y* doch Recht.«[1]
Die Liebe zwischen Anne R. Chérie – das »R.« hatte Lauren eingefügt, um lautmalerisch den Klang von »Anarchie« zu erzeugen, ein Wort, das ihrer Meinung nach Anne besonders gut charakterisierte – und Lauren Jackson gestaltete sich nach den ersten Wochen der Leidenschaft keineswegs einfach und harmonisch. Lauren war eifersüchtig; zuerst auf Niño[2] und dann auf jeden Mann, mit dem Anne mehr als ein paar Worte wechselte. Zu einem Eklat kam es, als Anne sich durch Lauren zur Prostitution gedrängt fühlte. Für mehr als ein halbes Jahr brach sie jeden Kontakt zu Lauren ab. Niño mutmaßt im »*Interview*«, dass Lauren wohl gedacht habe, sie könne Anne ein für alle Mal die Männer verleiden, wenn sie sie zur Prostitution brächte.[3] Wahrscheinlich war allerdings die Eifersucht Jacksons völlig unbegründet. Jedenfalls

---

[1] Jackson, *Walden III*, S. 40, 52 f, 65. [*esmero*, Gewissenhaftigkeit. Hg.]
[2] In der zitierten Tagebucheintragung beteuert sie das Gegenteil! [Hg.]
[3] Callejas, *Interviú*, S. 32. [Vgl. dagegen unten S. 76, Fn. 2. Hg.]

behauptet Niño mit Festigkeit, »natürlich, sie war treu. Nie, nie hat sie einen anderen, oder eine andere, angefasst.«
Schließlich kam das Paar wieder zusammen, doch friedlich ging es selten zu. Pedro Donoso[1] berichtet: »Es war immer das Gleiche: Lauren machte eine Eifersuchtsszene oder die ›Prinzessin‹ zankte um Kleinigkeiten.«[2] Es war, als müsse Lauren »ihr berufliches Eifersuchts-Verbot und Anne ihre selbstauferlegte Gefühls-Disziplin« kompensieren.[3]
Niño gibt eine religiöse Interpretation: »Der Streit ist die Erbsünde. Die menschliche Liebe kann den Streit nicht aus der Welt schaffen, aber überwinden, so dass er nicht mehr trennend zwischen Menschen steht. Das Werkzeug[4] hierzu ist die Sexualität. Nur die göttliche Liebe vermag mehr.«[5]
Als Chérie in den 1950er Jahren Kontakt zu dem Kreis um Gatablanco, den *»Aficionados al Libertad«*,[6] knüpfte und auch freundschaftlichen Umgang mit den weiblichen Mitgliedern des Kreises pflegte, steigerte sich Laurens Eifersucht ins Unermessliche. Schließlich verschwand sie 1959. Chérie ließ sie von ihrer Organisation »La Red«[7] suchen und als Regierungschefin flehte sie in einer internationalen Pressekonferenz 1961 sogar ganz öffentlich: »Bitte, Lauren, komm zurück. Ich liebe dich«. Obwohl diese Aufforderung in Lateinamerika breite, wenn auch ausschließlich negative Publizität erreichte, drang sie nicht bis nach Kanada durch, wo Lauren Jackson sich aufhielt. Von Annes ungewöhnlicher Liebeserklärung erfuhr sie erst nach dem Mordanschlag. Sie machte sich sofort auf den Weg, kam noch rechtzeitig zu

1 Vgl. Kap. 5. [Hg.]
2 In: Henríquez, S. 186.
3 Hombueno 1963, S. 11.
4 *instrumento*.
5 Callejas, *Interviú*, S. 34.
6 Vgl. Kap. 7. [Hg.]
7 Vgl. Kap. 6. [Hg.]

der offiziellen Beerdigung an und legte unter Tränen einen Kranz an das Grab. Auf den Bändern stand in Englisch, Französisch und Spanisch: »Ich liebe dich, Anne«.
Die Tragik der Beziehung zwischen den Frauen spiegelt sich in einer kurzen Tagebuchnotiz von Lauren: »*Ich folgte mir selbst.* — Einst wollte ich ihr Hund sein, um stets bei ihr sein zu können, ohne im Weg zu sein. Der Hund sollte ›*mí*‹ heißen. Sie nahm den Hund ›*mí*‹ überall hin mit. Ich war glücklich, zuerst. Dann hieß der Hund allerdings Lauren & ›*mí*‹ gab es nicht mehr. Also war ich auch nicht mehr bei ihr, sie nahm mich nicht überall hin mit, ich war nirgendwo. Ich stand mir im Weg.«[1]
Auch die folgende Stelle bezieht sich wohl auf die Erfahrung mit Anne R. Chérie: »*Oke*, der Teufel, er schenkte mir mein Zentrum.[2] & es wäre ›*négligemment*‹, ein Geschenk zurück zu weisen. & es würde jede Idee des Schenkens entweihen, würde ich die Qualität des Geschenks am Urteil über den Schenkenden messen. Also nehme ich es an und freue mich an ihm. Die Freude aber ist ein Ding Gottes – so beschenkte der Teufel Gott. Es geht teuflisch zu im Himmel: Selbst der Protest gegen die Religion orientiert sich am Gesetz Gottes. Es geht himmlisch zu in der Hölle: Selbst das *idéal* der Ausschweifung orientiert sich am – Puritanismus.«[3]
Eine kryptischere Form der Verarbeitung der Problematik ihrer Liebe enthält eine andere Notiz: »Das Scheitern der eigenen Liebe ›politisch‹ mit den gesellschaftlichen Verhältnissen erklären zu wollen, klänge billig. Schon in diesem

---

[1] Jackson, *Walden III*, S. 30. Vgl. das Faksimile aus dem Tagebuch auf der nächsten Seite. Ich übersetze den Titel des Eintrags in Anlehnung an den Film von Jacques Tourneur, *I Walked With a Zombie* (1943, dt. *Ich folgte einem Zombie*). — Younger entziffert spanisch ›*mí*‹, wo ich auch englisch ›ME‹ in Versalien zu lesen geneigt sein könnte.
[2] Euphemismus für Klitoris. [Hg.]
[3] Lauren Jackson, *Walden III*, S. 50.

first time always is like a miracle.
When I first held her in my arms
to caress her the sobbing girl. No
thought of sex. But I had realised that
the gong when I had to my room to
be used for myself was an even younger
girl. The atmosphere had no sexual
implications — Anne was to [?]
as to pass the condition especial
men's world (but she doesn't). I [?]
her body. Suddenly [...]

Once I wished to be her dog to be
I walked with myself.   with her
                         without being
                         in the way. The dog
                         should be [?]
                  "ME". She always
took the ME-Dog with her. I was happy
[?]. Of course the dog was but I was and
there was no ME any longer than I was
not with her, she did not take me
with her anywhere. I was useless.
I stood in my way.

→ my real shadow many leaves of her has an

Zugeständnis liegt die Anerkennung der schlechten Moral, die die Fehler des Ganzen dem Individuum anlastet. Dennoch ist dieses Zugeständnis nötig, denn die Verneinung der falschen Moral führt nicht zur richtigen, vielmehr zur Zerstörung der Moral, die die Gesellschaft je nach Opportunität selber befiehlt. Nur wer sich gegen die objektiven Möglichkeiten verantwortlich fühlt, erwirkt das Anrecht, dass seine Fehler mit objektiven Bedingungen entschuldigt werden. *Scheitern ist Gelingen.* — ¿Aber eventuell ist meine Liebe gar nicht gescheitert? Oder: Im Scheitern ist sie gelungen.«[1] Wie unglücklich intensiv die Beziehung allerdings trotz der Schattenseiten nachwirkte, lässt sich an dieser Tagebuchstelle ablesen: »*Du sollst Dir (k)ein Bild machen.*[2] — Pablo[3] predigte uns, dort würdest Du geliebt, wo Du schwach sein dürftest, ohne eine Reaktion der Macht herauszufordern. Vielleicht ist es auch umgekehrt. Echte Liebe muss Macht & Stärke aushalten, ohne sie mittels Schwäche zerstören zu wollen. Anne war zu stark für mich y ich konnte ihrer Macht nicht widerstehen, wollte sie mit Ressentiment in Schwäche wandeln. & jetzt sitze ich hier nach langer Irrfahrt, sitze in der ›solitude‹ & habe das Bild von ihr in mir. & immer noch zu stark, doch ich kann es nicht ablehnen – – Sie kommt, schaut mich an. Sanft drückt sie mich auf den Boden. Ich fühle den kühlen Stein. Sie beugt sich über mich. Küsst mich. Ihre Hand gleitet über mein Gesicht, weiter hinunter zum Busen. Kurzes Zögern. Sie zerreißt mein Hemd. Ich liege da, entspanne mich. Lausche. Anne zieht mich aus. Zieht sich aus. Sie kniet über mir. Ihr ›rayón de miel‹ berührt meinen Schenkel. Sie lässt sie über mein Bein gleiten. Ich fühle, wie

---

[1] Ebd., S. 52.
[2] *You should(n't) make yourself an idol.* Das dritte Gebot (*King James* Übersetzung: »*thou shalt not make unto thee any graven image*«).
[3] Pablo Hombueno Gasvar [vgl. Kap 7 – Hg.].

sie feucht wird. Ich werde feucht. Anne kommt höher *y* lässt mir ihren ›*rayón*‹ über Bauch *y* Busen kreisen. Höher. Zum ersten Mal greife ich ein. Meine Hände gleiten über ihr Bein hinauf zum Po. Ich drücke ihn sanft nach vorn. Ich hebe den Kopf. Mit der Zunge suche ich ihr Zentrum. Anne stöhnt. Sie dreht sich um und beugt sich über meinen ›*rayón*‹. Wie ich Dich liebe Anne. Wie konnte ich nur weggehen von Dir. Aber jetzt habe ich Dich für mich, ganz alleine für mich. Wenn ich auch bloß eine ›*efigie*‹ von Dir habe.«[1]

Letztlich aber ist sie sich sicher, dass es zur Trennung keine Alternative gegeben habe: »*Nicht genug für dich.* — So feige komme ich mir vor, wenn ich daran denke, für was Anne kämpfte, kämpft. (Ich weiß, sie kämpft weiter ohne mich.) In diesem Augenblick, ¿was tut sie wohl? Eine Welt ohne staatliche Gewalt, & ohne staatliche Ungerechtigkeit, & ohne durch den Staat erzeugte Armut. & eine Welt, in der die Menschen Menschen sein können, & in der sie ihre Kräfte für Aufbau statt Zerstörung + Ausbeutung vergeuden.

Warum widmet sich die eine ganz einer solchen Sache & die andere – ich – nur dem eigenen Glück? Das dann doch nicht gelingt, weil ich mich von ihr trennen ¡musste! – ¿musste? Andererseits: Was ist das für ein Kampf ums gute Leben, wenn Du dabei selbst draufgehst? & warum für das Glück Anderer eintreten, wenn Du selbst unglücklich bist? & was ist unser Zentrum? […] Manchmal dachte ich, Zank sei da, um den Sex schön zu halten: immer die Aufgabe der Überwindung. Aber er wurde stärker als unser Zentrum. […]

Wenn's heißt, Ehe sei Prostitution auf Dauer + Prostitution Ehe auf Zeit, trifft es eventuell die historische Realität unter gewissen staatsrechtlichen Bedingungen, & nicht die tiefere

---

1 *Walden III*, S. 29 f. Weder in spanischen, französischen *(effigie)* noch englischen *(effigy)* Übersetzungen steht dies Wort für *Bild* im entsprechenden Gebot; *in effigie*, in Abwesenheit, symbolisch, stellvertretend.

Bedeutung der religiösen Ehe, die in der Anerkennung der sexuellen Grundlage der Kommunikation liegt – einerseits – & in dem in der Treue gemachten Zugeständnis – andererseits –, dass allgemeine Kommunikation (Universalliebe) dem Menschen unmöglich sei (sie ist Gott vorbehalten). Die Prostitution wäre ja der Himmel auf Erden, wenn wir der Universalliebe fähig wären *y* die Ehe der Himmel auf Erden, wenn wir uns mit der Liebe, zu der wir fähig sind, begnügen könnten (& nicht fortwährend den Turm zu Babel bauen würden). Ich hatte beides, die heterosexuelle Prostitution und die homosexuelle Ehe mit Anne. War es die beste Hälfte von beiden halben Himmeln? Jedenfalls bezahle ich jetzt mit ›*solitude*‹ für Jahre der Völlerei.«[1]
Zu den abstoßendsten Entwicklungen nach Anne R. Chéries Ermordung gehört der Versuch offizieller Kreise Tomasias, um Chéries Leben eine Legende der Heiligen zu spinnen, in der ihre Härte und ihr Egoismus gegenüber Mitmenschen und ihre Streitsucht gegenüber Lauren keinen Platz haben; ja, die lesbische Liebe zu Lauren wird ganz verschwiegen. Man kriegt den Eindruck, dass es manch einem heutigen Cherieisten lieber wäre, wäre Anne ein Alexandre Pétion II geblieben. Sie war aber kein Mann und keine Jungfrau, und sie war nicht der »Engel der Armen« (M. Jauve).
1960 verschlug es Lauren Jackson nach Kanada, wo sie dann das Tagebuch schrieb, aus dem ich viele Passagen zitiere.
In Kanada – sie hauste in der Einsamkeit der Wälder an einem See, den sie »Waldensee« nannte – lernte sie Ernest Younger kennen, der bis zu ihrem Tod 1988 ihr Lebensgefährte blieb. Außerdem traf sie Paul Goodman, dessen Bruder, der Architekt Percival, für Chérie gearbeitet hatte.[2]

---

1 Ebd., S. 62, 67, 32.
2 Entwurf der in den revolutionären Kämpfen von 1961 zerstörten und 1974 als Museum rekonstruierten »Chérie-Villa«, sowie Entwurf einer

Auf Dauer war das Leben in den Wäldern für Lauren jedoch so unerträglich wie für ihr Vorbild, Henry David Thoreau: »Magen verdorben! & die Einsamkeit verstärkt alles: Das Glück wie das Unglück. & den Schmerz. & niemand da zum Beklagen, zur ›*vejación*‹,[1] oder zum – Teilen. ¡Warum nicht gleich sterben? [...]
Lieber noch wollen wir individuelles Unglück als anthropologische Bedingung oder eigenes Versagen interpretieren, als zuzugeben, wie intensiv wir von der Gesellschaft uns geprägt sein lassen. Zwar sehen wir uns gern als die Opfer, aber dennoch müssen wir uns unsere Gefühle *y* Reaktionen als Eigenes bewahren, auch unter dem Preis der Selbstaufgabe. Auf diese Weise übersetzt sich der gesellschaftliche Druck in individuelles Handeln und verdoppelt sich (›verdoppeln‹ – oh! dieses verfickte Wort von Gat,[2] wie ich es hasse und mich doch immer wieder ertappe, dass ich es gebrauche). Der Gesellschaft ist dann alles möglich; die Opfer, die Mitglieder der Gesellschaft, sind aber schuldig, in ihren eigenen Augen. Und wie passe ich dahinein? Jetzt hier am Waldensee? Totale Form der Vergesellschaftung: & die falsche Gesellschaft ist mir völlig internalisiert. [...]
Meine Fragen beantworten sich von selbst & ich beantworte die Fragen selber. ›*Solitude + presumido*‹, Nachwirkungen einer Gesellschaft, die den Zweifel für verwerflich hält, Zugeständnis an eine Umgebung, die den Zweifel nicht kennt und ihn ignoriert. Die Natur spricht nicht meine Sprache. Aber ich spreche ihre Sprache noch. [...]
¡*Du sollst Dir (k)ein Bild machen!* — An dieser ›*solitude*‹ ist nicht die Abwesenheit der Anderen das Übel, sondern die

---

Musterstadt, die Chérie mit der von »La Red« finanzierten Baugenossenschaft in dem Stadtviertel »*barrio nuevo*« von Santo Tomás verwirklichte.
1 [etwa: *zum Schikanieren.* – Anm. d. Hg.]
2 Errico M. Gatablanco [vgl. Kap. 7; s. a. S. 123 – Hg.].

Art ihrer Anwesenheit. Sie werden völlig als die eigene Projektion vereinnahmt. In dieser Projektion liegt die äußerste Form von Entfremdung. Die Ruhe des Eremiten ist nur die Scham über die Unvermeidlichkeit einer ›Vergewaltigung‹. Nach der Vergewaltigung hat der Täter kein Opfer mehr, sondern nur noch die Leere des eigenen Angesichts, vor dem er erschaudert, *y* das Tao ist die Welt als die Projektion des Ich ohne jede soziale Affizierung *y* die Natur reicht nicht *y* Gott reicht nicht. Der Andere ist unersetzlich.«[1]
Auch das sozialpolitische Handeln, das gewissermaßen sich zwischen sie und ihre Geliebte geschoben hatte, wollte sie auf Dauer nicht missen: »*Quod erat demonstrandum.* — Lese ›*Helios City*‹, das neueste Werk von Ernest Younger. Und ich fühle eine ›*Wahlverwandtschaft*‹[2] zu seinem (Anti-)Helden Theo Wadorn. In einer Welt, die sich in zwei (¿?) feindliche Lager spaltet, deren eines wohl zweifellos das schlechte und das andere das gute ist, versucht Wadorn, dem Guten zu dienen. Doch das Gute muss sich im Kampf der Mittel des Bösen bedienen: Taktik *y* Strategie *y* Freunde verraten, um das höhere Ziel zu wahren, + Waffengewalt, + Unschuldige opfern. Ihm bleibt die Demission. & dennoch protestiert alles in mir dagegen, dies hinzunehmen, & ›Partei‹ zu ergreifen. Das bloß wäre dann Resignatión. Ernest pflegt sein ›*Pathos der Distanz*‹,[3] mich jedoch, / / – – denke, kriegt die Welt zurück.«[4]
Ab 1963/64 setzte Lauren Jackson sich in den USA dann tatsächlich wieder politisch ein. Sie stritt an der Seite von Paul Goodman, dem Mentor der Jugendrevolte. Über diese Zusammenarbeit schrieb sie in einem Nachruf:

---

1 *Walden III*, S. 50f, 67, 75. [*presumido*, arrogant, eitel. Hg.]
2 Deutsch im Original.
3 Deutsch im Original.
4 *Walden III*, S. 64.

»Pauls politisches Engagement hervorzuheben, seine Rolle im Kampf gegen den Krieg, das hieße, ihn unterzubewerten. Die Zeit, in der seine politische Philosophie verstanden werden wird, muss erst noch kommen. Ich arbeitete nicht mit ihm zusammen, weil er die gleiche ›Linie‹ wie ich vertrat (was er nicht tat), sondern weil ich seinen Rat, seine Analysen, seine intellektuellen Fähigkeiten brauchte, um selbst Orientierung zu finden. Wir müssen eine Koalition der Denkenden formen in dieser Zeit der Dummheit, jenseits aller Differenzen. Wer seine Meinung teilte, aber sie nicht gut begründen konnte – solch ein Mitstreiter war für Paul eher eine Belastung. Das habe ich von ihm gelernt.«[1]

Interessant ist auch ihr Nachruf auf Herbert Marcuse, als Marxist Antagonist von Goodman in der Protestbewegung. Gegen Ende dieses durchweg positiv gehaltenen Portraits schrieb sie: »Wer meine zum Teil lautstarken Auseinandersetzungen mit Marcusianern in unserer Bewegung kennt, wird verwundert sein, dass ich über Herbert nur Gutes sage. Dies ist bestimmt kein Zugeständnis an konformistische Pietät dem Toten gegenüber. Vielmehr glaube ich, dass nur eine philosophisch geführte Revolution irgendeinen Segen haben kann. Das ist die Weisheit Platons. Letztlich ist es mir egal, welche Philosophie der Revolutionär verfolgt. Jedenfalls ist mir ein dummer Chérieist weniger lieb als ein kluger Marxist. Aber Dummheit und Klugheit zeigen sich einzig in harter Auseinandersetzung. Mit Herbert hat sich jede Auseinandersetzung gelohnt. Sein Denken war revolutionäre Praxis ohne Zwang, das Falsche tun zu müssen.«[2]

---

[1] Lauren Jackson, *Paul, I Miss You*, in: Berkely Bab Nr. 13, 1972.
[2] *On the Death of Herbert Marcuse*, in: The New Yorker, 12/1978. Die letzte Wendung »Praxis ohne Zwang, das Falsche tun zu müssen« spielt auf Jacksons Nachwort zur Neuauflage von Youngers »*Helios City*« an; das Nachwort trägt den Titel »*Action Doomed Doing the Wrong Thing*«.

Nach Goodmans Tod 1972 und nach dem Zusammenbruch des diffus libertär-liberal-marxistischen Protestpotenzials widmete sie sich in der Kollaboration mit Murray Rothbard dem Aufbau des theoretisch-prinzipientreuer orientierten »*Chérieist Movement*«, einer Koalition radikal liberaler »rechter« und anarchistischer »linker« Kräfte. Ihr Interesse ging von kulturellen Fragen über zu harter Ökonomie: Wie sieht die Wirtschaft in einer freien Gesellschaft aus? Ihre Antwort widersprach den »gängigen« Thesen, die entweder auf Planwirtschaft oder auf die staatlich kontrollierte Marktwirtschaft hinausliefen. Das Experiment in Tomasia, obwohl mit Fehlern behaftet, führte sie an, um zu beweisen, dass erst ein Nichteingreifen des Staates in die Wirtschaft den Markt zur sozialen Einrichtung macht, während Interventionen immer zu Gunsten der Reichen und Mächtigen ausfallen.[1] — Das Übergewicht eher »rechter« (liberaler) Tradition bei den Chérieists führte Lauren in den 1980er Jahren mit Sam Niknock III zu der Gründung des radikal anarchistischen »*Movement of the Chérieist Left*«.

Im Zusammenhang der »*Cherieist Left*« beschäftigte sie sich auch erstmals mit feministischen Themen. Ihr letzter Artikel, gemeinsam mit Heddy Hence, Wendy McRand und Voltairine Nichols verfasst, trägt den Titel »*On Feminist Individualism: Against Fascist Feminism*«. Darin heißt es: »Wesentliches Kennzeichen faschistischer Ideologie ist es, eine Fassade der Natur zu errichten, hinter der die Natur ungehemmt durch Technik ersetzt wird. Diese Ideologie muss stark genug gemacht werden, dass sogar absolute Künstlich-

---

1 Vgl. Lauren Jackson und Benjamino Barbarojo, *What Is Left? Building the Chérieist Economy*, San Francisco 1975. — Während Barbarojo in seiner Heimat stets das Etikett *links* vermied, hat er sich im us-amerikanischen Kontext offenbar zumindest Mitte der 1970er Jahre nicht gescheut, von Jackson für *the Left* vereinnahmt zu werden.

keit als Naturvorgang interpretiert werden kann. Analog dazu geben feministische Utopien die perfekte Künstlichkeit umstandslos als absolute Natürlichkeit aus. Ob es sich um ›weibliches Träumen‹ oder um ›Ausrottung der Männer (und künstliche Fortpflanzung)‹, um ›weibliche Machtfremdheit‹ oder um ›weibliche Friedfertigkeit‹ handelt oder sonstwie um etwas angeblich ›Weiblich-Eigentliches‹, immer wird als deren ›natürliche‹ Eigenheit suggeriert und utopisch für eine Grundlage zukünftiger Gesellschaft hergerichtet, was eigentlich auf die künstlich-gewaltsamen Eingriffe in den Körper der Frau zurückgeht.«[1]
Im September 1988 starb Lauren Jackson 68-jährig in der New Yorker Wohnung von Ernest Younger.
Der deutsch-amerikanische Marxist Gabriel Morph nennt die Lektüre von »*Walden III*« ein »nostalgisches Erlebnis«. Und weiter: »Die Verdienste von Lauren Jackson in der Protestbewegung der 1960er Jahre, unser gemeinsamer Kampf gegen den Vietnamkrieg und der letztendliche Sieg des gewaltlosen Protests über die gewaltige Militärmaschinerie sind unbestreitbar und bleiben unvergessen. Auch kann ich mich der feinen Reflexionen aus dem beschädigten Leben, an dem Jackson leidet, nicht entziehen: Sie berühren mich. Dennoch muss ich auf der Ebene philosophischer Auseinandersetzung anmerken, dass Jacksons Projekt von einer Kritischen Theorie ohne Marx wenigstens die ›Theorie‹ vergisst, wenn nicht auch die ›Kritik‹. Thomas allein genügt eben nicht, so wenig wie bei Marcuse Hegel allein.«[2]
Die Bedeutung, die Ernest Younger (*1898 †1991) für Jackson erlangte, und der Skandal um seine Herausgeberschaft ihrer Tagebücher lässt es mir sinnvoll erscheinen, diesen

---

[1] Lauren Jackson (mit Heddy Hence sowie Wendy McRand), *On Feminist Individualism: Against Fascist Feminism*, in: Mother Earth 5/1988.
[2] Gabriel Morph, in: *Vanguard* 3, 1990.

umstrittenen Autor vorzustellen. Die folgende Skizze stützt sich auf Albert Leonards Biographie »*Ernest Younger: The Rightist Critic of American Imperialism*« (1987).
Die nord-amerikanische Geschichtsschreibung bezeichnet Younger als »intelligenten Faschisten«, der »Amerika mit Nazi-Propaganda überschüttete, Anti-Semitismus predigte und eine führende Stellung unter den ›Isolationisten‹ einnahm.«[1] Politisch tat Younger sich zunächst als der Redenschreiber des Korporatisten Charles A. Lindbergh und konservativer Gegner des *New Deal* hervor. 1931 erschien sein Buch »*Capitalism Is Doomed*«. Dessen Botschaft: »Märkte lassen sich nicht mehr erobern. Blutige Kriege der Dollar-Diplomatie, die das Leben von US-Bürgern in Nicaragua, der Tomasischen Republik usw. kostet, künden davon.«[2] Nicht nur die US-Faschisten fühlten sich bestätigt, sondern Younger erhielt auch Beifall von Marxisten.
Die Reputation als Faschist hat Younger aber hauptsächlich seinem Buch »*Fascism Coming In America*« von 1936 zu verdanken. In diesem beschrieb er den Sieg des Faschismus in Italien und Deutschland. Seine Analyse war sachlich und völlig distanziert-emotionslos. Er sagte den USA ein proto-faschistisches Regime voraus, nämlich indem das *New Deal* – wirtschaftlich bereits faschistisch strukturiert – zu einer politischen Diktatur werde. »Faschismus« sei, so definierte er, »die formelle Erhaltung der Eigentumsrechte bei gänzlicher staatlicher Kontrolle der Stabilität. Das Ziel ist die nicht-dynamische Wohlfahrt, gesichert durch den starken Nationalstaat. Diese Wohlfahrt erreicht weder die Diktatur des Proletariats noch das angebliche Gesetz der Individualrechte. Nur solche Wohlfahrt kann Krieg verhindern.«[3]

1 Right/Cottan, *American History 1921-1945*, New York 1973, S. 18.
2 Ernest Younger, *Capitalism Is Doomed*, New York 1931, S. 14.
3 Ernest Younger, *Fascism Coming In America*, New York 1936.

Solche Ausführungen wurden als Zustimmung verstanden, wohl weil ihr Urheber keine eigene Bewertung vornahm. Später jedoch interpretierte Younger sein Werk als »reine Diagnose«. Seine Interpretation hat insoweit etwas für sich, als Younger ja Anfang der 1930er Jahre vehementer Gegner des *New Deal* gewesen war, des gleichen *New Deal*, das er 1936 zum Träger des kommenden Faschismus erklärte.
Nach dem Angriff Japans auf Pearl Harbor gehörte Younger zu der Gruppe, die die These aufstellte, dass Roosevelt den Angriff gewollt, vielleicht sogar provoziert habe; zumindest aber habe Roosevelt von dem Angriff gewusst, die Truppen jedoch nicht gewarnt, um die Kriegsstimmung zu schüren. Das habe er nötig, denn ca. 80 % der US-Amerikaner lehnten die Kriegsbeteiligung ab, und Roosevelt sei mit einem von den Isolationisten übernommenen Slogan – »*Keep Us Out Of the War*« – wiedergewählt worden.[1]
An der Nachkriegsordnung bemängelte Younger, dass die Strukturen und Grenzen durch Gewalt geschaffen worden seien und: »Etwas, das die Gewalt geschaffen hat, kann nur durch fortgesetzte Gewalt aufrecht erhalten werden. So besehen werden wir nicht Frieden, sondern die Fortsetzung des Krieges zu erwarten haben«.[2] In dem als Sondernummer 1946 von der erzkonservativen Zeitschrift »*Human Events*« publizierten Essay »*Peace is War*« wandte er des weiteren sich gegen das »verheerende Ideal des US-Weltpolizisten« und sagte: »Die Hysterie des Kalten Krieges ist ebenso verhängnisvoll wie die Anti-Hitler-Hysterie, die uns den Krieg brachte. Die Frage lautet nicht, *ob*, sondern *wann* der Kalte zum Heißen Krieg wird.«[3] Am Schluss des Essays plädierte

---

[1] Younger, *The Other Side of Pearl Harbor*, in: Human Events, Mai 1943.
[2] Younger, *Peace is War* (1946), mit dem Essay *Cold War Was Not A Favorit Song Among Our* ›literati‹ von Albert Leonard, New York 1968, S. 23.
[3] Ebd., S. 27, 29.

Younger für die »Rückkehr zum liberalen isolationistischen Ideal der Gründungsväter«. Eine Auseinandersetzung mit seinen Vorkriegspositionen oder gar eine Distanzierung von pro-faschistisch klingenden Aussagen aus dem Krieg fand allerdings nicht statt. Seine neue liberale Position war ebenfalls so weit von der politischen Normalität entfernt, dass selbst eine Distanzierung ihm nichts gebracht hätte.
Erst die Anti-Vietnamkriegs-Generation entdeckte Younger wieder – sowohl als Kritiker weltpolitischen Engagements der USA als auch als *den* Autor extrem individualistischer Abkehr von Politik überhaupt. Seine beiden literarischen Hauptwerke »*Helios City*« von 1958 sowie »*Venator City Limits*« von 1964 handeln davon, dass auch diejenigen, die auf der Seite des Guten kämpfen, korrumpiert werden. Unweigerlich stellt sich die Frage, ob man seine Ideale verrate oder sich aus jeder (politischen) Praxis zurückziehe.
Im Folgenden habe ich die wichtigsten Passagen aus Jacksons Tagebuch ausgewählt, welche sich auf Ernest Younger beziehen: »Mit Mr. Younger auf Insektenjagd. Obwohl er es nicht zugeben wollte, hat es ihn doch, glaube ich, schockiert: Mein wertvolles Fliegen-Frikassee an eingelegten Motten und gebratenen Schmetterlingen. Zuerst wusste er ja nicht, was er da aß + lobte ›das leicht verdauliche Zeug‹, das ›in etwa wie Käseomelett‹ schmecke. Ich weiß noch gar nicht, wie ich ihm danken soll, dass er sowas mitmacht. Wird es je noch einen Menschen geben, mit dem gut Flöhe essen ist?
Ein geheimnisvoller alter Mann. Vor ein paar Wochen traf ich ihn, als er hier in meiner Gegend nach einer bestimmten Insektenart suchte, einer wenig bekannten Verwandten der *Calopteryx splendens*. & von Beruf ›*literatus*‹.
Als ich ihn in seiner Sommerwohnung in der Stadt besuchte, war eine eigenartige Stimmung. Er hatte 2 alte Freunde zu Gast, darunter einen dubiosen Deutschen. Sehr konservativ,

die zynische Variante. Alte Schule – ›*désinvolture*‹ –, die sich selbst nicht ganz so ernst nimmt, wie um der Erfahrung vorzubeugen, von Anderen nicht ernst genommen zu werden. Ein absolut faszinierender Kontrast – zu meiner Einsiedelei, zu Anne & ihrer Bande. & doch erinnert Mr. Younger mich an sie. [...]
& dass die Liebe nur einmal sei, diese Forderung der Treue, klingt ungerecht: Es gibt so viele Menschen, ¡warum sollte man nicht ausprobieren dürfen? Nein, die Treue protestiert gegen den Zufall. & in unserer Gesellschaft ist ›Zufall‹ bloß ein anderer Name für ›Administration‹.
¿Und *ist's* denn etwa Untreue gegen Anne, was ich für Ernest fühle? Ich glaube, ich habe ihre Zustimmung. Gut, dass ich sie nicht fragen kann. Erspart mir Enttäuschung. Schade, dass ich die Freude nicht mit ihr teilen kann. Aber das geht sowieso nicht. (Ich, *die* Expertin für ›*envidia*‹, sollte das ja wohl wissen!) Niño hätte es – theoretisch – abgelehnt, wie er es ablehnte, dass ich Anne verließ (›Liebe gibt uns einen Platz in der Welt – einen, einmal + wenn wir den aufgeben, wandern wir ewig zwischen Winden. & an dem einen Platz müssen wir verharren & aushalten, komme, was da kommen mag‹, wie er mich belehrte), aber praktisch zustimmen ... wie auch immer ... [...]
Ernest hat mich mit einem von seinen Kollegen bekannt gemacht, einem Yankee, ›*literatus*‹ – ›*éléphant terrible*‹ – aus den Vereinigten Staaten, Paul Goodman – dazu ein Psychotherapeut & politischer Aktivist.
Wie klein unsere Welt ist: Seinen Bruder Persival kenne ich ziemlich gut, er hat die Villa von Anne entworfen und ebenso die Bauprojekte des ›*barrio nuevo*‹, in welchem Anne sich engagiert.
Paul war total an alle dem interessiert, was ich über Anne erzählte, weil es seinen eigenen Ansichten gefährlich nahe

kommt. Außerdem komme ich ihm gefährlich nahe. Er hat eine ganz andere sexuelle Offenheit, als ich sie kenne. Ernest ist etwas eifersüchtig, aber drängt mich, mit Paul etwas ›zu unternehmen‹, weil er wohl glaubt, dass ich nicht für die ›*solitude*‹ geboren bin. Ein verworrenes Spiel. Froh, wieder daheim zu sein. […]
Wer ist dieser Ernest Younger? Die unehrliche Art, wie man auf der Party hinter seinem Rücken über seine rechte Vergangenheit geredet hat, hat mich abgestoßen, ebenso erschreckte mich der Gedanke. Bis mich Paul[1] schließlich mit dem zynischen Satz beruhigte, es sei kaum ehrenrühriger, von Hitler als von Stalin im Glauben an einen staatlichen Messias enttäuscht worden zu sein. Wichtig sei die Form der Verarbeitung: Ernest habe zur Kritik gefunden, andere seien Demokraten geworden – Fortsetzung der Diktatur mit der Gewalt der Mehrheit.
Auch in andrer Hinsicht war die Party ›*extraño*‹. Der Junge, den Paul mitgebracht hatte, machte einen schüchternen Eindruck. Doch dann hat er mich heftig umworben. Paul wurde, wie ich dachte, eifersüchtig & fing an, mit dem Hund zu knutschen. Doch er sagte, er sei nicht eifersüchtig (obwohl er dies – trotz seiner Promiskuität – oft sei); ihn stoße nur das Party-Verhalten ab, Rollenspiel, Koketterie, ritualisierte Berührung, die sich selbst in ihrer Bedeutung aufhebe usw. – dies hat mich nachhaltiger beeindruckt als es die Eifersucht hätte. Nur Strategie? Oder ist etwas Wahres dran? Was tue ich jetzt mit den angefangenen Gefühlen?
Ich bin verwirrt & gehe zurück in meine ›*solitude*‹. // Die sozialen Verflechtungen sind so dicht, dass es nichts mehr nützt. Ich … nein *y* nein *y* es muss anders werden *y* ich bleibe standhaft *y* Niño wird mir helfen.«[2]

[1] Paul Goodman.
[2] Jackson, *Walden III*, S. 61, 66, 68, 75.

Das Café americano al Fabio
in der Avenida Corrientes y Esmeralda (vor 1953)

KAPITEL 4

EL BESO

Trotz aller Leidenschaft vergaß Anne nicht, dass sie Verantwortung für einen Blinden trug. Pünktlich morgens kam sie, um Niño zu »seinem« Platz auf dem Markt zu führen, und abends holte sie ihn ab, bereitete für ihn Essen, berichtete ihm, was in der Zeitung stand, und setzte sogar ihre Latein-Stunden fort, indem sie aus der »*Summa theologica*« vorlas und sich von Niño die Wortbedeutungen sagen und die grammatikalische Struktur erklären ließ. Jackson erwirkte bei dem verdutzten Fabio, dass »Alexandre Pétion« nach einigen Tagen Abwesenheit als Anne R. Chérie »neu« eingestellt wurde.

Die Identität der neuen Angestellten Anne mit Alexandre konnte vor denen, die öfter im *Café americano* verkehrten, nicht verheimlicht werden, geschweige denn vorm übrigen Personal. Dies führte zu Schwierigkeiten, die sich zunächst in dem recht harmlosen Terrain von Hänseleien abspielten. Fabio berichtet, wie Anne ein für allemal klar macht, dass man »es« bei ihr gar nicht erst versuchen brauche: »Also, da spielte sich folgendes ab. Wir hatten hier einen Vertreter der deutschen Nazi-Regierung, Gotthilf Geißler. 1944 befanden sich viele unserer Staaten formell schon im Kriegszustand mit Deutschland, dieser Deutsche war aber hier, um die dennoch nicht unterbrochenen wirtschaftlichen Kontakte zu pflegen. Keiner von uns mochte ihn. Aber Molina, der ja selber nichts besseres war als ein Faschist, tolerierte ihn und unterstützte insgeheim seine Mission. Nun, dieser

Geißler frequentierte natürlich mein Café; da nur Alexandre etwas Deutsch konnte, sagte ich ihm, er solle sich um Gotthilf kümmern. Nachdem aus Alexandre Anne geworden war, fühlte Gotthilf sich bemüßigt, ihr nachzustellen. An einem Tag trieb er es besonders arg. Während ich noch überlegte, ob ich Anne nicht erlösen sollte, indem ich ihr irgendeinen Auftrag gab, kam Lauren herein. Sie wollte Anne leichtweg begrüßen, da sie die Situation wohl noch nicht erfasst hatte. Anne jedoch zog Lauren mit typischer Macho-Geste an sich, umarmte sie, ihre Hände glitten über Laurens Taille auf den Po, Lauren schmiegte sich verliebt an Anne, und die beiden begannen zu knutschen, sodass keine Fragen mehr offen blieben.«
Jackson, die in ihren »Erinnerungen« diese Passage aus dem von ihr selber geführten Interview mit Fabio bringt, fügt hinzu: »Noch heute verspüre ich ein Kribbeln, wenn ich an diesen Kuss denke. Die Erde bebte.«[1]
Fabio schildert die Reaktion auf den Kuss: »Um sie herum wurde es mucksmäuschenstill. Alle Augen waren auf das Pärchen gerichtet. Da war Gotthilf, dem der Mund offen stand. Spucke rann aus seinem Mundwinkel über das Kinn und tropfte auf seinen Anzug. Die Spannung zwischen Geilheit und moralinem Abscheu wurde so groß, dass er seinen Kopf mit kleinen ruckartigen Bewegungen immer wieder vor und zurück schob.
Ein großer junger Spanier an der Theke versteinerte mit dem Tequila-Glas in seiner Hand. Nur seine freie Hand bewegte sich. Sie wanderte langsam zu seinem Hosenstall. Doch die übliche Geste ganz bestimmter spanischer Männer, mit der sie sich über den ›Zozo‹ zu reiben pflegen, misslang. Seine Hand verkrampfte sich, und er kniff sich in den Zozo. Der muss nun ganz blau geworden sein. Jedenfalls scheint es weh

[1] Lauren Jackson, *I Remember ARC*, S. 11.

getan zu haben. Denn als die beiden auseinander gingen und sich der Spanier aus der Versteinerung löste, verzog er sein Gesicht in Schmerzen, nahm das Glas in die Hand, mit der er es getan hatte und warf es in die Richtung von Lauren. Glücklicherweise ging es nur in den Spiegel, zwei Meter daneben.

Schließlich ist jene betagte Gringa zu erwähnen. Sie schloss die Augen und schob an beiden Händen die Mittelfinger über die Zeigefinger. Die so versteiften Zeigefinger legte sie rechts und links an ihren Schultern auf und ließ sie langsam, ganz langsam ihren Körper hinuntergleiten. Dann öffnete sie die Augen und rief: ›Schande! Schande!‹ und verließ das Café.

Mir selbst blieb die Spucke weg, obwohl ich ja einiges gewohnt war. Fast alle fanden die Szene natürlich skandalös. Doch ich muss sagen, dass meine unmittelbare Reaktion darin bestand, mich an dem schönen Bild der beiden umschlungenen hübschen Frauen, die eine sehr hell und die andere sehr dunkel, zu erfreuen. Ich hatte die Arbeit von Alexandre immer hoch geschätzt, aber ich war doch froh, dass aus ›el maquina‹, wie wir ihn nannten, ein Mensch aus Fleisch und Blut, aus heißem Blut geworden war.

Lauren hat die Sache gar nicht geschadet. Anne musste ich allerdings leider aus der Arbeit in der Öffentlichkeit des Cafés rausnehmen. Oder vielmehr glücklicherweise. Denn ich setzte sie für Spezialaufgaben ein. Im Klartext handelte es sich um Erkundungseinsätze, für die sie glänzend geeignet war.«[1]

Dann braute sich Unheil über Anne zusammen. Als Alexandre hatte sie sich nicht gerade viele Freunde gemacht, um nicht zu sagen: Sie hatte sich eine Menge Feinde gemacht. Einige fühlten sich, als sie das wahre Geschlecht, das Alter

---

1 Rafael Fabio, in: Lauren Jackson, *I Remember ARC*, S. 12f.

und die sexuelle Neigung »ihres« Peinigers erfuhren, ganz fürchterlich in ihrer männlichen Würde verletzt und sannen auf Rache. Diese fiel primitiv und barbarisch aus. Ende 1944 lauerten sie Anne zu fünft auf, als sie abends Niño abholen wollte, versuchten, sie zu vergewaltigen, und schlugen sie, als ihnen das aufgrund ihrer heftigen Gegenwehr nicht recht gelingen wollte, übel zusammen.
Niño ließ sich zum Café führen, nachdem Anne nicht um die gewohnte Zeit gekommen war, und informierte Jackson. Schließlich, ungefähr zwei Stunden nach dem Überfall, fand Lauren die halb bewusstlose, durch Messerstiche schwer verletzte Anne, der überdies ein Bein und etliche Rippen gebrochen waren. Nachdem man im Krankenhaus Annes Wunden und Brüche versorgt hatte, brachte Jackson sie in ihr Appartement, um sie selber zu pflegen. Niño quartierte sie im gleichen Hotel ein, um ihn täglich in die Stadt führen zu können. »Diese Wochen nach dem Überfall«, schreibt Jackson, »waren vielleicht unsere glücklichste, auf jeden Fall unsere harmonischste Zeit. Ich hatte Anne ganz für mich. Nur wenn ich nachts arbeitete, lernte sie mit Niño. Für Anne waren diese Wochen der Ruhe die erste Erfahrung mit Muße, Kontemplation und Zweisamkeit.«[1]
Von einem Abend berichtet sie ausführlich: »Als der Tisch gedeckt und das Essen wie üblich serviert war, sagte Niño dank. Er kniete nieder. ›Freunde lasset uns danken. Dies Mahl ist uns gegeben. Nur ein wenig an ihm haben wir gemacht. Danket für das Geschenk.
Wir wollen präzise sein. Sicher ist die Nahrung von uns gemacht worden. Anne hat sie kunstgerecht zubereitet. Und wir sorgen für die Verarbeitung, indem wir uns gesellig um den Tisch setzen und sie aufzehren. Das Fleisch und das Gemüse haben wir bei Emilia auf dem Markt gekauft, die das

[1] Lauren Jackson, *I Remember ARC*, S. 18.

Feld bestellte und die Hühner fütterte. Deshalb ist auch dies von uns gemacht. Sogar das geschmacklose Brot, von dem Himmel-weiß-wem geknetet, gebacken und abgepackt, vergegenständlicht unseren Anteil an der abstrakten Arbeit; obgleich ich zugeben muss, dass es mir besser schmecken würde, hätte ich den Weizen wachsen,[1] den Teig gar werden sehen und hätte es ein wenig mehr Geschmack. Übergehen wir das mit Schweigen.

Aber die Nahrung ist uns gegeben und nicht von uns gemacht worden. Entstanden aus Erde, Luft, Wasser und dem ewigen Wechsel der Regenzeiten. Die Trockenzeiten sind um die Welt gegangen, und es ist wieder Mai geworden. Der Fonio wurde gepflanzt, gedüngt, geerntet und gedroschen im richtigen Verhältnis der Erd- und Mondphasen. Darin kenne ich mich nicht aus, die Bauern nehmen merkwürdige Berechnungen vor.

¡*Oigamos!* Ein Tier wurde für unser Mahl getötet. Lasst den, der den Anblick fürchtet, der sich zimperlich anstellt, lasst den nicht mitessen; wir wollen ihn nicht zwingen, seinen Ekel zu unterdrücken. Ein totes Tier. Wir stehen mit den Tieren in einem Strom des Lebens und der Begierde. ¿Folgt daraus, dass wir sie nicht essen dürfen? Nein, bisweilen zeigen wir die Zähne so wild wie sie. (Du weißt, Anne, wie ich es einmal umgedreht sah. Das Tier verspeiste den rosagebratenen Mann. Übergehen wir das aber mit Schweigen.) Wenn es einen gibt, der mit jener Wahrheit noch nicht leibhaftig konfrontiert wurde, dass ein Tier getötet wird, damit wir es essen können, sollte er nicht abgestumpft das gute Fleisch essen; denn er wird es nicht freimütig kauen und verdauen. Merk dir das, Lauren.

Nahrung ist, wie Aristoteles sagte, etwas uns Ungleiches, das wir uns gleich machen können. Beißt ab, beißt rein und zer-

1 [Weizen wird in Tomasia selber nicht angebaut, sondern importiert. Hg.]

stört die Ungleichheit. Kostet die Gleichheit. (Der gute Geschmack ist das Zeichen, dass es wie wir selbst wird.) Das ist praktische Danksagung. Schluckt nicht das kleinste Stück unzerstört, sondern mischt es mit Spucke und schluckt es wie Muttermilch.‹ Und so aßen wir dankend.

Nach dem Essen hatte ich noch etwas Zeit bis zu meiner geschäftlichen Verabredung; darum hörte ich zurückgezogen in einer Ecke sitzend wie Anne und Niño studierten.

›*Videtur autem in hoc Plato deviasse a veritate*‹, begann Anne ohne Übergang aus der ›*Summa Theologica*‹ vorzulesen.[1] Während des Vorlesens überkam beide eine eigenartige Unruhe. Annes Atem wurde unregelmäßig, bis ihr schließlich die rechte, unverletzte Hand zitterte, mit der sie das auf ihrem Gipsbein liegende Buch festhielt. Auf Niños Stirn bildeten sich Sorgenfalten. Gegen Ende der Passage stand er auf und machte ein paar ziellose Schritte hin und her. ›Sehr gut, sehr gut‹, sagte er, ›das wird ein bitterer, ein harter Krieg, sehr hart.‹ Unbeholfen suchte er den Stuhl und setzte sich wieder.

›Aber erst übersetzen.‹ Anne fing mit einer Übersetzung ins Spanische an. Niño unterbrach einige Male und korrigierte etwas gereizt die Übersetzung. Zusammen nahmen sie noch Übersetzungen ins Französische, Deutsche und Englische vor. Englisch lernten sie mir zuliebe.

›Plato scheint nun auf folgende Weise von der Wahrheit abgekommen zu sein. Von der Annahme ausgehend, dass jede Erkenntnis nach der Weise einer Verähnlichung stattfindet, glaubte er, die Form des Erkannten sei notwendig in der Weise im Erkennenden, wie sie im Erkannten ist. Nun erwog er aber, dass die Form des erkannten Dinges im Verstand allgemein, stofflos und unwandelbar ist, was aus der Tätigkeit des Verstandes erhellt, der auf allgemeine Weise und mit

[1] *Summa theologica I*, q. 84, n. 1.

einer Art Notwendigkeit erkennt. Denn die Tätigkeitsweise richtet sich nach der Weise der Form des Tätigen. Und deshalb kam er zu der Auffassung, die vom Verstand erkannten Dinge müssten auf diese Weise, stofflos und unwandelbar nämlich, in sich selbst bestehen.‹[1]
Niño fingerte an der Pfeife, ein Geschenk von mir, während Anne den lateinischen Text noch einmal leise vor sich hin las. Leicht bewegte sie die Lippen. Dann stieß sie heftig aus: ›*Oke*, Plato ist so dumm.‹
Niño ließ einige Sekunden verstreichen, bevor er Antwort gab. Er lächelte nachsichtig. ›Nein, mein Kind‹, sagte er schließlich. ›Nein, dumm ist er nicht. Er ist unser Feind. Aber er ist klug. Ein kluger Feind und listig.‹ Er zog an seiner Pfeife. ›Ach, so soll ich nicht reden. Das ist voreilig. Fangen wir im Anfang an: Warum, meinst du, sei Plato dumm?‹
›Er unterscheidet nicht zwischen dem Vorgang und dem Vorgehenden. Ich sehe einen Vogel fliegen. An dem Vorgehenden, dem fliegenden Vogel, der als Substanz außer mir existiert, kann ich den Vorgang, das Fliegen, erkennen. Der Vorgang ist unstofflich.‹
›Aber‹, wandte Niño ein, ›Aristoteles sagt: Im Akt des Erkennens sei das Sinnesorgan mit dem Wahrgenommenen identisch.‹
›*Oke*, genau das habe ich doch gerade gesagt‹, sagte Anne. ›Im Akt des Wahrnehmens wird aus dem Vorgehenden, das Substanz hat und potenziell erkannt werden kann, und dem Erkennenden, der Sinnesorgane hat, mit denen potenziell erkannt werden kann, – daraus wird der Vorgang, der für den Erkennenden und das Vorgehende identisch ist. So, sagt der Philosoph, finden Substanz und Seele zu einander; ein Problem, das Plato nicht gelöst hat.‹
›Vielleicht ist dein Philosoph nur ein wenig naiv, gemessen

[1] Dt. nach: DThA, Bd. 6, S. 254.

an Plato‹, insistierte Niño. ›Schau, woher weißt du denn, dass da der Vogel fliegt? Kannst du sehen, wie du hier siehst und dort der Vogel fliegt? Nein. Wo hast du also deine Substanz? Du kannst sie fühlen, hören, vielleicht auch sehen, schmecken und riechen. Nie kannst du ihre Unabhängigkeit von dir jedoch wahrnehmen. Sie ist immer bloß in deinen Sinnen. Und wer tut sie dir in die Sinne, wenn sie nicht unabhängig von dir ist? Die Seele. Ergo: Die Substanz, das ist die Idee.‹ Befriedigt lehnte Niño sich zurück.
Ungläubig starrte Anne ihn mit offenem Mund an. Plötzlich verzerrte sich ihr Gesicht wütend: ›*Oke*, das ist ein gemeiner Trick‹, rief sie erregt. ›Das ist Kant oder Nietzsche, aber nie und nimmer Plato.‹
Niño beschwichtigte: ›Und der Trick tut's nicht. Solche Gedanken sind völlig unerheblich. Es ist vollkommen gleichgültig, ob wir nur träumen, ob wir nur geträumt werden, ob das alles wirklich existiert oder nur in unserer Einbildung. Es reicht, dass wir sicher wissen, wann wir träumen und wachen, wann wir uns etwas einbilden und wann wir einen Gegenstand außer uns wahrnehmen. In neunundneunzig von hundert Fällen wissen wir es. Wir fragen nicht danach, ob dies wirklich so sei oder nicht, nein, wir tun so, als ob es wirklich sei. Und nichts anderes konnte Kant schließlich mitteilen und genau dies ist Nietzsches Lösung. Damit erhalten die Aussagen des Philosophen den Status praktischer Wahrheiten, wenn ihnen auch die absolute Wahrheit fehlt. Sicher ist nur, dass Platons Metaphysik damit erledigt ist. Denn er tut so, als ob wir das Nichtwissen zu einer absoluten Wahrheit machen könnten. Als ob wir sicher wüssten, dass es *keine* Substanz gibt. Das jedoch wissen wir nicht sicher. Obwohl wir ständig davon ausgehen, *dass* es eine gibt. Das glauben wir. So gelangen wir zu Augustin: Wir glauben, um zu erkennen. Indem wir leben, glauben wir.‹

Erschöpft fiel Anne in ihr Kissen und atmete erleichtert auf. Höchste Zeit für meinen *date*. Ich ging zu Anne, um ihr den Gute-Nacht-Kuss zu geben. Über ihre Wange lief eine Träne. ›*Oke*, ich weiß‹, sagte sie in einem Ton, der mich denken ließ, ich sei ihre Mutter und nicht ihre Geliebte, ›dass du da bist. Ich denke mir dich doch nicht bloß aus, oder?‹ – ›Nein, sicher nicht, *ma chérie*‹, sagte ich, küsste sie und ging.«[1]
Endlich kam der Gips ab. Jedoch, es gab Komplikationen. Die Verletzungen hatten Chéries motorische Fähigkeiten empfindlich eingeschränkt. Ein leichtes Hinken sollte sie nie mehr ganz los werden. Jackson engagierte den Krankengymnastiker Ascaso, um Anne bei ihrer Rekonvaleszenz zu unterstützen.
Joaquín Ascaso (1917-1981) war ein zurückhaltender Mann und passionierter Junggeselle. Über sein Leben ist nicht viel bekannt, und das, was bekannt ist, ist kaum der Erwähnung wert. Seine Bedeutung für die Biographie von Chérie liegt in seinem Hobby, nämlich alle Arten des Kampfsports. Nach den ersten Fortschritten, die Annes motorische Fähigkeiten aufgrund der gymnastischen Übungen machten, ließ Anne sich von Ascaso zu einer Killermaschine drillen. Später dann schickte Chérie alle ihre wichtigen Leute von »La Red«[2] zu Ascaso, den sie schließlich regelrecht als »militärischen Ausbilder« einstellte. Er selbst, der als »*el frio Joaquín*«, der gleichgültige Joaquín, bekannt war, hat sich nie an den Aktionen von »La Red« beteiligt, und es ist auch fraglich, ob er sich mit der Organisation identifizierte. Aber er bildete das Personal aus, um Chéries Pläne durchzuführen. Chéries Pläne waren perfekt und das Personal funktionierte.
Die besessene Art, in welcher Anne trotz fortschreitender Gesundung bei Ascaso Unterricht betrieb, führte zu neuen

[1] Jackson, *I Remember ARC*, S. 18 ff.
[2] Vgl. Kap. 6. [Hg.]

Problemen zwischen dem Liebespaar. Lauren wurde wieder eifersüchtig, während Anne zur Herrschsucht neigte. — Ein Beispiel: »Einmal kam Anne spät vom Training zurück und sah auf dem Bett eine Bluse, von der sie behauptete, sie hätte mich gebeten, sie beim Schneider ändern zu lassen. Entweder hatte sie es mir doch nicht gesagt, oder ich hatte es vergessen. Gleichviel, ich fühlte mich im Recht, zumal ich den ganzen Nachmittag für sie Besorgungen machte. Zwar war ich, weil Anne nicht zur abgesprochenen Zeit heim war, schon wieder eifersüchtig geworden. Schließlich musste ich in knapp zwei Stunden meine Arbeit aufnehmen. Aber als Anne in der Tür stand, war alle Eifersucht verflogen und ich freute mich auf die uns verbleibenden Stunden. Stattdessen brach ein Donnerwetter über mich herein. Wir wechselten wüste Worte, bis Anne die Tür knallte und wegging. Ich heulte bitterlich, doch wusste ich nicht – und weiß ich bis heute noch nicht –, was ich hätte anders machen sollen oder können. Allerdings kam Anne nach kurzer Zeit zurück und nahm mich wieder lieb in die Arme. Wenn ich mich an diese Episode erinnere und sie hier aufschreibe, so darum, weil ich jetzt akzeptieren kann, dass der Streit und die Ungerechtigkeit Teil des Liebesglücks sind.«[1]

Anne verlangte auch, dass Ascaso weiterhin bezahlt würde, obwohl alle Möglichkeiten der Krankengymnastik längst ausgeschöpft waren, weigerte sich dabei, durch die eigene Arbeit zum gemeinsamen Lebensunterhalt beizutragen. Als Lauren eines Tages Anne eine gut bezahlte »Begleitung«[2] anbot, kam es zu der bereits erwähnten Trennung. Wenn auch eventuell die Art, um Anne zum Arbeiten zu bewegen,

---

[1] Lauren Jackson, *I Remember ARC*, S. 27.
[2] In Jacksons Handschrift, die ich im Archiv von Ernest Younger einsehen konnte, entziffere ich *escolta* (statt gedruckt *escort*), was eher auf einen Job als *bodygard* als auf einen einer *chica de compañía* schließen lässt.

schlecht gewählt sein mochte, kann man Jacksons Handlungsweise doch besser verstehen, als sie selbst es tut. Ihre Handlungsweise war nicht einfach im Ganzen »schlicht falsch«.[1] Jedenfalls zog Anne aus Laurens Appartement aus und kehrte mit Niño in die kleine Kellerwohnung zurück. Sie wurde von Fabio, der von dem Zerwürfnis zunächst nichts wusste, gern wieder angestellt zur Erledigung von »speziellen Aufgaben«. Jede freie Minute und jeden verfügbaren Peso nutzte sie, damit sie an Ascasos Training teilnehmen konnte. Diese Zeit nennt Niño »schrecklich«;[2] Fabio meint: »Es war herzzerreißend zu sehen, wie sich die beiden Frauen aus dem Weg gingen.«[3] Und Lauren schreibt: »Ich war krank vor Kummer.«[4]

Anne aber war krank vor Rachsucht.

Es bedeutete keine Schwierigkeit für Anne, die fünf Männer ausfindig zu machen, von denen sie überfallen worden war. Unter ihnen befand sich der »Spanier« (d. h. Weiße), der nach dem Kuss zwischen Lauren und Anne im Café das Tequila-Glas nach Lauren geworfen hatte; der angestellte Elektriker, dem Anne nach nur einigen Wochen Zugehörigkeit zum Betrieb an Wendigkeit, Fixheit und Präzision überlegen war und den sie hierdurch ersetzte und arbeitslos machte; der Inhaber des kleinen Transportunternehmens, dessen Lastwagen Anne zerstört hatte, weil er eine Lohn-Abmachung nicht einhielt; der selbständige Installateur, dessen Frau Anne von seinem Verhältnis informierte, nachdem er ihr einen Monatslohn schuldig geblieben war, und der Wunderheilender, dessen Trick Anne vor Publikum entlarvte. (Bis auf den »Spanier« ist die Identität der Atten-

---

1 Ebd., S. 28. [S. 76, Fn. 1. Hg.]
2 Callejas, *Interviú*, S. 56.
3 Rafael Fabio, in: Jackson, *I Remember ARC*, S. 28.
4 Lauren Jackson, *I Remember ARC*, S. 29.

täter erstmals durch R. Hufnagel aufgedeckt worden.)[1] Der »Spanier« war es gewesen, der die Idee hatte, Anne zu vergewaltigen. Ihm galten ihre besonders mörderischen Rachegefühle.

Allerdings überlegte Anne sich, ob sie das Recht hätte, ihre Gefühle in die Tat umzusetzen. Niño rekonstruiert die über jene Frage geführte Diskussion: »Klar, dass ich mit der Zeit Annes Geistesverfassung erriet und sie zur Rede stellte. Sie gestand ein, zumindest einen der Attentäter umbringen zu wollen. ›Mit welchem Recht planst du diese Rache?‹, fragte ich, ohne zu zögern. – ›*Oke*, mit dem Recht, das in meinem Herzen ist. Er – (damit meinte sie den Vergewaltiger) – hat keinen Respekt gezeigt. Er hat in mir alle Frauen und die ganze Menschheit beleidigt.‹ – ›Ist Respektlosigkeit und Beleidigung ein todeswürdiges Vergehen?‹, fragte ich und fügte dann noch an: ›Vielleicht spricht ja einiges für das alttestamentarische Recht des *Auge um Auge, Zahn um Zahn*. Unter der Bedingung wäre aber nur Mord ein todeswürdiges Vergehen.‹ – ›Sei kein Dummkopf. *Oke*, wenn ich tot wäre, könnte ich keine Rache üben.‹

Damit war ich an dem Punkt angelangt, am welchem mir aufging, was sie wollte: Sie wollte nicht Recht, sondern ihr Gefühl ausleben. Das Problem musste von einer anderen Seite her angepackt werden. ›Aber mein liebes Kind‹, sagte ich also. ›Was ist denn überhaupt eine Handlung, wie das Rache-Üben ein Fall von Handlung ist?‹ – ›*Oke*, du meinst menschliche Handlung? Erkennen, Streben, Wollen.‹ – ›Na recht so, du weißt ja, worauf ich aus bin. Nur dass du dich weigerst, es auszusprechen. Der Verstand ist im Erkennen und im Wollen. Das Gute ist im Streben und im Wollen. Wir erstreben das Gute, das, was uns erhält, was unserer Natur entspricht, was uns Lust macht, und lehnen das Schlechte ab.

[1] Rudolf Hufnagel, S. 210ff.

Im Wollen, mit dem der Verstand das Gute erstrebt, wird das Gute getan. Für das Gute können wir auch Liebe sagen und für das Schlechte Hass. Hass bestimme unser Handeln nur solange, wie Hoffnung besteht, das Übel, das Schlechte beseitigen zu können. Dieser Hass, oder diese Aggression, ist vernünftig. Aber Rache ist unvernünftig. Denn sie bedeutet, dass Lust in der Nicht-Liebe gesucht wird, was in sich widersprüchlich ist. Also kann Rache nie zum Ziel der Handlung führen. Eine Handlung zu begehen, die prinzipiell nicht zum Ziel führt, ist aber dumm, denn sie widerspricht dem erkennenden Verstand.‹
Ich hatte heftig gesprochen. Eine Zeit lang schwieg Anne. Ihr Gesicht war für mich ein offenes Buch. Lesen konnte ich in ihm, dass sie schmerzlich Abschied nahm von der süßen verführerischen Vorstellung der Rache. Die Zunge glitt über die Lippen, aber die in Erwartung strahlenden Mundwinkel verzogen sich, bis jeder Muskel ihres Gesichts die Bitternis schmeckte. Ihre Hände verkrampften sich ineinander. Dann lösten sich die Muskeln und ihr Ausdruck wurde hart: ›Das Übel existiert weiter. Man muss es abwenden. Nämlich dass in Zukunft keine solche Tat – du weißt, welche – an mir oder meiner Umgebung zur Ausführung komme.‹ – ›Bedenkenswert‹, musste ich zugeben. ›Und im Prinzip richtig. Doch jetzt bist du wieder beim Rechtsstandpunkt. Und erstens, es ist nicht möglich, das Recht durchzusetzen mittels Unrecht, denn die Folge ist Unrecht; und zweitens kann nicht Recht sein, einen anderen Menschen zum Gegenstand einer Handlung zu machen, die Recht demonstrieren soll, ohne anzuerkennen, dass er selber auch Anspruch auf Behandlung nach dem Recht hat.‹ – ›Falscher Ansatz‹, Anne ließ sich nicht unterkriegen: ›*Oke*, da ich meines Mensch-Seins symbolisch beraubt wurde, indem man mich behandelte, als sei ich kein Wesen mit freiem Willen, werde ich durch eine unmensch-

liche Handlung mein Mensch-Sein wiedererlangen.‹ Dieser letzte Gedanke war unwürdig, von mir erwidert zu werden. Zornig schwieg ich. In der Tat hat Anne diesen primitiven Gedanken nicht eingesetzt. Als sie trotz allem ihr Vorhaben durchführte, geschah es ausschließlich unter dem Gesichtspunkt der Abschreckung.«[1]

Den Gerüchten zufolge lockte Anne die fünf Attentäter in ein leerstehendes Lagerhaus, überwältigte und fesselte sie. Dann soll sie völlig unbewegten Gesichts den »Spanier« erwürgt und zu den anderen gesagt haben: »*Oke*, sagt allen, dass dem, der mich oder einen meiner Freunde belästigt, kein besseres Schicksal blüht.«[2] Allerdings war Anne auch alles andere als glücklich über ihre Tat.

»Verstört erschien sie bei mir«, schreibt Lauren. »Mir war bereits von ihrer Tat zu Ohren gekommen. Darum brauchte sie mir nicht viel zu sagen. Sie weinte die ganze Nacht, sagte zum Schluss aber doch: ›Es musste sein.‹ Ob es sein musste, das weiß ich nicht. Aber als Frau galt man damals nicht viel, und Annes Tat hatte wirklich zur Folge, dass man sie achtete und dass in den Bereichen, wo sie bekannt war oder bekannt wurde, die Anzahl der Vergewaltigungen zurückging. Die Machos nahmen Anne nicht bloß ernst, sie fingen auch an, Angst vor ihr zu kriegen. Abscheu jedenfalls konnte – und kann – ich vor ihrer Tat gar nicht empfinden, nicht aus der damaligen Situation heraus. Außerdem war ich überglücklich, dass wir wieder zusammen gekommen sind. (Wenn ich hiermit auch keineswegs dran festhalten will, dass ein Zweck jedes Mittel heilige).«[3]

In einer Pressekonferenz wurde Chérie 1961 nach diesem

---

[1] Liberto Callejas, *Interviú*, S. 75 f.
[2] Nach: Hufnagel, S. 230; ähnlich Henríquez, S. 99, sowie Lauren Jackson, *I Remember ARC*, S. 29.
[3] Lauren Jackson, *I Remember ARC*, S. 30.

Vorfall gefragt. Sie antwortete: »Wenn Sie mir etwas vorzuwerfen haben, wenden Sie sich an ein Gericht. Es sollte wirklich einmal gerichtlich geklärt werden, ob Taten in einer Zeit der Rechtlosigkeit verantwortet werden müssen.« Chérie benutzte diese Formel, um auf alle Fragen zu antworten, die ihr bezüglich von kriminellen Handlungen vor 1961 gestellt wurden. Hufnagel kommentiert ihre Aussage, bei der »Ära Molina« habe es sich um einen Zustand der »Rechtlosigkeit« gehandelt: »Molina mag zwar ein Diktator, ja ein faschistischer Diktator gewesen sein, obwohl man ihn im Angesicht von Chéries Primitivismus als fortschrittlichen Politiker einschätzen muss, auf jeden Fall aber gab es ein staatliches Rechtssystem, das in weiten Teilen – wenn auch nicht im politischen Bereich – den Prinzipien zivilisierter Gesellschaft entsprach.«[1] Dagegen war es in der Vorstellung Chéries gar nicht möglich, Recht als »staatliches System« anzusehen. Man mag das falsch finden, man muss es jedoch zur Kenntnis nehmen, jedenfalls wenn man über Chérie schreibt.

In ihrem Tagebuch zieht Lauren Jackson eine Parallele zu einem zweiten, ähnlich gelagerten Vorfall und nimmt das zum Anlass für eine kritische Bewertung: »*Vergewaltigung des Rechts.* — Ihre[2] Körperbeherrschung: ist das ein Befreit-Sein von Wilhelm Reichs ›Panzer‹ oder ist es Obsession, hoher Ausdruck der Geometrisierung des Menschen, die im Verlauf der zivilisatorischen Zähmung eintritt. Ist es Ballett? Normalerweise war ihre ungewöhnliche Fähigkeit, zwischen höchster Anspannung – meist beim Training mit Joaquín[3] oder Pedro[4] – und tiefer Entspannung unmittelbar wechseln

---

[1] Hufnagel, S. 231 f.
[2] Annes. [Hg.]
[3] Joaquín Ascaso [Chéries Kampfsport-Trainer & -Coach, s. S. 75 f – Hg.].
[4] Pedro Donoso Martínez [vgl. Kap. 5 – Hg.].

zu können, ebenso angenehm wie faszinierend. Das einzige Mal, als ich sie töten sah, war es beängstigend, Ausdruck der Verdrängung, & es reduzierte mich auf das Objekt der Ableitung. Obwohl sie ständig mit Anschlägen rechnen musste & egal, wo sie war, sich ein Leibwächter des ›núcleo‹[1] in der Nähe rumtrieb (meist, und in diesem Fall, glücklicherweise, Pedro), gab es Momente, in denen sie so tat, als gäbe es keine Bedrohung. Wir spazierten durch ihr Lieblingsviertel, eine damals dunkle und grimmige Gegend von Santo Tomás, die Gegend, die später ›Barrio de la Anne‹ genannt wurde, nachdem Annes Organisation eine unvergleichliche städtebauliche Aktivität entfaltet hatte (mit der Unterstützung von Percival!).[2] Noch aber galt es als das schlimmste aller Viertel. Nur nicht für Anne. Sie war hier aufgewachsen & fühlte sich zu Hause, mehr als irgendwo anders.

Es war heiß, vorher hatte es geregnet. Aus den Pfützen stieg der Dampf hoch. Hand in Hand schlenderten wir – Versöhnung nach einer ›riña‹ (wie auch anders?) – zwischen den illegalen Ansiedlungen im Schlamm hin zu den legalen, befestigten Straßen. Man kannte & erkannte Anne. Sie stand erst am Anfang ihrer Karriere, doch hier genoss sie schon Ehrfurcht. Beides: Die einen zollten ihr Ehre, die anderen hatten Furcht. Ihre Organisation beruhte auf den zwei Grundsätzen, Kraft & Stärke der Armen unternehmerisch (wenn auch illegal) zu nutzen und die Gerechtigkeit sowohl gegen die Verbrecher als auch gegen die Polizei mit Gewalt zu verteidigen.

Wer sie nicht kannte & etwas an der provozierenden Szene, die Anne mit mir abgab, auszusetzen hatte, wurde von den Anwohnern zurechtgewiesen. Wie oft war ich bloß Exempel, an dem Anne ihre Macht beweisen konnte: – ¡oke!, seht her,

---

1 Führungsgruppe von »La Red« [vgl. Kap. 6 – Hg.].
2 Percival Goodman. [Vgl. S. 131 f. Hg.]

ich und ich allein bin in der Lage, ein lesbisches Verhältnis öffentlich zur Schau zu stellen, ich allein!
Jesús kam gelaufen. Vierzehn Jahre. Der große Bruder stand bereits im Dienst von ›La Red‹, und Jesús rechnete sich aus, bald auch dazu zu gehören. Er war ein Junge, wie Anne ihn sich heranzog: Ein Waise, den sie beschützte, ernährte & ausbilden ließ; & meist bekam sie Loyalität oder gar Dankbarkeit & Unterwürfigkeit dafür. Sie nutzte diese Gefühle nur so wenig aus, dass sie lebenslang anhalten konnten. Ist in unserer Welt sogar Großherzigkeit nur Kalkühl?[1]
Jemand läge *en la otra esquina* im Sterben, berichtete er, von einer Bande übel zugerichtet. Chérie vertraute Jesús bereits und vergaß die Vorsicht, packte mich am Handgelenk und folgte dem Jungen. Kaum beugte sie sich zum Sterbenden, als Anne niedergeschlagen wurde. Jesús nutzte seine Chance, drängte mich in einen Eingang und versuchte, mich zu vergewaltigen. Ich war also der Preis, den Jesús für seinen Verrat kriegte.
Die Sache hatte er sich leichter vorgestellt & seine sexuelle Phantasie wurde vollständig von dem Gedanken verdrängt, siegen zu müssen; siegen über eine Frau, eine ›puta‹. Ich bezweifle, dass er mich getötet oder auch nur ernsthaft verletzt hätte. Ich musste bloß bluten. Pedro packte ihn. Außer mir vor Sorge um Anne (ich selbst fühlte mich nicht in Lebensgefahr) schrie ich: ›Verdammt, lass mich, schau nach Anne.‹ ›Keine Angst, die Prinzessin[2] kommt zurecht‹, gab Pedro breit grinsend zurück. Für ihn war die Angelegenheit bereits vorbei. ›Sie würde es mir nie verzeihen, wenn ich sie anstelle von Dir retten würde.‹ Eher beiläufig hatte er Jesús noch im Griff. Er hätte ihn wohl ohne Aufsehen laufen lassen & darauf gerechnet, dass er die richtigen Schlüsse aus dem Vorfall

---
[1] *calcoolated.*
[2] Donosos Kosename für Chérie. [Hg.]

ziehen würde. Anne tauchte auf, den rechten Arm mit Blut besudelt. Als Pedro sich um die Verletzung kümmern wollte, griff sie Jesús & zertrümmerte mit der Hammerfaust seinen Wangenknochen. Das einzige Mal im Leben sah ich einen Funken Unverständnis über Annes Tun in Pedros Augen. (Auch Francisco[1] runzelte die Stirn über ›diese *obligación violenta*, konsequent sein zu müssen‹. *Oke*, das ist der Punkt, an dem Stärke zu Schwäche wird: Bloß durch Konsequenz zeigst Du Stärke, doch Konsequenz versklavt – und was ist Sklave-Sein anderes als Schwach-Sich-Zeigen?)
Dies war eine Wiederholungstat. Einige Jahre vorher hatte Anne ihren eigenen Vergewaltiger hingerichtet, entgegen der scharfen Missbilligung durch Niño. Ich kann nicht sagen, dass ich ihre Tat direkt verurteilte, obwohl sogar sie unsicher gewesen zu sein schien. Die lange & schmerzhafte ›*separación*‹ durchbrechend kam sie nach der ›*hazaña*‹[2] – ¿!? – zu mir und weinte die ganze Nacht. Zum Schluss aber meinte sie: ›Es musste sein.‹ Frauen galten damals nicht viel & Annes Tat hatte zur Folge, dass man sie achtete & dass in der Gegend, in der sie bekannt war, weniger vergewaltigt wurde. Diese Hinrichtung stand am Anfang ihrer Karriere, sie war gewissermaßen das Paradigma der privaten Justiz, auf der ›*La Red*‹ aufbaute.
In diesem neuen Fall wurde mir schlagartig klar, dass sie sich zwischen Amboss und Hammer sah. Zweifellos war es auch aus Annes Sicht Mord. Andererseits hätte es an der Autorität von Chérie – an ihrer Möglichkeit, Ordnung zu schaffen – gerüttelt, hätte Anne den doppelt schuldigen Jesús davonkommen lassen. Er war ein Verräter und ein Vergewaltiger. Wer hätte da noch ihrem Schutz vertraut?
Das *double bind* aller Gewalt, auch die der Guten. Wenn Du

[1] Francisco Henríquez y Cavajal.
[2] Heldentat. [Hg.]

über die Mittel verfügst, entwickeln sie ihre eigene Logik und Dynamik. Folgst Du der Logik, steht in Frage, ob Du gut bleiben kannst; verweigerst Du Dich ihr, steht in Frage, ob Du dem Guten zum Sieg verhelfen kannst. Verfügst Du über die Mittel und verhilfst dem Guten nicht zum Sieg, bist Du böse. ¿Worüber weine ich, wenn ich an Jesús' tot zusammengesunkenen Körper denke?«[1]

[1] Lauren Jackson, *Walden III*, S. 8off. — [Ernest Younger in seinem Nachwort (S. 108f): »Opposition war Mitarbeit: gleiche Regeln, gleiche Tätigkeiten, um die Ordnung aufrecht zu erhalten. Wer Veränderung anstrebte, drückte darin unmissverständlich den Glauben aus, dass die Rettung der Erde sich lohnte und dass sie gelingen konnte. Diesen absurden Glauben brauchte das herrschende System dringender als jede andre Unterstützung. [...] Laurens Schwäche, ihre Häresie des Glaubens an allgemeine Rettung, ließ sie weitermachen, obgleich sie von der wahren Rettung im richtigen Glauben bereits gekostet hatte: Sich ganz auf die eigene Existenz, auf das eigene Seelenheil zurückzuziehen. Für diese egoistische Haltung, die allein die Würde der Religiosität besitzt, blieb nach der Abschaffung des Klosters bloß noch den Wald. Doch ließ Lauren ihr Bestes im ›Wald‹ zurück – ihre Intellektualität. Obwohl sie sich vorbehaltlos in der Opposition engagierte, nachdem sie, gerufen durch den feigen Mord an ihrer einstigen Geliebten, in die Zivilisation zurückkehrte, um weiterzuführen, was dunkle Mächte vernichtet sehen wollten, verharrte sie hierin, ihre Intellektualität nicht zu kommunizieren. Ihre wahre Intellektualität behielt sie ganz für sich: ihre kleine Verweigerung in der großen. Mit der Loyalität eines nachsichtigen Skeptikers unterstützte sie die ›revolutionären Aktionen‹ grüner Jungs (Mädels befanden sich in ihrem Fall weniger darunter), die die Gesellschaft durch das Aussprechen von Tabu-Wörtern wie *fuck* meinten herausfordern zu können. Aber die Zeit der Magie war vorüber. Die Gesellschaft hielt *fuck* aus, der Protestierer seine Integration in die Gesellschaft nicht. Oder durch das Küren eines Schweins zum Präsidentschaftskandidaten. Die Varianz der Mutation aber hatte sich erschöpft. Der Natur gelang es nie, Kreaturen der Gattung demokratischer Präsidenten hervorzubringen. Das einzige Mal, an dem ich den hehren Grundsatz vergaß, die Person von ihren Taten getrennt zu sehen, entbrannte, als Lauren sich zum *spiritual leader* einer Rock-Band machen ließ, deren Revolution in dem Kreischen von ›*Kick Out the Jams, Motherfuckers!*‹ und dem Brandanschlag auf ein Polizeirevier bestand. Dies galt mir nicht als verweigerte Kommunikation, vielmehr als Kommunikation der Destruktivität, als Hilfe, das System der Vernichtung auszubauen. Wir meisterten auch diese Krise.« Hg.]

Die Straße, wo Pedro Donoso aufwuchs
in den 1940er Jahren

KAPITEL 5
DER ANMUT ZÄHMUNG

Pedro Donoso Martínez, 1928-1961, galt als wilder Geselle, der eine dreiköpfige Bande befehligte. Seine Verschworenen waren allesamt einige Jahre älter als er. Er verfügte jedoch nicht nur über relativ große Körperkräfte, sondern vor allem auch über Grips. Die Gefolgschaft bestand aus Spezialisten: Ein geschickter Mechaniker, ein geübter Messerstecher und ein Zauberer – El Mecánico, El Cuchillero und El Mago. Die recht bekannte und berüchtigte Donoso-Bande operierte im ›*barrio americano*‹ und zeichnete sich durch wenige große, gut geplante Diebstähle aus.

Im Folgenden gebe ich in Paraphrase wieder, was Henríquez darüber sagt, wie es kam, dass Donosos und Chéries Wege sich kreuzten: »Pedros Bande plante, die Juwelen einer reichen, exzentrischen Gringa zu stehlen, die ihren Schmuck nicht in einen Bank-Safe legen wollte. Fabio hatte Anne beauftragt, sich ein wenig um die Sicherheit der Dame und ihres Besitzes zu kümmern. Nächtelang beobachtete Anne das in Frage kommende Hotelzimmer im zweiten Stock. Das Fenster des Zimmers lag zu der ruhigen, völlig dunklen Seitenstraße. Eines Tages, als die Dame sich gerade in der Bar betrank, war's so weit.

Links um die Ecke auf der Hauptstraße wartete El Mecánico im Auto. El Cuchillero postierte sich zur Rückendeckung im Fenster, unterdessen El Mago und Pedro in das Zimmer einstiegen; der Zauberer, um eventuelle ›Kästchen‹ zu öffnen, und Pedro, um das Verkäuflichste auszusuchen.

Bei der Abwehr ging Anne planmäßig vor. Zuerst nahm sie sich El Mecánicos an. Sie schlenderte dicht am Auto vorbei, drehte beiläufig eine unangezündete Zigarette zwischen den Fingern, stoppte wie zufällig und klopfte an die Scheibe des Seitenfensters. ›*Oke*, haste Feuer, Süßer?‹, fragte sie lässig. Missmutig kurbelte El Mecánico die Scheibe runter und riss ein Zündholz an. Anne hielt die Zigarette mit der rechten Hand und senkte den Kopf, blieb aber so weit entfernt, dass sich El Mecánico hinausbeugen musste, um mit dem Streichholz an die Zigarettenspitze zu kommen. Da ein leichter Wind wehte, nahm er die andere Hand noch zu Hilfe, um das Feuer abzuschirmen. Ärgerlich knurrte er: ›Komm was näher, blöde Kuh.‹ Im gleichen Moment schlug Anne mit der linken Hand knapp unter dem Ohr zu. In der Hand hielt sie ein ›Kongō‹, ein kleines hantelförmiges Holz, hart und glatt, das gut in der Faust lag und nur mit den pilzförmigen oberen und unteren Enden ein wenig vorstand. Dieser Schlag mit Indiras Donnerkeil, den Ascaso ihr beigebracht hatte, wirkte unverzüglich narkotisierend. Anne öffnete die Wagentür, fesselte El Mecánico und richtete ihn wieder auf. Sein Kopf fiel aufs Lenkrad. Passanten mussten ihn für einen Betrunkenen halten.

Nun war die Reihe an El Cuchillero. Mit gezücktem Messer hockte er auf dem Sims in einer rechten Ecke des Fensters, den Rücken zum Rahmen, bereit, sowohl jeden, der in das Zimmer kam, als auch verdächtige Passanten auf der Straße zu treffen. Da sie der Bande den schnellsten Fluchtweg mit dem Auto vereitelt hatte, brauchte Anne keine risikoreiche Eile an den Tag zu legen. Besonnen prüfte sie die Lage.

Sie klaubte einige Steinchen vom Boden auf. Von der Straße kommend befand sie sich links von El Cuchillero, genau in seinem Blickfeld. Im Abstand von drei Sekunden warf sie von der Straßenecke aus zwei Steine so, dass sie kurz rechts hinter El Cuchillero auf dem Trottoir aufschlugen. Damit er nachsehen konnte, was los ist, wandte El Cuchillero sich angestrengt um. Die Ablenkung nutzend, spurtete Anne samtpfötig zum dunklen Hauseingang, der dem Fenster gegenüber lag. Von dort aus warf sie einige Steinchen direkt auf El Cuchillero. Dieser informierte die Kumpane, dass etwas nicht in Ordnung sei und er nachschauen werde. Um sich runterzulassen, musste El Cuchillero der Straße wieder einen Augenblick den Rücken zukehren. Kaum war er unten hin gelangt, kriegte er Annes ›Kongō‹ zu spüren. Anne schaute zum Fenster hoch, die verängstigten Diebe aber wagten es nicht, sich zu rühren. Dann richtete sie El Cuchillero auf und brachte ihn, so als trüge sie einen Betrunkenen, zum Auto. Einem vorbeikommenden Passanten vertraute sie leutselig an: ›Von der Sorte habe ich noch zwei auf dem Hals.‹ Im Weitergehen lachte der so Angesprochene. Anne bugsierte El Cuchillero auf den Rücksitz ins Auto, fesselte ihn und kehrte zum Tatort zurück. Mit gepresster verstellter Flüsterstimme rief sie rauf: ›Hau'n wir ab.‹ Auf diese Art erwischte sie auch El Mago, dem sie einen Schlag extra verabreichte, sowie Pedro.

Anne schob El Mecánico auf den Beifahrersitz, klemmte sich hinters Steuer und fuhr an einen entlegenen Ort von Santo Tomás. El Mecánico und El Cuchillero erwachten als erste aus der Narkose, bei Pedro half Anne etwas nach.

›Ich könnte euch‹, sagte sie, ›der Polizei ausliefern. Oder umlegen. Oder laufen lassen. Ich lasse euch laufen. Wenn euer Zauberer erwacht, wird er keine Probleme haben, erst sich und dann euch zu entfesseln. Und kommt mir ja niemals wieder in die Quere. Guten Abend.‹

›He, Señorita‹, sagte Pedro noch etwas benommen, ›ich weiß, glaube ich, wer du bist. Ich habe Respekt vor dir. Nichts für ungut. Aber darf ich fragen, warum du das Eigentum dieser überflüssigen und besoffenen Fettwachtel verteidigst? Das Eigentum, das sie nicht mal gebrauchen kann, geschweige denn genießen? Wir wollen doch auch nur etwas vom Leben.‹

›*Oke*, es gibt andere Sachen, sich am Leben zu beteiligen.‹

›¡Wohl Arbeit, was?, Señorita Impoluta,[1] warf El Mecánico ein. ›Hab' ich, bis ich gefeuert wurde.‹

›Falsch!‹, gab Anne zurück. ›Oder doch: Arbeiten. Wenn man keine Anstellung bekommt, kann man sich selber eine schaffen.‹

›Und wie bitteschön‹, fuhr El Mecánico fort, ›wenn ich, um mich selbstständig zu machen, mehrere zig-tausende Pesos brauche?‹

›Es gibt Alternativen, beispielsweise Drogen- oder Waffenhandel. Jede Menge Arbeitsplätze frei.‹

›Oh hopala‹, meldete sich El Cuchillero. ›Da geht Señorita Impoluta aber auf gesetzlosen Abwegen.‹

›Ich bin nicht dazu da, das Gesetz zu verteidigen. Bin doch kein Bulle. Sondern, um das Recht zu schützen.‹

›Wie? Versteh' ich nicht!‹, fragten Pedro und El Cuchillero gleichzeitig.

›Hört zu, ich gebe hier keine kostenlose Unterrichtsstunde, nachdem ich mit euch schon soviel Arbeit hatte. Darf ich jetzt um die Juwelen bitten. Da ihr sie euch gewaltsam angeeignet habt, könnt ihr kaum was dagegen haben, wenn ich sie euch mit Gewalt abnehme. Meine Gewalt hat sich als die stärkere herausgestellt. Was ich mit der Beute mache, sollte euch doch schnuppe sein.‹

Pedro reichte ihr die Beute. Während Anne ausstieg, pfiff er auf ein Mal durch die Zähne und sagte anerkennend zu den wachen Kumpels: ›Da ist was dran, was sie zum Schluss gesagt hat. Das hat richtig Wumm.‹

1 *impoluto*, unbefleckt, makellos, sauber [Hg.].

Wohlbehalten brachte Anne der Gringa die Juwelen zurück, die allerdings nicht mehr viel davon mitbekam. Der Vorfall machte so großen Eindruck auf die Donoso-Bande, dass sie sich, als Pedro verhaftet und eingesperrt wurde, an Anne wandte. Pedro war eins der ersten Opfer von Molinas groß angelegter Anti-Kriminalitäts-Kampagne im Sommer 1947 geworden. Es wurden derart viele Leute verhaftet, dass die Gefängnisse völlig überfüllt waren. Pedro hielten sie in der zu einem Gefängnis umfunktionierten Kaserne von Haina[1] fest. Die Bande hatte Gegend und Gebäude bereits ausgekundschaftet, fühlte sich, ihres Kopfes beraubt, aber nicht in der Lage, einen Fluchtplan zu entwerfen. Immerhin waren die drei so intelligent, ihre eigene Unfähigkeit zu erkennen und sich an die richtige Adresse zu wenden.
Sie entsandten El Mago, ihren geschicktesten Redner, um mit Anne Kontakt aufzunehmen. Das Argument El Magos, warum sie die Gefangenenbefreiung übernehmen sollte, bestand in fünftausend Pesos und einer eloquenten Laudatio auf Pedro. Anne aber interessierte sich mehr für die Gründe der Verhaftung und Anklage. Von einer Anklage wusste El Mago nichts. Anne erbat sich einen Tag Bedenkzeit und fragte Niño nach seiner Meinung. Dessen Stellungnahme fiel eindeutig aus: Was immer Pedro vorgeworfen werden konnte, so hatte er doch das Recht auf Verteidigung und wenigstens darauf zu erfahren, was man ihm zur Last legte. Beides garantierte der Staat bei der Anti-Kriminalitäts-Kampagne nicht. Etliche ›Kriminelle‹ waren bereits mehr oder weniger offen zur Abschreckung getötet worden, ohne dass auch nur der Anschein von einer Verhandlung geführt worden war. (Hier verwies Niño auf die Parallele zu der von Anne inszenierten Hinrichtung, über die er immer noch ungehalten war. Diese Tat brachte Niño noch Jahre später,

1 [Einige Kilometer südwestlich von Santo Tomás. – Anm. d. Hg.]

wenn er daran erinnert wurde, in Harnisch.) Indem Anne die Frage der Rechtmäßigkeit jener Gefangenenbefreiung mit Niño erörtert und indem Niño ihr einen Rat gegeben hatte, war das Paradigma für die Zukunft geschaffen – Niño als der ›ethische Berater‹ für Annes illegale Aktionen.
Anne stimmte also zu, Pedros Befreiung durchzuführen Das Geld lehnte sie nicht ab. Damit schuf sie ein weiteres Paradigma für ihre zukünftige Tätigkeit: ›Gerechtigkeit gegen Bezahlung.‹
›*Oke*, das ist 'ne Sache für einen oder keinen‹, sagte Anne, nachdem sie alle wesentlichen technischen Informationen bekommen hatte. Nur El Mecánico nahm sie mit, und ihn postierte sie mit dem Auto einen halben Kilometer von der Gefängnis-Kaserne entfernt, um sie zurückzubringen. Von El Mago ließ sie sich einige Utensilien präparieren.
Geduldig wartete Anne an eine Palme gedrückt und beobachtete das Gebäude. Es stand außerhalb der Stadt an der Landstraße, die in nördlicher Richtung nach Victoria Altagracia führte. Neben der Straße war ein Halbkreis gerodet; auf dessen gestampftem Boden stand der lange, einstöckige, L-förmig ausgelegte Bau aus Lehmziegeln. Dahinter begann der Urwald. Der Längsbalken des Ls verlief in Richtung der Straße. Am Ende des 90 Grad zur Straße stehenden, südlich an den Längsbalken anschließenden Querteils befand sich ein zum Innenhof gelegenes großes Tor, hinter dem das Zimmer der Wachen war. Anne stand auf der dem Querteil gegenüberliegenden Seite und überschaute den Hof und das Tor. Jede Viertelstunde gingen zwei Wachposten um das Gebäude. Sie machten Lärm; und wer taub gewesen wäre, hätte sie an der Glut ihrer Zigaretten hundert Meter weit sehen können. Anne hatte eine leichte, dunkelbraune Hose und eine ebenso gefärbte Bluse an; ihr dunkles Gesicht konnte in der Nacht nicht auffallen. An ihren Füßen trug sie feste

Schuhe, die an den Zehen metallbesetzt waren. Als sie einen abgetakelten Lastwagen vom Gefängnis wegholpern hörte, wusste sie, dass es soweit war. Der Lastwagen brachte die Tagesschicht fort. Sie kontrollierte die Zwangsarbeit der Häftlinge, die einige Kilometer nördlich mit Reparaturen an dem Straßenbelag beschäftigt waren. Jetzt befand sich nur noch die kleine sechsköpfige Mannschaft der Nachtwachen im Gebäude.
Bevor die Posten wieder an der Nordbiegung, in deren Nähe Anne sich aufhielt, vorbei kamen, legte sie einen Köder aus: Ein weißes Stück Papier mit einem Goldstück darauf. Die Posten kamen und beugten sich über ihren Fund. Lautlos war Anne hinter sie getreten und setzte ihren ›Kongō‹ ein. Der erste Posten brach zusammen. Noch ehe sein Kamerad schreien konnte, war auch er erledigt. Anne zog ein Döschen aus der Tasche, entnahm zwei der von El Mago präparierten Stofflappen, die mit Chloroform getränkt waren, und presste sie den Männern ein paar Sekunden lang gegen die Nase. Die Munition aus den Waffen steckte sie ein.
Der Posten, der das Tor bewachte, saß auf einem modernden Holzklotz, der ihm zum Stuhl diente, und blätterte in der Soldatenzeitschrift ›*El Ejército*‹ mit den nackten Mädchen (das einzige unter Molina erlaubte pornographische Journal). Eine Lampe über ihm verbreitete trübes gelbes Licht in einem Radius von kaum mehr als zwei Metern. Vorsichtig näherte sich Anne ihm von der Seite her. Sie erreichte gerade den Lichtkegel, als sie unachtsam auf einen Zweig trat, der krachend zerbrach. Der Posten schaute hoch. Während sich seine Pupillen schreckhaft weiteten, machte sie eine rasche Rolle vorwärts. Mit dem gestreckten linken Bein versetzte sie ihm den narkotisierenden Schlag; die eisenbesetzte Fußspitze traf ihn exakt an der entscheidenden Stelle unter dem Ohr. Auch er wurde chloroformiert und entwaffnet.

Vorsichtig schlich Anne durch das Tor ins Gefängnis. Dem Eingang vis-à-vis lag das Wachzimmer, dessen Tür einen Spalt offen stand. Aus ihm drang laut Schlagermusik. Links lagen die stahlvergitterten Zellentüren. Ohne Schwierigkeiten wäre Anne an dem Wachzimmer vorbeigekommen, aber sie geht prinzipiell systematisch vor. Sie lauscht an der Tür und macht drei Männer aus, die Skat spielen. Zwei und eins macht drei und drei macht sechs: da ist die ganze Mannschaft versammelt.

Den Kongō[1] packte sie weg, zog ruhig ihre Bluse aus, nahm zwei kleine Wurfmesser aus dem Gürtel und prüfte, dass sie an die zwei weiteren in ihm steckenden Messer gut heran käme, dann stieß sie die Tür auf. Der Klang der Stimmen hatte ihr bereits angedeutet, wo die Männer saßen, die völlig entgeistert das eintretende halbnackte Mädchen anstarrten. Dem jungen Polizisten, der Anne gegenübersitzende Mann, fielen die Karten aus der Hand. Mit ihrer Nacktheit fesselte Anne die Blicke einige Sekunden länger, als wenn irgendwer aufgetaucht wäre, Sekunden, die sie brauchte, um die Lage zu sondieren. Der Mann links von ihr, der diensthabende Sergeant, erholte sich als erster vom Schock. Der erfahrene Soldat bemerkte die sachgerecht, an der Schneidespitze mit zwei Fingern und Daumen gehaltenen Messer und fingerte nach seiner Pistole.

Eins der Messer schwirrte durch die Luft. Präzis traf es neben der Hand des Sergeanten, die noch auf dem rohen Kartentisch aus einer umgestülpten Bananenkiste lag, den Saum seines Jackenärmels. Zitternd blieb das Messer im Holz stecken. ›Eine Bewegung, und das nächste steckt in deinem Herzen, *hijo de perra*‹,[2] bellte Anne. Mit der frei gewordenen linken Hand zog sie eine Ampulle aus der Hosentasche, die

---

1 Verkürzt aus *Kongō sho* (in Sanskrit: *Vajra*), japanisch *Yawara*. [Hg.]
2 Sohn einer Hündin. [Hg.]

sie beim Hinausgehen mit dem Fuß aktivierte. Mit rascher Bewegung nahm sie – bei angehaltenem Atem – den großen Schlüsselbund, der an der Wand neben der Tür hing. Dann zog sie die Tür zu und wartete einen Moment. Der Sergeant stürzte zum Fenster, das per Läden verschlossen war. Dabei musste der fast sechzigjährige beleibte Mann tief Luftholen. Bevor er das Fenster öffnen konnte, fiel er betäubt zu Boden. Den Atem anhaltend schaute Anne noch einmal kurz in den Raum, um sich zu vergewissern, dass alle drei Männer ohnmächtig waren.
Anne wusste, in welcher Zelle Pedro lag. Sie schloss sie auf. Einem der Mithäftlinge drückte sie den Schlüsselbund in die Hand und befahl ihm, er solle bis hundert zählen und erst danach die anderen freilassen. Er fragte nicht ¿warum? Zu Pedro gewandt erklärte sie trotzdem: ›Oke, hab' keine Lust auf eine Horde wilder spanischer Affen.‹
Die Polizei sollte nie herausfinden, für wen diese meisterhaft durchgeführte Gefangenenbefreiung organisiert und von wem sie organisiert worden war. Mit beiden – für den und von der – sollte sie in Zukunft zu tun kriegen.«[1]
Was immer an diesem Bericht auf Fakten beruht und was Ausschmückung ist, er gibt einen kleinen Eindruck von dem, was Chérie die nächsten Jahre trieb und wie sie es trieb. Donoso setzte seine Niederlage gegen Chérie im Juwelendiebstahl und die »Demütigung«, von einer Frau befreit worden zu sein, nicht in Ressentiment um, vielmehr in unbedingte Treue gegenüber Anne, die er liebevoll und ehrfürchtig zugleich »*la princessa*«, die Prinzeßin, nannte. Er wurde ihre »rechte Hand« und zusammen mit El Mecánico, El Cuchillero und El Mago bildeten sie den Kern von »La Red«.

[1] Francisco Henríquez, *La biografía de Anne R. Chérie*, Santo Tomas 1963, S. 215 ff.

Lauren Jackson erinnert sich in ihrem Tagebuch folgendermaßen an Pedro Donoso: »Viele Probleme der Beziehung habe ich mit meiner verfickten ›*envidia*‹, vielfach bestimmt unbegründet, verursacht. Aber auf die beiden, auf die ich hätte eifersüchtig sein ›dürfen‹ – im üblichen Verständnis, weil sie in ihrem Herzen oft vor mir standen – war ich nie eifersüchtig, auf Niño & Pedro. Sie waren schließlich *meine* Verbündeten.
Ihre Beziehung zu Pedro – ›¿*muy? ¿extraño!*‹ – zwar körperbezogen & auch erotisch, aber strikt asexuell. Der Körper zwischen beiden wie eine Maschine. Manchmal dachte ich es mir so: Da sind zwei ›Seelen‹, die neben etwas stehen, das sie ›ihre Körper‹ nennen, & sie tauschen sich aus über Reparatur & ›*tuning*‹. Sie waren beide nicht in ihrem Körper – manchmal: dann wenn sie trainierten – & so wie Du Autos tauschen kannst, können sie ihre Körper tauschen. Ihre Beziehung: auto-erotisch. Das ist wohl die richtige Beziehung zwischen Trainer & Trainiertem. [...]
Dominium terræ. — Ich frage mich, ob Anne die Welt nicht zu mechanisch gesehen hat, das Leben als Apparat und das Denken als Betriebsanleitung.«[1]

---

[1] Lauren Jackson, *Walden III*, S. 64f, 62.

KAPITEL 6

»LA RED«

Wann die Gruppe um Chérie sich den Namen »La Red«, das Netz, zulegte, ist so unbekannt, wie fast alle Aktivitäten der Gruppe bis ungefähr 1955 in ziemliches Dunkel gehüllt sind. Niño sagte, niemals habe er Einzelheiten erfahren oder überhaupt erfahren wollen. Wenn Chérie in ethischen Angelegenheiten zu ihm gekommen sei, habe sie ihm fiktive Geschichten vorgelegt.

»›Nehmen wir an‹, sagte sie zum Beispiel«, berichtet Niño, »›du hättest deine Tochter, als du die Priesterweihen bekamst und deine Frau ins Kloster musste, zur Oma gebracht. Nach ein paar Jahren hätte ihr die Nase von der Kirche voll gehabt und wärt wieder zusammen gekommen‹ – Anne liebte es, solche haarsträubenden Beispiele zu konstruieren – ›und hättet zu eurer neun oder zehn Jahre alten Tochter gesagt: Komm zurück. Tochter und Oma aber würden ganz gerne zusammen bleiben, packen die Sachen und verduften. Ist es recht, sie suchen zu lassen und die Tochter in die biologische Familie zurückzuzwingen?‹ Ich schluckte wegen der bitteren Erinnerungen, die das Beispiel hervorrief und antwortete: ›Nein, die natürliche Familie steht höher als die biologische Familie.‹ Ich glaube, ich habe damit das Glück eines Kindes gerettet; Anne hat den Suchauftrag sicher nicht angenommen.«[1]

Lauren Jackson erwähnt in »*I Remember ARC*« nur im Vorübergehen, dass »›La Red‹ sich bloß noblen und gerechten

[1] Liberto Callejas, *Interviú*, S. 54.

Angelegenheiten gewidmet« habe.¹ Die Mitglieder von »La Red« fühlen sich offenbar an einen Schweige-Schwur gebunden. Alle wichtigen Mitglieder haben ihn bis heute eingehalten. Es spricht für die ungewöhnliche Ausstrahlungskraft Chéries, dass sie nur selten Gewalt einsetzen musste, um den Schwur zu garantieren; und dass er wirksam blieb bis lange nach ihrem Tod. Selbst Henríquez kapituliert vor der Aufgabe, die Aktivitäten von »La Red« im einzelnen zu rekonstruieren.

Aber er behauptet, die Sache sei folgendermaßen gestartet: »Pedro und die anderen wurden auf Annes Vermittlung hin von Fabio für ›spezielle Aufgaben‹ angestellt. Außerdem kriegten sie eine Ausbildung bei ›*el frío*‹ Joaquín verordnet. Die Idee, eine eigene Organisation zu gründen, erwuchs aus einem Vorfall: Als Anne irgendwann Ende 1947 im kleinen Lädchen ›*El Boliche*‹ im ›*barrio fiallo*‹ einkaufte – sie war dort Stammkundin und wurde auch in das hinten gelegene Lager gelassen –, beobachtete sie, dass ein Abgesandter von *El Espejo*² Schutzgelder eintreiben wollte. *El Espejo* war eine Verbrecherorganisation, die Gonzalo Molina, Bruder des Diktators, führte, was ihr einen halboffiziellen Status verlieh. Der Bolichero, der Krämer, war ein alter, gutmütiger Mann, der das Prinzip nicht verstand. ›Wofür denn Schutz?‹ *El Espejos* Mann wollte ihm eine Lektion erteilen, aber Anne ging, aus dem Lager kommend, dazwischen. Am nächsten Tag war der Ladenbesitzer tot. Anne kündigte bei Fabio und übernahm *El Boliche* von der völlig verzweifelten Frau des Bolichero. Ihre vier Gefolgsleute setzte sie zum Schutz gegen *El Espejo* ein. Den Schutz gegen die ›Schutzorganisation‹ dehnten sie nach und nach auch auf andere Geschäfte aus. Der Unterschied zwischen ›La Red‹ und *El Espejo* bestand

1 Lauren Jackson, *I Remember ARC*, S. 34.
2 Der Spiegel. [Hg.]

darin, dass ›La Red‹ erstens keinem den Schutz aufzwang, zweitens sich nur für tatsächliche Leistungen bezahlen ließ und drittens nicht mehr als einen angemessenen Preis verlangte. ›La Red‹ war von Anfang an eine private Polizei, die auf dem Grundsatz des Naturrechts basierte.«[1]

Der letzte wertende Satz spiegelt sicherlich Chéries Selbstbewusstsein zumindest in späterer Zeit wieder; ob er derart pauschal die Wirklichkeit trifft, kann nur schwer überprüft werden.[2] Niños Aussagen bestätigen allerdings, dass Chérie sich über die moralische Legitimation von ihren Aktionen Gedanken machte.

Nach den Polizeiakten, in denen die Bezeichnung »La Red« erstmalig 1951 auftauchte, steht fest, dass sie als eine außerordentlich erfolgreiche Organisation zu gelten hat. Mit der Zeit expandierte sie zum großen Unternehmen. Unter dem Deckmantel einiger legaler Firmen, von denen *El Boliche* nur der Anfang war, betrieb »La Red« Geschäfte hauptsächlich in den Bereichen Sicherheit, Information und Transport. Kunden waren Betreiber illegaler, nach Meinung von Chérie jedoch nicht verwerflicher Geschäfte wie Drogenhandel, Glücksspiel, Prostitution und Schmuggel, oder Leute, die von Verbrechern oder Polizisten verfolgt, erpresst oder behindert wurden. In den 1950er Jahren entstanden Schiedsgerichte, die »La Red« betrieb. Versicherungsgesellschaften etwa wandten sich an »La Red« zur Auffindung gestohlener Gegenstände und zur Regelung der Schadenssachverhalte mit den Verursachern außerhalb der schwerfälligen staatlichen Gerichte, die vernünftigen Lösungen meist doch nur im Wege stehen. Der unumstrittene Boss der Organisation war Anne R. Chérie, oder *»la princessa«*, oder einfach bloß »ARC«. In ihren Diensten standen Politiker, Beamte und

---

1 Henríquez, S. 214.
2 [Anm. d. Hg.: Hier versucht die Autorin unparteiischer zu tun, als sie ist.]

Richter, Polizisten, offiziell registrierte Detektive mit einer Lizenz sowie ehrbare Geschäftsleute neben den kriminellen Elementen aller Art. Aber bloß eine Handvoll Leute wusste, wer die Spitze der Organisation bildete.

An jener Stelle von Niños erster Hütte ließ Chérie Anfang der 1950er Jahre für Lauren, Niño und sich eine schlichte, aber hübsche Villa bauen. Um diese herum entstanden einfache, doch durchaus solide gebaute Häuser, die hauptsächlich die Angestellten der Organisation bewohnten. Aus dem Elendsviertel wurde ein blühender Stadtteil, den man heute »*Barrio de la Anne*« nennt. Henríquez vermutet, dass im wirtschaftlichen Zenit der Organisation 1956 sie einen Anteil von 7-9 % am Sozialprodukt realisierte. Doch damit sind wir bei einem völlig neuen Abschnitt in Chéries Leben angelangt.[1]

---

1 Lauren Jackson, *Walden III*, S. 60: »Papa hatte den Filius erschossen. Der Sohn war über 30 & Nichtsnutz. Lebte in der Wohnung der Eltern und erregte fortwährend ›*escándalos*‹. Jemand brachte den Fall vor Annes Privatgericht in der Anfangszeit ihrer politischen Tätigkeit. Sie übernahm die Entscheidung. Doch es ist ein Fall, in welchem jede Entscheidung falsch ist. Natürlich war der Sohn selbst schuld. ¿Warum lebt man – erwachsen – bei Leuten, die man nicht leiden kann, auch wenn sie zufällig Verwandte sind? & natürlich war der Vater schuld, denn wer duldet einen Erwachsenen im Haus, der einem nur auf der Tasche liegt ›*y tomar el pelo a todo*‹? Diese Abwägung hat einen ›*caractère superficiel*‹, weil sie die Wahrheit – nämlich dass beide, *padre + hijo*, in einer Gesellschaft lebten, die Dich zum falschen Tun drängt – gar nicht mehr in den Blick nimmt. Sollte Anne etwas anderes gemacht haben, als dem Vater eine leichte Strafe für seine Dummheit aufzuerlegen? Die der Vater gern akzeptierte. (Er hätte jede Strafe akzeptiert.) Und hätte sie, um der Wahrheit willen, den Spruch verweigern, den Vater seinen Höllenqualen und obendrein der Unmenschlichkeit der staatlichen Justiz überantworten sollen? Wer sich in die Praxis begibt, der wird von ihr unterworfen. ¿Gibt es eine lebensfähige Alternative?«

KAPITEL 7

ERRICO GATABLANCO UND DIE BEGEGNUNG
MIT DER POLITISCHEN ETHIK

In den knapp fünf Jahren (Anfang 1928 bis Ende 1932), in welchen Professor Dr. Liberto Callejas an der Universität Santo Tomás de Aquino lehrte, bevor er ›Niño‹ wurde, entfaltete er erstaunlich große akademische Wirkung. Etliche Studenten hingen an seinen Lippen, die ihnen die blanke Wahrheit zu verkünden schienen; und zwei von ihnen promovierte er: 1930 Pablo Hombueno Gasvar (1904-1985) mit der Arbeit »*La ética sexual con Santo Tomás de Aquino*« und 1931 Benjamino R. Barbarojo Soto (1906-1995) mit seiner Arbeit »*Aristóteles y Tomás de Aquino sobre sociedad, derecho y libertad*«.

Die sexualethische Arbeit Hombuenos führte zu einem bloß mit Mühe im Rahmen der Fakultät beizulegenden Skandal. Man fing schon an zu bereuen, Callejas einen Lehrstuhl verschafft zu haben. Der damals erst ein Jahr im Amt befindliche Erzbischof von Santo Tomás, der die eigene strenge Ausrichtung an Tradition mit größtmöglicher Toleranz verbinden konnte, arbeitete einen Kompromiss aus, nach dem Hombueno in aller Stille den Doktortitel zugesprochen bekam, die Arbeit jedoch unveröffentlicht blieb. Barbarojos Arbeit las kaum jemand; darum kam der Skandal, für den auch sie gut gewesen wäre, nicht zustande. Beide Arbeiten gehören der Richtung des Neothomismus an, die man entweder als »katholischen sozialen Liberalismus« (M. Jauve), oder – in der späteren, radikalen Interpretation von Barbarojo – dann als »katholischen Anarchismus« bezeichnen kann.

Hombueno geht von zwei Seiten an die Interpretation der thomistischen Sexualethik heran: Zum einen baut er auf die Erkenntnisse von Callejas' Buch über die philosophische Ethik bei Thomas von Aquin (1929 erschienen) auf: »Die Einsicht in die Struktur der thomistischen Moral relativiert alle materialen Aussagen, die der Aquinate zur Sexualethik machte. Diese Aussagen sind weder dogmatische Setzungen noch unumgängliche Ableitungen aus der Vernunft; beides verbietet die Struktur der Vernunft, wie Thomas sie fasste. Vielmehr sind es Sammlungen von Gründen für jeweils bestimmte Probleme des menschlichen Handelns. [...] Es wäre völlig unthomistisch, nun die Meinungen des Aquinaten als ›Autorität‹ unbefragt stehen zu lassen.«[1] In diesem Sinne griff Hombueno die »Dogmatisierung« von thomistischen Aussagen an, wie sie etwa in dem vatikanischen Ehegericht *Santa Rota* sich darstelle; und an dem Beispiel des »Abratens« (traditionell: des Verbots), in der Menstruation Geschlechtsverkehr zu vollziehen, demonstriert Hombueno, dass heute der Grund, den Thomas nannte, nämlich die mögliche Schädigung von Nachkommen, gegenstandslos sei, da wir im Gegensatz zu Thomas wüssten, dass während der Menstruation gar keine Kinder gezeugt werden können. »Thomistisch gesehen besteht dieses Verbot also moralisch nicht mehr.«[2]

In gleicher Weise argumentiert er gegen das »Verbot« von »*mulier supergressa*«,[3] weil in zwischen bekannt wäre, dass so Zeugung nicht – wie Thomas meinte – ausgeschlossen

---

[1] Pablo Hombueno, *La ética sexual con Santo Tomás de Aquino* (1930), Santo Tomás 1984, S. 22.
[2] Ebd., S. 30.
[3] Frau oben. [Hg.]

sei.¹ Hombueno geht die »Verbote« dutzendweise durch, die er für gegenstandslos erklärt.

Zum anderen sammelt er in seiner Arbeit die Äußerungen, die Thomas' generell positives Verhältnis zur Sexualität und besonders zur geschlechtlichen Lust belegen sollen. Seine Interpretation gipfelt in der Feststellung: »Nach Thomas ist die populäre katholische Auffassung, echte Liebe müsste der Sexualität vorausgehen, wäre gleichsam die Vorbedingung der Sündenlosigkeit, zumindest nur eine von zwei moralisch gleichwertigen Alternativen: Thomas neigte eher der gegenteiligen Auffassung zu, dass die Liebe *Folge* der Sexualität sei.«² Es schließt sich eine ausführliche Darstellung an, inwiefern Thomas die die Sexualität begleitende Lust nicht ablehne, sondern im Gegenteil aristotelisch als Indikator der Güte einer Handlung ansehe, vielmehr (ebenfalls im Sinne der aristotelischen Handlungstheorie) die Lust bloß nicht als Ziel der Sexualität verstehen wolle: Ein Ziel (neben einer Zeugung) sei nicht eigene, wohl aber die Lust des Partners. Hombueno kann zahlreiche Stellen bei Thomas aufführen, in denen er sexuelle Handlungen, die er »eigentlich« für sündig hielt (während der Menstruation, *mulier supergressa* usw.), erlaubt, wenn auf andere Weise der Partner nicht zu befriedigen sei.³ Derart bestätige sich die Interpretation des ersten Teils, dass es sich nicht um Verbote, sondern um Ratschläge handelte.

Barbarojo denkt an einer Stelle weiter, die Hombueno nur am Ende seiner Arbeit streift, nämlich an der Frage, »welche Forderung aus der (Sexual-)Ethik für gesetzlich geregeltes Zusammenleben der Menschen folgt«.⁴ Hombueno deutet

---

1 Ebd., S. 34.
2 Ebd., S. 114.
3 Ebd., S. 128f.
4 Ebd., S. 138.

an, dass praktisch aus der Ethik gar keine Gesetze abzuleiten seien, ausgenommen vielleicht ein Zwang, für das leibliche Wohl gezeugter Kinder aufzukommen. Barbarojo stellt die Frage allgemein für das Verhältnis zwischen Ethik, Recht und Gewalt. »Recht« definiert er als »legitime Drohung mit Gewalt, um Ansprüche durchzusetzen«.[1] Aber welche Ansprüche sind »legitim«? Diese Frage zu stellen, bedeutet nach Barbarojo bereits, sich auf der Ebene von Vernunft- und Naturrecht zu bewegen. Denn »eine Frage verlangt nach vernünftiger Beantwortung«;[2] damit scheidet Barbarojo zufolge die Vorstellung aus, »positive menschliche Gesetze« könnten Recht schaffen: »Dezisionistische Rechtsauffassungen widersprechen stets sich selber. Sie können zwar *Regeln* aufstellen, nach denen Gewalt geübt werden darf, nie aber zu *Recht* führen.«[3]

Nur ein von Gott gesetztes positives Recht wäre widerspruchsfrei zu denken. An dieser Stelle führt er Thomas' Theorie ein: »Thomas vertrat nicht einen religiösen Rechtspositivismus. Vielmehr vertraute er darauf, dass Gott dem Menschen den Verstand gegeben habe, mit dem er sinnvolle Erkenntnisse zu leisten vermag. Darum verteidigte er die Unabhängigkeit der Philosophie von der Theologie und verkündete die Fähigkeit des Menschen, die physikalischen und moralischen Gesetze der natürlichen Ordnung aufzudecken. [...] Der Scholastiker Suarez ging 1619 gar so weit zu konstatieren, dass auch wenn man glaube, Gott würde nicht existieren, kein anderes Recht als das bekannte Recht der Vernunft herrschen könne.«[4]

---

[1] Benjamino R. Barbarojo, *Aristóteles y Tomás de Aquino sobre sociedad, derecho y libertad* (1931), Santo Tomás 1981, S. 51.
[2] Ebd., S. 53.
[3] Ebd., S. 58.
[4] Ebd., S. 62.

Barbarojo beantwortet seine selbstgestellte Eingangsfrage dann dahingehend, es sei »logisch kein anderes Prinzip des einklagbaren Naturrechts möglich als das der Freiheit. Denn da sich die Natur bloß durch Vernunft erschließt, die keine Instanz hat als das Urteil eines vernunftbegabten Wesens, kann eine Begründung, etwas sei von Natur oder der Vernunft gemäß so oder so, niemals andere Verbindlichkeit als die des Arguments beanspruchen. Einen anderen Menschen also einer Bestimmung zu unterwerfen, die dieser nicht selbst aus eigener Vernunft akzeptiert, bedeutet ein Eigenwiderspruch im Naturrecht. [...] Der Begriff der auf diese Weise konstituierten naturrechtlichen Freiheit[1] kann nicht eine verschwommene ›Freiheit‹[2] meinen, alles tun dürfen, was einem Menschen gerade in den Sinn kommt, und die Mitmenschen müssten das hinnehmen, sogar unterstützen. Vielmehr kann es nur die Freiheit sein, alles das zu tun, was man tun kann, ohne die Freiheit irgend eines anderen zu beschneiden.«[3] Mit diesen Sätzen hat Barbarojo explizit die von Hombueno am Beispiel der Sexualethik nur erst implizit vorgeführte Interpretation ausgedrückt.

Barbarojos Schritt über Hombueno hinaus ist ein zwischen gelehrten Zitaten eingeklemmter kleiner Satz – »Prinzipiell ist es nicht möglich, dass das Recht und der Staat zusammen kommen.«[4] Der moderne Staat – so lautet das Argument – behalte sich erstens zahlreiche Monopole für Handlungen vor, von Rechtsprechung über Schutz vor Kriminellen bis hin zur Müllabfuhr, Schulbildung usw.; zwischen Konfliktparteien zu vermitteln, Mitmenschen zu beschützen, ihren

---

1 *libertad.*
2 *independencia.*
3 Ebd., S. 75 f.
4 Ebd., S. 106. Im Original: »*En principio, no es posible que la ley y el estado se juntan.*«

Dreck wegzuräumen, ihnen Wissen zu vermitteln, schade aber niemandem, auch wenn diese Tätigkeiten durch nichtstaatliche Organisationen ausgeführt werden. »Benutzt der Staat also Gewalt – das muss er, damit er sein Monopol aufrecht erhalten kann –, um solche Handlungen von privater Seite zu unterbinden, bewegt er sich bereits außerhalb des rationalen Rechts- und Freiheitsbegriffs, der bloß Andere schädigende Handlungen verbietet.«[1] Zum zweiten stellt Barbarojo fest, der Staat verstoße mit seiner Steuererhebung gegen die »naturrechtliche Freiheit«, weil Besteuerung Gewaltanwendung bedeute, ohne dass damit eine Handlung, die Anderen schadet, verhindert werde. »Gegen den, von dem Steuern mit Gewalt eingetrieben werden, liegt keine Klage vor. Also ist Anwendung von Gewalt in diesem Falle, obwohl sie für den Staat lebensnotwendig ist, illegitim.«[2] Die restlichen zwanzig Seiten der Arbeit sind der These gewidmet, dass das »Recht auf Freiheit, solange sie niemandem schadet« kein für Auslegungen offenes Prinzip sei, sondern eine exakte Grenze definiere: »Jeder kann mit seinem Eigentum frei verfahren, während die Verletzung des Eigentums von Anderen zu unterbleiben hat. Es gibt kein soziales Rechtsproblem, das nicht mit dieser Formel zu entscheiden wäre.«[3]
Da diese Schrift die hier referierten Gedanken inmitten von Zitaten lateinischer, griechischer, hebräischer, gar mitteldeutscher und altenglischer Sprache, vielen Nachweisen und akademischen Wendungen enthält, beäugten die Kollegen von Callejas sie nicht so kritisch wie Hombuenos Arbeit, die ihre Provokationen offen zur Schau stellte.
Hombueno wurde Studentenpfarrer – eine sehr umstrittene

[1] Ebd., S. 127.
[2] Ebd., S. 148.
[3] Ebd., S. 166.

Entscheidung des Erzbischofs – und Barbarojo, zunächst Assistent von Callejas, bekam 1935 dessen Lehrstuhl. Über beide unbequemen Köpfe hielt der Erzbischof schützend seine Hand, sodass sie alle Terror- und Säuberungswellen des Diktators überlebten. Dazu kam, dass Molina wert auf eine Universität mit gutem internationalen Ruf legte; ihr waren Freiheiten vergönnt, die außerhalb von ihr undenkbar gewesen wären.

Trotz des gemeinsamen Ausgangspunkts führten die Wege von Hombueno und Barbarojo auseinander. Hombueno wandte vornehmlich soziologischen und psychologischen Themen sich zu; Barbarojo arbeitete an der Entwicklung einer »scholastischen Ökonomie«, die er als »Antizipation von Adam Smith« bezeichnete.[1]

Über ein Gespräch bei der Zensurbehörde, als er Mitte 1948 »*Hombre, economía y estado*« zur Publikationsgenehmigung vorlegte, berichtet Barbarojo im »*Occidente*« vom 14. Sept. 1961:[2] »Lustlos blätterte der Beamte in meinem 900-Seiten-Manuskript, und er sagte: ›Unser Wohltäter Molina kommt nicht drin vor‹. – ›Nein‹, antwortete ich, ›das ist wahr.‹ – ›Er sollte aber.‹ – ›Es ist ein Buch über Prinzipien; Molina ist ein Mensch.‹ – ›Er hat viel für die Wirtschaft getan.‹ – ›Indem‹, erklärte ich, ›er sich aus der Wirtschaft herausgehalten hat, wie er stets wieder betont.‹ – ›Auch‹, wechselte der Beamte das Thema und rutschte unbehaglich auf dem Stuhl hin und her, ›der Staat kommt nicht vor. Der steht nur im Titel.‹ – ›Nach den Grundsätzen des Wohltäters‹, führte ich aus, ›hat der Staat in Wirtschaftsfragen nichts zu suchen. Der Staat kommt vor, indem er nicht vorkommt.‹ – Der Beamte schaute mich verständnislos an: ›Er sollte drin vor-

---

1 Benjamino R. Barbarojo, *Hombre, economia y estado* (1948), Santo Tomás 1965, S. 493.
2 [Also *nach* der Revolution. – Am. d. Hg.]

kommen. Wegen der Wohltaten.‹ – ›Das wäre dann aber ein anderes Buch.‹ – ›Warum‹, murrte der Beamte, während er mir den ersehnten Stempel auf das Manuskript drückte, ›schreiben Sie nicht dieses andere Buch, Señor, anstatt diese 900 überflüssigen Seiten? Ach, ihr Intellektuellen seid alle gleich. Kommunisten. Was für ein lausiger Job hier!‹ – In der Druckfassung standen sehr wohl einige Bemerkungen über den Staat im Buch: kritische Bemerkungen.«

Den Unterschied zwischen beiden Denkern können wir an ihren Stellungnahmen zum staatlichen Sozialwohnungsbau während der 1930er und 1940er Jahre ablesen (in einem von den Blöcken lebten 1935/36 Niño und Anne): Hombueno kritisierte, man würde die Wohnungen »nicht für und mit den Bewohnern, orientiert an und in der Gegend, in der sie stehen« planen, sie seien »hässlich« und »kulturell wertlos«, und er sagte voraus, »diese Klötze verkommen demnächst zu leerstehenden Ruinen«, da »keiner dort wohnen möchte«;[1] wohingegen Barbarojo die »Entfernung vom nützlichen Grundsatz der staatlichen Nichteinmischung in die Wirtschaft« missbilligte; auch er sah eine Verödung der Siedlungen herannahen, denn »die staatlichen Ausgaben ziehen unausweichlich solch eine Steuererhöhung nach sich, welche die Miete für die Bewohner bei den gegenwärtigen Löhnen unerschwinglich macht«.[2] Nach ihrer Studienzeit scheinen die beiden Kritiker bis in die 1950er Jahre hinein keinen, oder wenigstens bloß äußerst geringen Kontakt zueinander gehabt zu haben.

Eine entscheidende Änderung verursachte das Auftauchen des jungen Philosophie-Studenten Errico M. Gatablanco. Er

---

[1] Pablo Hombueno, im *El Espectador*, 8. Juli 1937. *El Espectador* war so weit linksliberal, wie unter Molina möglich.
[2] Benjamino Barbarojo, im *Occidente*, 11. Juli 1937. Der *Occidente* wusste sich, weil konservativ, mehr kritischen Freiraum zu verschaffen.

hatte einen locker informellen Gesprächskreis organisiert, in welchem sich die liberale Opposition gegen die Diktatur Molinas artikulierte. Man nannte sich »*Aficionados al Libertad*«. Zu den fünf bis sechs regelmäßigen Teilnehmern gehörten neben Gatablanco: Marguerite Jauve (1928-2017), Tochter des liberalen Verlegers, der Amerikanistik-Dozent Tomaso Jefeliejo (1911-2014) und die radikale Hispanistik-Studentin Claira D. V. Ovo Vega (1929-1962).
Nach der gemeinsamen Lektüre der Schriften von Liberto Callejas und der beiden von ihm betreuten Doktorarbeiten kam die Gruppe zu der Überzeugung, dass »Hombueno und Barbarojo zu mischen, eine geschlossene liberale Sozialphilosophie mit politischer Sprengkraft ergeben würde«.[1] Gatablanco gewann Barbarojo, der auch die Lehrbefugnis in Philosophie besaß, für den Plan einer Doktorarbeit über Callejas, Hombueno und Barbarojo. Unter dem Titel »*La teoría crítica de Neotomismo*« enthält sie im ersten Teil die zusammenfassende Darstellung der »neothomistischen« Autoren und im zweiten Teil eine Auseinandersetzung mit der us-amerikanischen Revolution, deren Geschichte Gatablanco durch Jefeliejo vermittelt bekannt war. Er stellte die These auf, dass das »größte, weitreichendste und erfolgreichste liberale Experiment in der Geschichte«, die USA, »gescheitert« sei, denn »auf Dauer ist die staatliche Macht nicht begrenzt worden«, und zwar aufgrund der »eigenen Inkonsequenz«.[2] Er billigt Jefferson zwar zu, das Problem erkannt zu haben, kritisiert aber an ihm, dass er den Standpunkt des Sezessionsrechts nicht energisch genug gegen die zentralistischen Befürworter einer starken Union vertreten

---

[1] Errico Gatablanco, in: Hombueno u. a., *La revolución y Anne R. Chérie*, Santo Tomás 1963, S. 85.
[2] Errico Gatablanco, *La teoría crítica de Neotomismo* (1956), Santo Tomás 1961, S. 115.

habe. Mit der »kritischen neothomistischen Theorie« sei das Problem zu lösen, denn sie habe gezeigt, dass »Recht nicht an monopolisierte zentralstaatliche Instanzen« gebunden sei, sondern »natürlich und spontan im geselligen ›Mitleben‹ der Menschen entsteht und verteidigt wird«.[1] Schließlich stellt er fest: »Das liberale Ideal ist dauerhaft nur in der Anarchie lebensfähig.«[2] Die anarchistische politische Tradition kannte Gatablanco vermittelt durch Ovo, die als Hispanistikerin sich besonders mit dem Anarchismus in Spanien, Argentinien sowie einigen weiteren Ländern der spanisch-sprachigen Welt beschäftigte.

Den persönlichen Kontakt zwischen Hombueno und Barbarojo brachte Gatablanco erst zustande, als er 1955 verhaftet wurde. Die Arbeit war bereits eingereicht, vom Doktorvater angenommen worden; vor dem Rigorosum jedoch nahm die Staatssicherheitspolizei den Autor fest. Die Anklage lautete »fortgesetzte kommunistische [sic!] Subversion in Wort und Schrift«. Da Mitte der 1950er Jahre wieder einmal besonderer politischer Terror Molinas System schützen sollte, dem schon etliche sozialistische, kommunistische, liberale, demokratische und konservative Kritiker des Diktators zum Opfer gefallen waren, machten sich der Doktorvater und der Seelsorger ernste Gedanken über das Schicksal ihres Schützlings. »Zum ersten Mal seit 20 Jahren traf ich mit Benjamino zusammen«, notiert Hombueno,[3] um über Möglichkeiten zu beraten, Gatablanco zu retten. Ein erster Versuch über den nun greisen Erzbischof scheiterte: Der Erzbischof, genauso tolerant wie früher, jetzt aber eingeschüchtert, müde und enttäuscht, ließ wissen, er sei machtlos.

Als Gatablanco in ein unbekanntes Gefängnis verlegt wurde,

---

[1] Ebd., S. 132. [geselliges Mitleben: *convida* (statt *convivencia*) *social*. Hg.]
[2] Ebd., S. 154.
[3] Pablo Hombueno, in: Hombueno u. a., S. 4.

da gebot dies die höchste Eile: Eine Verlegung »nach unbekannt« war oft der erste Schritt zur Liquidierung. Hombueno – als Studentenpfarrer stets gut informiert – hatte von einer kriminellen Organisation gehört, die kommerzielle Gefangenenbefreiungen vornimmt. Er kam mit Barbarojo überein, es auf diesem Wege zu versuchen, wenn sie sich die »Sache leisten« könnten, und Gatablanco dann ins sichere Ausland zu bringen. Man fragte in Fabios *Café americano* – immer noch der beste Platz, um Kontakte nach »unten« (oder »oben«) zu knüpfen – an und erfuhr, dass der Weg über die Detektei SIT, die mehrere Stockwerke eines großen modernen Bürohochhauses in der Innenstadt belegte, führe, bei der ein Suchantrag zu stellen sei.
Hombueno berichtet, was dann geschah: »Bei der Detektei SIT empfing mich eine Dame mit einer Freundlichkeit, die früh von Kindern in glücklichen Kleinfamilien gelernt wird – sie sagt: Ich bin zufrieden, oder vielleicht geht es mir auch schlecht, aber das geht Sie nichts an; meine Erfahrung lehrt, dass die Menschen draußen nur Übel bringen, doch um des lieben Friedens willen ›*keep smiling*‹ und keine persönliche Bemerkung. Die Dame nahm meinen Suchantrag ohne eine sichtbare Reaktion ständig lächelnd auf, alle Daten in ein Formblatt eintragend. ›Wenn dies in die polizeiliche Hoheit fällt‹, sagte sie zum Abschluss, ›können wir nichts machen. Man kooperiert dort nicht immer gern mit uns. Sie erhalten Nachricht. Haben wir Pech, und es ist nicht möglich, eine Auskunft zu erlangen, entfällt jede Gebühr. Andernfalls erhalten Sie einen Kostenvoranschlag und können sich dann überlegen, ob Sie den Auftrag geben.‹ Unglücklich drängte ich, man solle sich beeilen, es bestünde Lebensgefahr. Die Dame geleitete mich zur Tür. Für einen Augenblick wurde ihr Gesicht ernst, sie legte mir ihre Hand auf die Schulter – für einen Augenblick war ich in ›die‹ Familie aufgenommen

– und versicherte leise: ›Machen Sie sich keine Sorgen. Wir biegen das schon zurecht.‹

Bereits am Nachmittag des gleichen Tages tauchte ein Mann bei mir auf, der mir eine mysteriöse Einladung überbrachte. (Wie ich später herausfand, war der Mann Pedro Donoso.) Er sagte nicht viel. Sein Verhalten zeigte mir einerseits, dass er einem Befehl folge, andererseits dass er durchaus nicht ein Bote sei. Das Verhalten stammte aus einer unglücklichen Konstellation in der Jugendzeit, die eine Überwindung des Ödipus-Komplexes verhindert, vielleicht dem frühen Tod der Mutter.

Pedro chauffierte mich zu einer vornehmen Villa in dem neu entstandenen ›*barrio nuevo*‹. Er ließ mich aussteigen, bevor er den auffälligen Mercedes in einer der fünf Garagen mit automatischen Toren parkte. An der Einfahrt stand, dass hier Maria Anna Favorito, Lauren Jackson und Néstor Niño Favorito wohnen. Ich erkannte den Stil des amerikanischen Architekten Percival Goodman, einem Neofunktionalisten. Aus dem Sandstein dieser Gegend waren die unverputzten Wände gebaut; weite, auf den Lauf der Sonne ausgerichtete Fenster spendeten großzügig Licht. Auch wenn keine überflüssigen dekorativen Elemente verwandt wurden, machte das Ganze einen ästhetisch kräftigen Eindruck. Ein meisterhafter Entwurf hatte sich mit edlen, obwohl nicht exotischen Materialien verbunden; der Stil war nicht auffällig, weil er sich an unserer Landessitte, Häuser zu bauen, orientierte, aber drückte verhaltene Exquisität aus. Von der Villa hatte ich in einem Architektur-Journal gelesen. Ich wunderte mich nicht schlecht: Sie gehörte dem Vernehmen nach nämlich der reichsten Frau, der nach dem Diktator vielleicht sogar reichsten Person des Landes.

Über den vom atriumförmigen Haupthaus umschlossenen Innenhof, der, eingefasst in gepflegten Rasen, einen großen

nierenförmigen Swimmingpool bereit hielt, geleitete mich Pedro zu einem separaten Eingang am Westflügel. Etliche Stufen ging es hinab und ich stand in einer Turnhalle. Hier trainierten Leute. Pedro zeigte auf eine Frau und sagte: ›Die Prinzessin‹ – er sagte das mit einer betörenden Mischung aus Verehrung, Unterwürfigkeit, Ironie und Selbstbewusstsein – ›wird gleich fertig sein und sich Ihnen widmen.‹ Mit einer an Masochismus grenzenden Selbstbeherrschung des Körpers stürzte die Frau durch eine Rolle vorwärts auf einen Mann zu, der unbewegten Gesichts auf einer Kiste saß. Sie versuchte, ihn mit einem Bein am Kopf zu treffen, doch der Mann hatte blitzschnell abgewehrt, ohne seinen völlig desinteressierten Blick zu verändern. Die Frau startete einen weiteren Versuch. Aber sie täuschte den Schlag jetzt mit dem Fuß bloß an. Stattdessen richtete sie sich auf, und während die Hand des Mannes noch in der überflüssigen Abwehrhaltung verharrt, schlägt die Frau zu. Der Mann fällt von der Kiste. In einem Schlaglicht sehe ich, wie meine Mutter vor langer Zeit den Vater zu Boden schlägt, und ich kriege das Gefühl, selbst den Boden zu küssen. Er stirbt (nein, er ging bloß weg). Mir wird schwarz vor den Augen und ich torkele. Pedro stützte mich und sagte: ›Es war kein fester Schlag, Señor.‹ Die Frau vollführte derweil einen Freudentanz und rief: ›*Oke*, hab's geschafft! *Oke*, hab' ihn besiegt!‹ Pedro klatschte in die Hände. Der Mann erhob sich – wieder sagte sein Gesichtsausdruck: nichts – und er gab der Frau förmlich die Hand: ›Gratuliere‹, sagte er. ›Ich glaube, für heute reicht es.‹ Er ging dann zu einem Mann, der in einer der Ecken mit Messern übte.
Die Frau trat auf mich zu. Die Anspannung, die sie während des Kampfes gekennzeichnet hatte, war freundlicher, fast kindlicher Offenheit gewichen. Es fand hier kein einfacher Rollenwechsel statt, vielmehr ein völliger Identitätstausch:

ein Mensch, dessen Ich entweder keine Vorgeschichte hatte oder gleichsam unter verschiedenen Vorgeschichten auswählen konnte – beides Bedingungen, die ich für nicht erwägenswert hielt, bis ich in das Antlitz dieser Frau schaute. Sie war, natürlich, genau jene Mutter, die Pedro brauchte, um sein seelisches Gleichgewicht zu halten, ohne in Konflikt mit sich selbst zu geraten. ›Seit fast zehn Jahren‹, erklärte mir das Rätselwesen, ›versuche ich es, in dieser Situation Joaquín zu besiegen. Damals wandte ich den Tritt in einer gefährlichen Sache an. Der sei zu unsicher!, hat Joaquín mit mir geschimpft. Es ist wirklich nicht möglich, einen geübten schnellen Gegner mit dem Rollentritt zu besiegen. Bis mir dieser Trick einfiel. Und dann hat es gedauert, bis ich schnell genug hochkam, schnell genug für Joaquín. Mit Pedro habe ich geübt und geübt. Und heute hat es auf Anhieb geklappt. Joaquín ist total fertig.‹ Zu Pedro sagte sie: ›Danke.‹ – Nun stellte Pedro mich förmlich vor: ›Prinzessin, das ist Señor Pablo Hombueno Gasvar.‹

Der Trennungsschock meiner Kindheit, der mich auf einer vor-sexuellen Entwicklungsstufe festnagelte, verminderte auch, dass ich mich rasch an ungewohnte Situationen anpasste. Vielmehr flüchtete ich in das infantile Staunen, in welchem sich Traum und Realität vermischen. Nichts von dem, was ich sah, und von dem Verhalten der Menschen, die mich umgaben, erinnerte an die gewohnte universitäre Atmosphäre. Da gab es den Mann, der mich schweigend herbrachte, ohne sich vorzustellen – einen Moment lang hielt ich ihn für einen Zivilpolizisten –; das berühmte Haus, von dem ich zwar gelesen hatte, das ich jedoch nie im Leben zu betreten erwartete; die Kampfszene, in der zwei Menschen so blitzschnell reagierten, wie es mir unbegreiflich war; die wenigstens scheinbare Brutalität sowie das eigenartig versteinerte Verhalten des besiegten Mannes; die schöne Frau, die innerhalb von wenigen Sekunden in verschiedene zwei Identitäten schlüpfte und von der ich wusste, dass sie eine weitere Identität als schwerreiche Unternehmerin besaß. Und was hatte dieses alles mit meiner Sorge um das Wohl von Errico zu tun?

›Anne R. Chérie‹, sagte die Frau und streckte mir die Hand hin. ›Ich freue mich, dass Sie gekommen sind.‹ Hatte ich die Wahl gehabt? Sie bedeutete mir, ihr zu folgen, und ging zu einer Bank, auf der ihre Sachen lagen. Ohne Anzeichen von Scham zog sie sich um. Vor mir stand wahrhaftig, so musste ich zugestehen, eine erholsame Lücke in den eng gewebten Maschen unserer oberflächlichen Kultur. ›*Oke*, was trinken Sie, Señor?‹, fragte Anne.

Nachdem sie fertig angekleidet war, handhabte Anne eine Sprechanlage, und sie orderte die Getränke auf die Veranda. Sie führte mich zu einer Stelle des Hofes, wo in einer mit Steinplatten ausgelegten schattigen Ecke einige Stühle und ein Tisch standen. Kaum hatten wir uns gesetzt, kam ein Bediensteter, ein relativ heller, hochgewachsener Spanier, mit schwarzem Schnauzbart, nachlässig gekleidet, doch bewegte er sich mit einer gewissen Eleganz. Formvollendet servierte er die Drinks. ›Danke, Martín.‹ Als er gegangen war, sagte Anne verschwörerisch zu mir rübergebeugt: ›*Oke*, es klingt eventuell kindisch, aber ich mag mich von weißen Männern bedienen lassen.‹ Dann richtete sie sich wieder auf, hierbei straffte sie die Haltung ein wenig. ›Señor Hombueno‹, sagte sie. ›Sie sind in einer heiklen Angelegenheit hier und sicher ungeduldig. Zuerst möchte ich aber noch sagen, dass Sie mir nicht ganz unbekannt sind. Sie haben eine Zeit lang für einen, *oke*, sagen wir: verschollenen Kollegen Bücher ausgeliehen ‹ – ›Für Liberto?‹ – ›*Oke*. Die Schülerin sozusagen war ich. *Oke*.‹ Ihr Ton wurde vollends fest. ›Wir haben ermittelt, dass Sie kein Spitzel sind, der uns eine Falle stellen

will.‹ – ›Darf ich‹, unterbrach ich zaghaft, ›fragen, wer *wir* und *uns* sind?‹ – ›Eventuell sollten Sie das so genau nicht wissen wollen‹, bevormundete sie mich. ›*Oke*, Sie streben an, dass ein gewisser Señor Gatablanco, Philosophiestudent, Doktorand bei Professor Barbarojo, zur Zeit in Haft an unbekanntem Ort, gesucht und befreit wird. Ist das korrekt?‹ – ›Ja. Nur dass ich noch gar nicht so weit gekommen bin, eine Befreiung in Auftrag zu geben. Im SIT-Büro wollte man nichts als die Suchanzeige entgegen nehmen.‹ – ›Sagen wir, ich habe das mit der Befreiung vermutet. Intuition.‹ – ›Und Sie‹, fragte ich ungezogen, ›halten Verbindungen zu jener sagenhaften Organisation, die einige der größten bekannten Verbrechen der vergangenen Zeit zu verantworten hat?‹ – Scharf antwortete sie: ›Ist Gefangenenbefreiung eine legale Sache?‹ – ›Ich wollte Sie nicht angreifen‹, ruderte ich zurück, ›oder Illegalität grundsätzlich verurteilen.‹ – ›*Oke*‹, beschied sie kurz. ›Die Sache ist, wie gesagt, recht heiß. Wir werden groß Ärger kriegen. Unser Risiko können Sie sicherlich nicht begleichen. Ich übernehme das selber. Aber eine Gebühr von zehntausend Pesos für die Auslagen – wäre das für Sie erschwinglich?‹ – ›Wenn Sie sich mit zwei oder drei Raten zufrieden gäben?‹ Sie machte eine positive Geste. Vorsichtig gab ich zu bedenken: ›Und da gäbe es noch das Problem, für die weitere Sicherheit des, äh, des Gefangenen zu sorgen. Wir, Señor Barbarojo und ich, hatten ans Ausland gedacht.‹ – ›Die Sicherheit wird von uns garantiert, bis wir wissen, was wir mit ihm anfangen.‹ Anne sagte dies, als gäbe es *kein* Problem. Die geschäftliche Unterhaltung war abgeschlossen, und Anne entspannte jeden Muskel ihres durchtrainierten Körpers. Beiläufig drückte sie einen Knopf an ihrer Stuhllehne. Martín war zur Stelle. ›Der Señor möchte gehen. *Oke*, Pedro wird ihn nach Hause fahren.‹
Doch bevor Martín mich mitnehmen konnte, trat eine weiße

Frau – Lauren Jackson – auf die Veranda. Eine äußerlich strenge, aber im Grunde doch tolerante Mutter hatte die Tochter zu einer Person erzogen, die ihr Eingeschüchtert-Sein in selbstbewusste Zartheit umwandeln konnte: Annes ideale Ergänzung. Sie gab Anne einen Kuss und Anne fragte: ›Das ist Señor Hombueno Gasvar. Hast du etwas dagegen, wenn wir ihn gelegentlich einladen?‹ – ›Sollte ich?‹ – ›Nein. *Oke*, Niño wird sich freuen. Er ist sein Lehrer. *Oke*‹, Anne wandte sich wieder an mich. ›Können Sie übermorgen mit Señor Barbarojo zum Abendessen kommen, um sieben? Ich koche selber.‹ – ›Über Señor Barbarojos Zeit vermag ich nicht zu verfügen, doch ich werde ihn fragen. Und ich komme gerne.‹

Schon bei dieser ersten Begegnung hatte Anne mich berauscht und erschreckt, sie selbst ebenso wie ihr Verhältnis zu Pedro, zu Joaquín, zu Lauren, zur ganzen Umwelt. Die Handicaps, die uns andere Menschen mit einer normalen desolaten Familiensozialisation bedrängen, kannte sie nicht. Doch schien ihr auch etwas zu fehlen. Die Welt und die in ihr lebenden Menschen gehörten ihr – aber war sie in der Welt? Vielleicht, so musste ich mir allerdings sagen, war unser Konzept von ›Welt‹ falsch.

Auf der Rückfahrt informierte mich der schweigsame Pedro kurz, dass ich von der Polizei observiert werde. Damit nicht ›jeder‹ gleich wisse, dass ich die ›Prinzessin‹ besucht habe, habe man die Beschatter abgelenkt. Sie dächten, ich hielte mich im *Café americano* auf. Er fuhr mich dorthin, und in der Toilette sollte ich den Doppelgänger ablösen. (Er war mir tatsächlich täuschend ähnlich zurecht gemacht.) Für den Fall, dass ich die Einladung zum Abendessen annehmen würde, nannte er mir eine Nummer, die ich anrufen sollte, auch um mitzuteilen, ob Señor Barbarojo mich begleite. Er wies mich an, welche ›sichere‹ Telefonzelle ich zu benutzen habe. Und das Essen war fabelhaft.«[1] — Als eine Erinnerung an die Zukunft stellte sich heraus, dass man Gatablanco im Gefängnis von Haina festhielt; aus eben jenem hatte Chérie in den 1940er Jahren Pedro Donoso geholt. Inzwischen war es zu einem modernen Hochsicherheitskomplex umgebaut worden. Chérie organisierte eine aufwändige Aktion; neben Gatablanco wurden bei ihr drei mit ihm in der gleichen Zelle inhaftierte bolivianische Dealer befreit. Dann legte sie der Polizei eine Spur, die in die Botschaft von Bolivien führte. Einige Wochen später musste die Hälfte des Personals der Botschaft die Tomasische Republik verlassen.

Den Befreiten lud Chérie sich in ihre Villa: »Der sicherste Ort in ganz Tomasia«, schreibt Henríquez. »Es gab eine indirekte Abmachung zwischen Behörden und *La Red*, das Haus weder zu observieren, noch die in ihm befindliche Personen zu belästigen oder gar zu verhaften.«[2] Niño sagt, dass es ihn »fasziniert« habe, »die quasi dritte Generation des Neothomismus kennen zu lernen. Ihr Insistieren darauf, dass die Ethik politisch sei, war etwas, das ich ständig berührt, aber nie realisiert hatte; auch Hombueno und Barbarojo mussten erst darauf gestoßen werden.«[3] Bald trafen sich bei Chérie die »*Aficionados al Libertad*« unter Einschluss von Hombueno, Barbarojo, Niño und selbstredend Chérie. Auf diese Weise entstand die nicht nur für Tomasia, sondern auch für die ganze Welt einmalige Form von Opposition, ein »revolutionärer Liberalismus« (Jauve) im 20. Jahrhundert. Innerhalb dieses »revolutionären Liberalismus« gab es aber recht weit auseinanderliegende Positionen. Zwei radikale Positionen markierten Benjamino R. Barbarojo und Claira D. V. Ovo. Sie beide bezeichneten sich als Anarchisten, die

---

[1] Ebd., S. 58 ff. [Vgl. S. 110, Fn. 3. Hg.]
[2] Henríquez, S. 11.
[3] Callejas, *Interviú*, S. 18.

den Staat völlig abgeschafft sehen wollten, je schneller desto besser. Doch bewunderte Barbarojo das Unternehmertum, erblickte er in dem freien Markt die anarchistische Form der Vergesellschaftung, während Ovo auf das syndikalistische Modell von »Arbeiterselbstverwaltung« setzte. Da beide unumschränkte Freiwilligkeit forderten, also jeder die vom anderen angestrebte Vergesellschaftungsform akzeptieren konnte unter der Voraussetzung, sie sei freiwillig, eine Voraussetzung, die sie aber auch für die Existenz des eigenen Modells machten, gab es, so Gatablanco, »im Prinzip keine Differenz«; die emotionale Differenz allerdings war groß. Pablo Hombueno und Errico M. Gatablanco traten für eine moderate Form des Anarchismus ein, die nämlich Übergangszeiten mit langsamem Staatsabbau vorsahen; dabei tendierte Hombueno zur syndikalistischen Auffassung von Ovo und Gatablanco zur kapitalistischen von Barbarojo. Marguerite Jauve und Tomaso Jefeliejo hielten das Konzept des klassischen Liberalismus hoch, nach welchem Rechtsprechung und die Organisation der äußeren und inneren Sicherheit Monopole des Staates seien; allerdings müsse sich der Staat auf der Grundlage des Vernunft- und Naturrechts bewegen. Jauve forderte darüber hinaus ein Quäntchen an staatlichen Sozialmaßnahmen. Gegenüber diesen recht ausgearbeiteten Positionen nahmen Niño und Anne R. Chérie eher wechselnde Positionen ein, teilten mal die eine, mal die andere Argumentation. Lauren Jackson und Pedro Donoso haben die »*Aficionados al Libertad*« loyal unterstützt, sich aber anscheinend kaum inhaltlich in dem Fraktionsstreit engagiert.
In Jacksons Tagebuch finden sich eine Reihe Erinnerungen an die Diskussionen der Gruppe um Chérie: »Heimat ist nur ›*ilusorio*‹. — Alles wollte ich hinter mir lassen. Aber ich finde unter den wenigen Dingen, die ich mit mir führe, ein

kleines Buch von P. Kropotkin, Ausschnitte aus ›*Die gegenseitige Hilfe in der Tier- & Menschenwelt*‹, zusammengestellt von Claira.¹ Ich streichle übers Buch. *Oke*, es ist eine Ersatzhandlung, denn sie hätte sich von mir nicht berühren lassen. Jetzt berühren mich ihre schönen Gedanken: ›Kropotkin geht weit über das defensive »Bewahre die Natur« hinaus, über die Suche nach einem »natürlichen Leben«, die sich aus der irrationalen Furcht, vergiftet zu werden, speist. Sein Buch hilft uns, nicht bloß zu erfahren, vielmehr auch zu wissen, was die Erde will. Das kann nicht studiert werden, aber ohne Studium kommen wir auch nicht ans Ziel.‹ & ich finde Niños Tomás-Übersetzung² aus der *Summa theologica*, den Abschnitt ›Über die Sittlichkeit der Handlung‹.³ Als ich sie alle verlassen habe, gab er mir – welch unerbittliche Ironie!? – den lateinischen Text ›*De substantiis separatis*‹ mit. Ich werde mir ein Lexikon besorgen & den Text übersetzen. Ich weiß nicht, warum ich so verrückt bin. [...]
Was fällt mir zu B[arbarojo] ein? Portrait. Herausarbeiten: Emotionslosigkeit oberflächlich. Die Emotion des Denkens. Denken als libidinöse Tätigkeit. Ersatzbefriedigung oder bessere Welt? Freud oder Aristoteles?
›¿Benjamino, el índio urbano?‹ — Wenn ich den Reichtum meines ›unterentwickelten‹ Lebens – Holzhütte, offenes Feuer, kein fließendes Wasser, Ernährung von Beeren & Insekten (ich könnte Fleisch haben ...) – vergleiche mit der erdrückenden Armut in der Umgebung gewaltigsten Fortschritts ...
Santo Tomás – Wasserversorgung, Strom, Straßen, Bahnen & das alles ...
Es kommen mir die Tränen, wenn ich an jenen Vater denke,

---

1 Claira D. V. Ovo Vega.
2 ins Spanische [Hg.].
3 *Summa theologica I-II*, q. 18 bis 21.

der stolz eine verschlissene, jedoch saubere Matratze vom Müll ergatterte & einen Tag durch die Stadt in seinen Wellblechunterstand trug. Es war ein Fest für die vier Kinder. Sie feierten ihn wie einen Helden. (Ich war Zeuge dieser Szene, denn ich half Anne, bei dem jüngsten seiner Kinder einen Knochenbruch zu versorgen. Eine nur flüchtige Begegnung: Wir haben nicht einmal die Namen gelernt.)
Aber die Erde ist doch reich! Mit all meinem ökonomischen Wissen, das mir genau sagt, wie die Geld- und Wirtschaftsmanipulationen Landflucht erzeugen, unterstützt durch den ›robo‹, Tradition der Jahrhunderte, will mir nicht gelingen zu verstehen, wie die Menschen sich das alles antun lassen können. Vielleicht einfach, weil sie zwar den ›robo‹, nicht aber die ›inflación‹ verstehen.
Ben,[1] unser ›aristócrata español‹, ist in diesem Punkt ganz indianisch: Das Land gehört – rechtmäßig – demjenigen, der es bearbeitet. & das Land ernährt uns alle. & der Mangel ist unnatürlich.
Obwohl er dies in die Worte knarrender wissenschaftlicher Rationalität kleidet, sehe ich das religiöse Feuer dahinter. Hier am Waldensee mehr als damals in der Stadt. [...]
Mit welcher Münze zahlen? — Pablo[2] predigt uns: ›Die konformistische junge Frau zweifelt ängstlich: Ist er an »mir« interessiert oder bloß an meinem Körper? Diese Frage ist Symbol der »*alienación*«, da wir mit ihr unsere »*calidad*«[3] – Körper, Geld & all das – von uns trennen, als nicht uns zugehörig kennzeichnen. & wenn wir die »*calidad*« von uns abziehen, sind wir *nada* & *nada* kannst Du nicht lieben.‹
[Claira] Ovo hat es genau andersherum und kritisierte die konformistische Verknüpfung von Liebe & Erfolg, Liebe &

---

1 Benjamino Barbarojo Soto. [Vgl. dagegen S. 214, Pkt. 5. Hg.]
2 Pablo Hombueno Gasvar.
3 *alienación* Entfremdung; *calidad*, Qualität. [Hg.]

Schönheit & so weiter. Beide kann ich verstehen (auch wenn ich Claira nicht verstand). & dennoch – auch hier liegt die Wahrheit nicht in der Mitte, wie sie es sonst ebensowenig tut.

Von meiner Berufserfahrung ausgehend muss ich erst einmal anmerken: Lieber Pablo, ich war ausschließlich an einer ›*calidad*‹, dem Geld von meinen Kunden interessiert & sie interessierten sich bloß für meine körperliche ›*calidad*‹. Ist eine solche absolute *separación* nur darum, weil sie bewusst ist, nicht ›*alienación*‹ zu nennen? Andererseits hat er Recht, denn der Kontrakt der Hure käme nicht zustande, wäre da nicht ein Überschuss an nicht zugestandenem Interesse. & meine liebe Ovo, größtenteils kam meine Kundschaft darum zu mir, weil der gesellschaftliche Druck die ›*separación*‹ von Liebe & Körperlichkeit suggeriert (wenn auch nicht vollzieht).

Mir scheint, jeder der beiden reagiert auf seine Situation. Pablo ist in seinem zölibatären Leben so auf ›rein geistige‹ Liebe fixiert, dass er die Ausgrenzung des Körperlichen bei anderen kritisiert. Claira hat ihre Affären mit den jungen spanischen *machos* (möglichst ›menos de 18‹) & sehnt sich nach dem geistigen Band – an Angeboten fehlt es nicht, aber an Bereitschaft, sie zu akzeptieren.

Der Wald ruft. — Eloquent zeigte [Benjamino] Barbarojo, wie die wirtschaftliche Misere nicht auf Fehlentscheidungen der Unternehmer zurückzuführen sei, sondern auf die staatliche Manipulation. Jeder Unternehmer könne irren, wenn jedoch alle sich synchron irrten, müsste dies eine andere Ursache haben. Hiergegen bestand er darauf, privates Unglück wäre – z. B. in Liebe + Ehe – reine Privatsache.

Claira Ovo zeigte uns, wie stark unser privates Handeln gesellschaftlich bedingt sei, konnte andererseits die ›bösen‹ Unternehmer nicht genug beschimpfen, die Leute aufgrund

der wirtschaftlichen Verhältnisse entließen, die sie – ihrer Meinung nach – selber geschaffen hatten.
Weshalb ist es so schwer, konsequent zu sein, & das Naheliegende zu sagen: Unser gesamte Verhalten – wirtschaftlich, sozial, sexuell – ist aus einem Guss. Wenn es unter falschen gesellschaftlichen Rahmenbedingungen steht, tendiert es dazu, zu misslingen – in der Ehe ebenso wie in einem Unternehmen. Eventuell ist es nicht zu ertragen, die Gesellschaft, in der man lebt, vollständig herauszufordern & abzulehnen. Nur im Wald muss die Gesellschaft, in der Du lebst, nicht Dir gehören. [...]
Vor ihnen wollte ich fliehen, jetzt aber rede, diskutiere, debattiere ich mit ihnen beständig, mehr als im direkten Kontakt – Claira, & Ben Barbarojo, & Pablo, & natürlich & unvermeidlich Niño. Nur mit Anne rede ich nicht. Sie berühre ich. Sie berührt mich. [...]
Tumulte nach einer Sportveranstaltung. Mit knapper Not kamen wir ohne schwerere Verletzungen davon. Hombueno analysierte: Oke, der Sport fördere Aggression, Rohheit und Sadismus in den Personen, die nicht selbst der Disziplin des Sportes sich aussetzten, sondern bloß zusähen, bloß auf dem Sportfeld brüllten. Errico[1] ergänzte, dass sich im Enthusiasmus der Fans Ohnmacht ausdrücke, keine Kontrolle über ihr Leben zu haben, Ohnmacht, die sich verdopple – (›*desdoblar*‹, eins der ›*extraño*‹[2] Lieblingsworte in seiner verfickten ›*teoría*‹[3]) –, da sie das Spiel ja gar nicht beeinflussen könnten; darum verschaffe das Gebrüll augenblickliche Erleichterung, weil die Aggression sich Raum verschaffe, doch es käme zu keiner Lösung & so komme Aggression – & auch Depression – verschärft auf. Ben wiederum wollte von der-

---

1 Errico M. Gatablanco. [Nicht neutral, wie die Autorin S. 253 meint. Hg.]
2 befremdlich, kurios, wundersam [Hg.].
3 *fucking teoría* [s. a. S. 56; zum Verhältnis zu Gatablanco s. S. 161 ff – Hg.].

artigen Überlegungen gar nichts wissen: Solange die Spieler freiwillig spielten & die Zuschauer freiwillig brüllten, sei alles in Ordnung, wäre die soziologische Analyse nichts als eine Bevormundungswissenschaft. Anne fand ja immer, dass diese Differenzen vielleicht, wie unser Lehrer Niño sagte, interessante ›Modi‹ unterschiedlicher Interessen der Erkenntnis seien, jedoch zu der einen ›*revolución*‹ führten.

Als ich mit Ernest gelegentlich darüber sprach, fragten wir uns jedoch, ob wirklich ein und die gleiche ›*idéa*‹ hinter den unterschiedlichen Erklärungsansätzen stünde, oder ob nicht ganz andere Vorstellungen von Gesellschaft sich einen Ausdruck gäben, die eher zufällig die gleiche politische Struktur – Beseitigung des Staats – bevorzugten.

Aus dem Wald heraus gesehen denke ich mir aber, dass erst in der Differenz die Vorstellung von einer guten Gesellschaft entsteht. Es wäre geradezu verhängnisvoll, wenn nur eine Vision sich durchsetzen könnte. Als gäbe es nur Hasen oder nur Füchse.[1] Dann tun sich keine lebensfähigen Räume auf. ›*Extraño*‹, dass ich über diese Extrañeza bisher noch nicht nachgedacht habe – Ernest brachte mich hierdrauf –: dass so extreme Individualisten wie die Chérieisten in vielerlei Hinsicht so stark am – normalerweise als kollektivistisch angesehenen – Mittelalter orientiert sind, sei es der Thomismus

---

1 Bezieht sich auf folgende Notiz: »*Baum der Erkenntnis.* — Sally, die Biologin, erklärte Füchsen & Hasen die Weisheit der Natur: Die Jäger-Opfer Beziehung hält sich im Gleichgewicht. Vermehren sich die Hasen, können mehr Füchse satt werden, also vermehren sich die Füchse. Sie dezimieren dann die Hasen, also können weniger Füchse satt werden, also verhungern die Füchse, also werden weniger Hasen geschlagen & vermehren sich die Hasen... Die Hasen sahen dies ein & ließen sich um so freudiger fangen & fressen, da sie es nun im Bewusstsein tun konnten, dem großen Ganzen der Natur zu dienen. Doch die Füchse wurden Vegetarier, fragten sich aber, warum die Biologin wohl ihre Kinder impfen ließ. Als die Welt unter einer meterhohen Schicht Hasen litt, war die Biologin längst begraben. Bloß ihre wohlgeimpften Enkel ereilte der Erstickungstod.« *Walden III*, S. 96. [Hg.]

oder sei es Barbs[1] Lehre von der privaten Justiz & Armee, die er mit historischen Beispielen aus dem Mittelalter belegt, sei es aber auch Ovos Enthusiasmus für die mittelalterliche Kommune (die sie von Kropotkin hat).[2]
Wir[3] haben drei Deutungen angedacht: 1) Unser[4] Bild vom Individualismus ist falsch. 2) Unser Bild vom Mittelalter ist falsch. 3) Individualismus ist für sich genommen unvollständig, & je radikaler der Individualismus ist, desto stärker wird das Bedürfnis nach kollektiver Gegenkraft. (Dies ist, ›*naturellement*‹, die Deutung, der er[5] den Vorzug gibt).«[6]
An anderer Stelle beklagt Jackson eine gewisse Engstirnigkeit der Gruppe: »Doppelt schuldig. Ich habe verführt und wurde verführt. Verführt werden zu können, sagt zunächst weder etwas über den Verführer (mich) noch über den Verführten aus. Vielmehr etwas über das Herrschaftsverhältnis, in welchem er sich außerhalb des Verhältnisses befand:
Die Eigen-Interpretation, Julien[7] sei ›verführt‹ worden, ermöglichte es seiner Frau Maria, ihm zu verzeihen, & gleichzeitig in der Verzeihung ihre Macht über ihn zu bestätigen und den Konflikt anderswo – mit mir – auszutragen. Liebe & Hass, deren Ringen alles kompliziert macht, werden auf zwei Personen verteilt; nun gibt es einen unkomplizierten Kampf zwischen Gut & Böse. In diesem Sinne wurde Julien

---

1 Benjamino Barbarojo Soto. [Hg.]
2 Der Eurozentrismus, wohl ausgehend von Liberto Callejas Fixierung auf Thomas von Aquin, ist bemerkenswert. [Hg.]
3 Mit »wir« bezeichnet Jackson hier vermutlich Ernest Younger und sich selbst.
4 Mit »uns« dagegen verweist Jackson vermutlich auf die Chérieisten in der Tomasischen Republik.
5 Ernest Younger?
6 Lauren Jackson, *Walden III*, S. 27, 46f, 70ff, 75, 101ff.
7 Die Identität von Julien sowie den anderen an dieser reichlich undurchsichtigen Geschichte beteiligten Personen konnte nicht ermittelt werden. Errico M. Gatablanco unterstellt Fiktion.

nicht verführt. Seine Frau M. verliert ihn, weil er ihrer Interpretation, er sei verführt worden, nicht teilt (ich will nicht sagen, sie sei falsch: darauf kommt es nicht an); & sie verliert den Kampf, weil sie nur für eine Illusion, seine Ehre, kämpft, an die sie mit ihm & durch ihn glaubt. Soviel zu Maria ... Allerdings wurde Julien doch verführt. Obwohl er mit Maria unglücklich war, machte die Verführung Schwierigkeiten, denn er war mit ihr zufrieden. Und tapfer widerstand er den Versuchen & Versuchungen. Nein, mein Trick ist, dass es die Hure für Geld macht. Mir brauchte er nicht zu widerstehen, denn ich war eine bloße Warenbeziehung zur körperlichen Befriedigung ... Kein Seitensprung *y* keine Liebe *y* kein Leid. Hätte er ahnen sollen, dass reine körperliche Befriedigung so gut tut in einer Gesellschaft, die überall den materiellen Austausch gebietet, bloß nicht dort, wo es angebracht wäre? Indem die Hure es für Geld macht, kann sie Glück schenken, ohne hierbei entweder ihre Kunst *einem* Menschen vorzubehalten (das ginge gegen die Künstlerehre) oder Unglück zu produzieren (das verstieße gegen die Berufsehre). Geld zu *nehmen*, legitimierte mich, mehr Zeit für Sex aufzuwenden, mehr Beachtung dem Körper zu geben, mehr Empathie für die Bedürfnisse des Anderen entgegenzubringen, als es vorgesehen ist. Die Vorstellung, Geld zu *geben*, legitimierte ihn, mehr Zeit, mehr Beachtung + Empathie für seinen Körper zu verlangen – als es seine introjizierte Selbstlosigkeit sonst zuließe. Aber wer mehr hat, kann auch mehr geben.
/ / Schwäche ist selbstsüchtig. / /
/ / Verkaufe Deinen Körper, nicht Deine Seele. / /
Entschuldige Dich nicht mit Deiner Ablehnung der Warengesellschaft, wenn Du nicht geben & nichts nehmen kannst. Stehe Dir nicht im Weg, verleugne Dich selber, aber nicht Deine Eigenschaften. ... & Dieser Körper ... [...]
Die *historia* mit Julian nahm ... ein böses Ende.

Julien war ›*intendente*‹[1] von Santo Tomás. Er sympathisierte mit der konservativen Opposition um Wirtschaftsminister Borrego, die gegen unsere liberal-anarchistische Tendenz mit den Kommunisten ein Zweckbündnis hatte (& darum dem Diktator zum Teil verhasster war als wir). — Als eines nachts bei ihm eingebrochen wurde, rief Ehefrau Maria die Polizei. Man klopfte nicht an, sondern schlug die Türen & Fenster ein, drang von drei Seiten ins Haus ein. Julien dachte wohl an einen erneuten Überfall und schoss. & zur Antwort zersiebten ihn Kugeln regelrecht.

Für die Beerdigung wurde er hübsch hergerichtet. Doch fast niemand kam. Sein Leben & ein Tod waren für alle, die seine Freunde hätten sein können, eine Provokation. Und keiner wollte das Risiko eingehen, am Grab eine unangenehme Begegnung zu haben.

Die ›*pusilanimidad*‹[2] unserer Gruppe widerte mich an / / ich ging hin (obwohl ich am meisten eine unangenehme Begegnung zu fürchten hatte). Marias Trauer zeigte mir, dass sie ihren Frieden mit ihm hatte (& die Vermutung unserer Verschwörungstheoretiker, sie habe die Mörder gerufen, falsch war). Sie beachtete mich nicht. So blieb die unangenehme Begegnung aus & ich konnte Julien im Gedächtnis behalten, wie ich wollte. — Ein ›*adieux*‹ sollte das Risiko einer unangenehmen Begegnung wert sein.«[3]

1 Bürgermeister. [Hg.]
2 Engstirnigkeit, Unbeherztheit. [Hg.]
3 Ebd. [S. 125, Fn. 6 – Hg.], S. 82ff, 87f. Und gegen wen richtet sich diese Bemerkung?: »*Cave canem.* — Die ›*puta*‹ verachten / / den (vornehmen) Freier verehren, ist die doppelte Moral der Offiziellen. Gegen die Ächtung der ›*puta*‹ aufzutreten *y* ihre Freier zu verachten, dünkt sich sozialkritisch. Hat aber ebenso doppelten Boden. Ohne Freier keine ›*puta*‹. & wer behauptet, meine Partei zu ergreifen, mir dabei aber die Existenzgrundlage nimmt, der kann mich mal. Dann halte ich es, pragmatisch, lieber mit der doppelten Moral der Konservativen. Solange die ›*moralidad crítica*‹ tödlich ist.« (S. 61.)

Das Interview im »Spiegel«, Juni 1960,
zum gesamten Interview vgl. S. 196ff

Das zur Montage verwendete Foto (einer Demonstration für Evita Perón 1948) ist gemeinfrei (*via* Wikipedia).

KAPITEL 8

TRANSFORMATION VON »LA RED«

»La Red« Mitte der 1950er Jahre

Im Jahre 1955 bestand *La Red* aus folgenden Gliederungen, »*miembros*«, soweit sie von den Polizeiakten,[1] Henríquez[2] und Hufnagel[3] erfasst worden sind:

1. **Detektei »SIT«** (Seguridad, Información, Transporte). Hauptsitz in Santo Tomás (Tomasische Republik), legale Zweigstellen (1955) befanden sich in Santiago (T. R.), Port-au-Prince (Republik Ossuor), Kingston (Jamaika), Panama City (Panama), Miami (USA), Amsterdam (Niederlande), sowie illegale Stützpunkte in Havanna (Kuba), Mexiko City, Barcelona (Spanien), Berlin-West sowie Paris (Frankreich). Die legalen Abteilungen deckten illegale Aktivitäten, und zwar Schutz verbotener Handlungen wie Rauschgifthandel, Schmuggel, Prostitution (in den entsprechenden Ländern), nicht lizenzierte Spielbanken usw.; Bestrafung – meist Einholung von Regressansprüchen – im Auftrag von Kunden, die die Polizei nicht hinzuziehen mochten, denen die Polizei aus welchen Gründen auch immer nicht helfen konnte bzw. wollte oder denen die Polizei selber den Schaden zugefügt hatte; und Gefangenenbefreiung.

Die allgemeinen Richtlinien zur Auftragsannahme lauteten: **a)** keine Gewalt- und Zwangsanwendung gegen Unbeteiligte bzw. Unschuldige, **b)** auch kein Schutz für Aktivitäten, die

1 AP/55/I-LXI.
2 Henríquez, S. 176ff.
3 Hufnagel, S. 155ff.

Gewalt- und Zwangsanwendung gegen Unbeteiligte/Unschuldige beinhalteten, **c**) keine Hilfe für Mord, Eigentumsdelikte und Vertragsbrüche, **d**) keine überflüssige Gewaltanwendung. In Zweifelsfällen musste der »Implicario« die Entscheidung, ob ein Auftrag angenommen werden konnte, dem zuständigen »Implantario«[1] oder, wenn auch der unschlüssig war, Chérie selbst überlassen. (Der Begriff »Unbeteiligte/Unschuldige« galt nicht für Wachpersonal, Polizei, für unvorhergesehene Angreifer bei der Durchführung einer Aktion usw.; Zeugen wider Willen sollten »mit besonderer Vorsicht behandelt werden«,[2] was immer das heißen mag; aber in allen Fällen galt die Regel, dass jedes unnötige Blutvergießen zu umgehen sei.) Diese Selbstbeschränkung hatte, wie Henríquez einsichtig bemerkt, nicht nur eine ethische Bedeutung; sie war auch die Grundlage für das ungeheure Wachstum der Organisation, den Respekt, den sie sowohl in der Unterwelt als auch bei Polizeistellen erlangte, die vielerorts geübte halboffizielle Duldung und den erstaunlichen Zusammenhalt der weitverzweigten Organisation.

Der legale Umsatz von SIT betrug für die Zeit von 1952 bis 1961 im Jahresdurchschnitt ca. 20 Mio. Tomasische Pesos, wobei ein TP etwa $3/10$ eines Dollars entsprach; der Gewinn belief sich auf ca. 0,1 Mio. TP durchschnittlich. Der illegale Umsatz wird auf 760 Mio. TP und der illegale Gewinn auf 6 Mio. TP geschätzt.

2. **Lebensmittelkette ›El Boliche‹** mit (1955) fünf Filialen in Santo Tomás, je einer Filiale in Barahona, Bani, San Pedro, La Romana, La Vega, San Francisco, Santiago sowie Puerto Plata (Tomasische Republik), und Filialen in ausländischen Städten: Caracas (Venezuela), Barranquilla (Kolumbien), Panama City, San Francisco (USA). In den Städten, in denen

---

1 [Zu »Implicario« und »Implantario« vgl. Pkt. 5, S. 133 f. – Anm. d. Hg.]
2 Henríquez, S. 179.

es keine SIT-Zweigstelle gab, dienten die El-Boliche-Filialen als Kontaktort. Im übrigen brauchte »La Red« die Lager als Verstecke für die »heiße Ware«; in den Läden wurde auch Schmuggelgut verkauft. Verboten war den Bolicheros allerdings – wie übrigens auch all den übrigen Angestellten von »La Red« – selber den Handel mit Narkotika oder anderen illegalen Waren zu treiben. — Legaler Umsatz: 147 Mio. TP, legaler Gewinn: 1 Mio. TP; illegaler Umsatz: 47 Mio. TP, illegaler Gewinn: 0,8 Mio. TP.

3. **Spedition »Favorito Internacional«** in (1955) Santo Tomás (T. R.), Kingston (Jamaika), San Juan (Puerto Rico), Caracas (Venezuela), Mexiko City (Mexiko), Miami (USA), New York (USA), Hamburg (BRD). Neben legaler Fracht[1] wurden illegale Waren sowie Schmuggelgüter zu Lande, zu Wasser und in der Luft befördert. Legaler Umsatz: 531 Mio., legaler Gewinn: 0,3 Mio. TP. Der illegale Umsatz betrug nach heutigen Erkenntnissen sagenhafte 1,345 Mrd. TP, der illegale Gewinn 263 Mio. TP.

4. **Baugenossenschaft »CDC«** (»Cooperativa de Construcciones«, Santo Tomás). In ihr investierten die in Santo Tomás lebenden Angestellten sowohl der legalen als auch der illegalen Aktivitäten einen Teil ihres Lohns, bzw. ein Teil des Lohns wurde in CDC-Zertifikaten ausgezahlt. Mit der Zeit bauten auch viele Tomasier, die keinerlei Verbindung zu »La Red« hatten, ihre Häuser mit der CDC. Die CDC war ein rein legales Unternehmen, das bis 1961 ausschließlich in Santo Tomás operierte und dort in der Zeit von 1952 bis 1961 ungefähr 3000 Wohneinheiten plus Erschließung, Kanalisation, Straßenbau und zahlreichen halböffentlichen Anlagen erstellte, hauptsächlich im *»Barrio Nuevo«*.[2] Einen großen Teil der Arbeit haben die Bewohner selber geleistet.

1 u. a. die gesamte Logistik für die El-Boliche-Supermärkte.
2 Seit 1959 wird das Barrio Nuevo *»Barrio de la Anne«* genannt.

Die CDC besorgte Material, stellte das Know-how zur Verfügung und erledigte Spezialisten-Arbeiten.
Für diese Genossenschaft hatte Percival Goodman, der us-amerikanische Neofunktionalist, je ein Drei-, Fünf- sowie Siebenfamilien-Haus entworfen, das praktische und kostensparende Einheitlichkeit in der Grundkonstruktion verband mit einer Flexibilität, die Anpassung an die besonderen Gegebenheiten der Grundstücke und an individuelle Wünsche ermöglichte.
Das Barrio Nuevo kann bis heute als ein vorbildlich gebautes und angeordnetes Stadtviertel gelten. Jeweils ein knappes Dutzend der Häuser bildet durch ihre kreisförmige Struktur einen geräumigen Hof, der Möglichkeit für Erholung, Freizeit, Gartenbau und Spiel bietet. Fünf von solchen Höfen gruppieren sich um einen Platz, und fünf von diesen Plätzen um das Einkaufszentrum. Stichstraßen, die zu den Wohnhäusern führen, sind sämtlich Sackgassen, so dass es keinen Durchgangsverkehr mehr gibt. Bis 1961 wurden drei an derartigen »suburban aldeas«,[1] wie Percival Goodman seinen Entwurf in elegantem Hispanoamerikanisch nannte, mit zusammen ca. 10 000 Bewohnern fertiggestellt. Wie Goodman vorausgesagt hatte, beanspruchten »suburban aldeas« nicht mehr, sondern weniger Fläche als für städtische Bebauungen üblich.
Umsatz (mit geschätztem nicht-monetarisiertem Arbeitsaufwand): 322 Mio. TP; buchmäßiger Gewinn: 6 Mio. TP.[2]
5. **La Red**. Unter diesem Namen wurden alle illegalen Aktivitäten durchgeführt. Der harte Kern – »el núcleo« – bestand aus Chérie, der Chefin, sowie Donoso, El Mecánico, El Cuchillero und El Mago (Martín). Aufgabe war es, Pläne

---

[1] suburbane Dörfer. [Hg.]
[2] Chérie bezuschusste die »CDC« mit jährlich ca. 19 Mio. TP, sodass sie eigentlich einen »Verlust« von 13 Mio. TP bedeutete.

auszuarbeiten und bloß wenige, aber jeweils schwierige und kritische Aktionen selber vorzunehmen. Bestrafung von Verrätern oder von Angestellten, die sich nicht an die Regeln hielten, blieb ebenfalls strikt dem Núcleo vorbehalten.

Unter El Cuchilleros Befehl standen zwei unabhängige Einsatzgruppen mit je fünf ausgebildeten Kämpfern, die weder voneinander wussten, noch die anderen Mitglieder aus dem Núcleo kannten. El Mecánico war für die Transportmittel – fünf kugelsichere Mercedes, drei Motorjachten, zwei Privatflugzeuge und ein Helikopter – verantwortlich und leitete für deren Wartung eine Werkstatt. El Mago, der den unterwürfigen Martín markierte – so unscheinbar verstand er sich zu machen, dass nichteinmal Hombueno eine seiner scharfsinnigen psychologischen Beobachtungen an ihm vollführte –, sorgte für die Sicherheit in der Chérie-Villa. Ihm gingen etliche kampftüchtige »Hausangestellte« zur Hand.

Chérie betreute Ascasos Sportschule »La Pelea« und hielt Kontakt zu einigen wichtigen Verbindungen in die offizielle Welt, zum Wirtschaftsminister Borrego (im Amt 1951-59), der nicht bestochen oder auch nur bestechlich war, sondern ab 1953 oder 1954 aus ökonomisch-politischen Gründen Chérie erst wohlwollend duldete, dann aktiv unterstützte, und zum korrupten Innenminister Ayes (im Amt 1952-61), sowie zu dem jeweiligen Polizeichef von Santo Tomás (alle korrupt) usw.; im Ausland kümmerte sie sich beispielsweise um zwei US-Kongressabgeordnete.

Den »*circulo primer*« befehligte Chérie direkt. Er setzte sich neben Chérie und Donoso aus drei **Implantarios** (etwa: Einführer) sowie deren drei Stellvertreter zusammen. Jeder Implantario war einem der auch illegal operierenden Miembros (SIT, FI, EB) zugeordnet. Seine Aufgabe bestand darin, in den Firmen die reibungslose Abwicklung der illegalen Geschäfte nach den Plänen Chéries zu organisieren. Zu diesem

Zweck stand in jedem Stützpunkt ein »Implicario« (etwa: ein Verwickelter) zur Verfügung.

Die 37 **Implicarios** und ihre Stellvertreter bildeten den »*circulo segundo*«. Keiner von ihnen kannte Chérie, bzw. wusste, dass Señora Favorito die Chefin war. Einmal im Jahr wurden die Implicarios (ohne ihre Stellvertreter) zu einer Besprechung in Miami von Donoso zusammengerufen. Im Zweifelsfall war Pedro Donoso ihr Befehlsgeber.

Der legale Umsatz der »Favorito S.A.«, der Aktiengesellschaft, die ab 1953 der Besitzer der vier Firmen SIT, FI, EB und CDC (bei CDC 51 % der Anteile) war, betrug eine Mrd.; der legale ausgeschüttete Gewinn 1,46 Mio. TP (Chérie besaß 70 % der Aktien, Donoso und Jackson je 10 %, weitere 10 % gehörten verschiedenen Aktionären, darunter bloß wenige ohne Verbindung zu »La Red«.) Chéries Gesamtgewinn lag bei jährlich über 200 Mio. TP. 1960 hatte sie das Vermögen von Molina, auf 800 Mio. Dollar geschätzt, fast erreicht.[1]

Beispiel 1: Aktion »Cepillo«

Um einen Eindruck von der Arbeit »La Reds« zu geben, führe ich drei Beispiele an. Das erste Beispiel findet sich in der Biographie von Henríquez. Die Ausgangssituation war: Mitte 1954 hatte El Boliche eine Filiale in Baranquilla eröffnet, um von dort aus im Auftrag der US-amerikanischen Rauschgift-Organisation »Metro« Rohstoff aus den Anbaugebieten Kolumbiens nach San Francisco, New York und Amsterdam zu verfrachten. Auf den Druck von Washington hin startete die kolumbianische Regierung Ende 1954 einen

---

[1] Alle Zahlen basieren auf Kalkulationen und Schätzungen von Henríquez, Hufnagel und Barbarojo – letzterer in: *Occidente*, 18. Aug. 1961 –, die jedoch kaum mehr als 10 % differieren; die vorgelegten Zahlen stellen jeweils das arithmetische Mittel dar.

Feldzug gegen die Hauptanbau-Gebiete, unter welchem die dortige Bevölkerung schwer zu leiden hatte. Aber auch in den USA selber wurden Maßnahmen ergriffen, so dass die »Metro« die Gelegenheit beim Schopfe packte, um die Abnehmerpreise zu drücken. Ein junger mutiger Bauer nahm Kontakt zum Implicario der kolumbianischen El-Boliche-Niederlassung auf, um mit ihm über seine Idee zu sprechen, die »Metro« auszubooten.

Nur ein ganz Naiver oder ein Mächtiger konnte es sich vorstellen, die »Metro« herauszufordern. Der kolumbianische Bauer war naiv, aber Chérie mächtig. An sich schätzte sie Bandenkriege nicht, doch die »Metro« wollte mit Hinweis auf die Maßnahmen gegen den Rauschgifthandel und die dadurch gestiegenen Kosten nur noch ⅔ des vertraglich festgelegten Preises für die Lieferungen zahlen, die »La Red« abwickelte, auch die bereits erfolgten Lieferungen. Einen solchen Vertragsbruch durfte Chérie keinesfalls ohne Not hinnehmen, zumal auch ihre eigenen Kosten aufgrund der staatlichen Maßnahmen gestiegen waren.

Noch während der »*circulo premier*« über die Sache beriet, funkte der stellvertretende El-Boliche-Implicario von Kolumbien SOS: Der Implicario sei verschwunden, aber nicht von der Polizei verhaftet worden. Es dauerte nicht lange, da erhielt der für El Boliche zuständige Implantario eine Nachricht, dass die »Metro« den Laden in Barranquilla zu übernehmen beabsichtige. Die andere Seite hatte den Krieg erklärt.

Der Implicario verriet zwar seinen Auftraggeber, jedenfalls den, der er kannte – den Implantario –, aber verschwieg geschickt, dass eine starke Organisation hinter ihm stand, von der er nichts wusste, jedoch viel vermutete. Es gehörte zur Strategie Chéries, die Implicarios nichts handfestes wissen, wohl aber, um ihnen Mut und Selbstvertrauen zu geben, die

Größe und die Macht der sie beschäftigenden Organisation spüren zu lassen.

Der Núcleo von »La Red« musste nun in Aktion treten, eine Aktion, die den Code-Namen »*Cepillo*« (Bürste) erhielt.

Den El-Boliche-Implantario entsandte Chérie nach New York, um dort bei den Verhandlungen mit der »Metro« vorsichtig hinhaltend Nachgiebigkeit zu zeigen, ohne zu einem Vertrag zu kommen. El Cuchillero verfrachtete eine seiner Einsatzgruppen nach New York, um das Terrain dort zu sondieren. Das SIT-Büro Miami setzte zwei Detektive ein, um alles Wissenswerte über die »Metro« herauszufinden. Chérie und Donoso fuhren nach Kolumbien, ebenso – aber getrennt – El Cuchillero und seine zweite Einsatzgruppe. El Cuchillero und seine Leute hatten sich zurück zu halten und nur in einem Notfall einzugreifen. Ein Chérie-Double schickten sie zur Ablenkung als Maria Favorito auf Europa-Reise.

Henríquez: »Barranquilla war keine richtig große Stadt, zwar bloß etwas kleiner als Santo Tomás, aber bedeutend provinzieller. Doch sowohl der nahegelegene internationale Flugplatz bei Soledad als auch der kleine Hafen von Porto Colombia liegen ideal für den illegalen Handel mit Rauschgift.

Anne und Pedro kamen als amerikanische Touristen, Pedro stellte sich als Box-Champion vor, Anne als seine Frau. Sie führten sich ungehörig auf. Das begann schon bei der Rezeption des einzigen 4-Sterne-Hotels der Stadt. Da sich herausstellte, dass der Gast nicht richtig schreiben konnte, füllte der Rezeptions-Chef das Formblatt aus. ›Woher bitte kommen Sie, Mister?‹, fragte er in stelzigem Englisch. ›Was soll das, Mann, woher ich komme. Von zu Hause komme ich. Wo sonst‹, gab Pedro in akzentfreiem Black English zurück – ›Darling‹, mischte sich Anne ein, ›er meint, aus welchem

Land und welcher Stadt wir kommen.‹ – ›*¡Joder!*, sag mir nicht, was er meint. *¡Cierra el pico, Puta!*‹, wütete Pedro und schlug ihr ins Gesicht. Dann sagte er: ›Verdammt, mach du doch diesen Scheißkram, wenn du so schlau bist.‹ Gehorsam sagte Anne, woher sie kämen, dass sie unbestimmt bleiben würden, ja, sicher länger als eine Woche.

Und so ging es weiter. Bald gab es kaum ein einschlägiges Lokal mehr, wo die beiden nicht bekannt waren und großen Stunk verbreitet hatten. Der Implantario von El Boliche wies den stellvertretenden kolumbianischen Implicario drei Tage nach Annes und Pedros Ankunft von New York aus an, den Metro-Leuten, die ihn um ein Lösegeld für den Implicario angegangen waren, gegenüber durchblicken zu lassen, dass der Chef der Organisation persönlich gekommen sei, um die Angelegenheit – unfriedlich – zu klären. Es dauerte keinen Tag, bis die Metro-Leute auf das angebliche amerikanische Boxer-Pärchen stießen. Beide wollten sich von der Gegenseite gefangen nehmen lassen, um vielleicht die Chance zu haben, den Implicario zu befreien.

Am frühen Morgen wachten Anne und Pedro anscheinend verkatert auf, und ihnen wurde je ein Revolver unter die Nase gehalten. Ein dritter bewaffneter Mann hielt sich in sicherer Entfernung. Pedro machte eine Geste der Abwehr. Ein Schlag traf ihn. Aus dem Hintergrund bellte der kahlköpfige Mann: ›Man will euch lebend. Aber es geht auch anders. Also, keine Zicken.‹ Großzügig ließ man sie sich ankleiden. Dabei versuchte Anne den auf sie angesetzten Posten aufzureizen. Er war dem auch durchaus zugeneigt. Doch der Kahlköpfige sah alles und pfiff ihn zurück.

Der Leiter der kolumbianischen Metro-Abteilung war ein grobschlächtiger Mann, Yankee, so um die 50 Jahre, behäbig und schwerfällig. Missmutig saß er hinter einem massiven Schreibtisch. Ums Doppelkinn standen borstenschweinige

Bartstoppeln. Gelangweilt schauten die Schweinsäuglein auf seine abgekauten Fingernägel. ›Sehr, sehr dumm, eure Verkleidung‹, sagte er zu Pedro. ›Und von deiner Puppe kannst du dich nicht mal während der Arbeit trennen. Ach ja.‹ Er fixierte Anne: ›Ein Kind. Schwarz. Man sollte dich wegen Tierquälerei einsperren.‹ – Pedro grinste: ›Den muss ich mir merken.‹ Abwesend versuchte Anne, ihre Bluse weiter über den Busen zu ziehen, wodurch sie aber bloß weiter aufsprang und mehr zeigte. Weinerlich sagte sie: ›Du solltest mich lieber verteidigen. Statt mit dem da Witze zu machen.‹ Sie hatte die Lage überblickt und Pedro in ihrer ureigenen Geheimsprache mitgeteilt, dass er sich auf den Angriff vorbereiten solle. Was wie fahrige Bewegungen mit der Hand aussah, legte ihm den Plan dar. Sie müssten jedoch warten, bis sie wissen würden, ob der Implicario noch am Leben sei. Die Chancen stehen schlecht: In dem Metro-Mann erkennt Anne einen berüchtigten Folterspezialisten.
Wieder standen dicht hinter ihnen die zwei Wachen und in einigem Abstand der einzelne Posten. Sie saßen auf leichten einbeinigen Plastik-Stühlen mit kleiner Standfläche. Man hatte sich nicht die Mühe gemacht, sie zu fesseln.
›Ich halte dich‹, meinte der Metro-Mann, ›ehrlich gesagt nicht für den VIP, der mir angekündigt wurde. Du hast bestimmt nichts zu sagen. Aber du wirst mich hinbringen. Iker, zeig ihm unsere Fotos.‹ Der Angesprochene, er stand hinter Anne, holte drei Fotos aus seiner abgewetzten Anzugjacke, ohne seinen Revolver von ihrem Rücken zu nehmen. Sie zeigten einen verstümmelten Mann, der als systematisch gefoltert zu erkennen war. Es handelte sich um den Implicario. ›Wenn ihr nicht so enden wollt ...‹, drohte der Mann griesgrämig.
›Hab' schon mal 'nen Toten gesehen‹, wehrte Pedro gleichmütig ab und zuckte mit den Schultern. Doch Anne brach in

Schluchzen aus: ›Zu solch brutalen Leuten hast du mich mitgenommen. Ich will hier weg.‹ Sie krümmte sich zusammen. Keinen Augenblick später stöhnte Pedro: ›Mein Magen. Ein Anfall.‹ Und krümmte sich ebenfalls.

Der Metro-Mann setzte zum Reden an, die beiden Wachen wollten ihre Pistolen auf die neue Position der Rücken der Gefangenen richten, aber im selben Moment knickten ihnen die Beine ein. Anne und Pedro hatten jeweils aus dem Saum ihrer Hemden einen am Ende beschwerten Nylonfaden geholt, um die Beine der Posten geschwungen, das Ende mit der anderen Hand aufgefangen und mit einem Ruck festgezurrt. Bei der oberflächlichen Durchsuchung der Kleidung auf Waffen hatte man *diese* Waffe übersehen. Zwei Schüsse krachten in die Luft. Anne rief: ›Du vorn.‹ Pedro warf den Stuhl auf den Mann hinter dem Schreibtisch, der noch nicht einmal den Versuch gestartet hatte, an seinen Revolver zu kommen, während Annes Stuhl den hinteren Posten traf, der sich nicht hatte entscheiden können, wohin er zielen sollte. Mit der gleichen Drehung, in der der Stuhl geworfen wurde, bekamen die beiden Wächter einen betäubenden Tritt. Der Rest war Routine.

Anne schaute die vier gefesselten Männer abschätzig an. Zu dem Metro-Mann sagte sie: ›Du bist selber Folterspezialist. *Oke*, du weißt, dass du sterben musst, aber auch, dass es da verschiedene Arten gibt. Wir könnten diese unappetitliche Sache abkürzen, wenn du gleich deine Kontakte verrätst.‹ – ›Aber die Señora wird auch wissen‹, handelte der Mann, ›dass ich meine Lebensspanne etwas verlängern könnte, indem ich meine Informationen portionsweise abgebe. Solange braucht ihr mich lebend.‹ – Anne rammte ihm ihren Ellbogen in den Nabel. ›Pech, dass wir seine Informationen nicht brauchen‹, stellte sie fest. Verängstigt schauten sie die anderen drei an. Anne nahm ein Blatt, das auf dem Pult lag, und schrieb: ›Anklage: Mord. Urteil: Tod. Vollstreckung: La Red.‹ Hierneben legte sie die Bilder des verstümmelten Implicarios.

Pedro durchsuche die Schubladen. ›Prinzessin, schätze, hier ist alles für die Übernahme unseres Geschäfts vorbereitet‹, brummte er. – ›*Oke*‹, antwortete Anne. ›Die Aufräumungsarbeiten überlassen wir El Cuchillero.‹ Zu den drei Totschlägern, die der Yankee sicherlich in der Stadt angeheuert hatte, sagte sie: ›Ihr kommt mit dem Schrecken davon. Wir werden die Bullen informieren. Von ihnen lasst euch dann befreien. Wenn ihr schlau seid, könnt ihr euch rausreden. Übrigens haben wir nichts dagegen, wenn ihr rumerzählt, was passiert ist. Unser Firmenname lautet »La Red«. *Oke*, noch 'n Tipp: Ihr lebt länger, wenn ihr von solchen Sachen die Finger lasst. Nicht gut genug dazu.‹

Sie wandte sich zum Gehen. ›Señora‹, stöhnte da der Kahlköpfige. ›Vielen Dank, dass Sie uns das Leben schenken. Ich will Ihnen auch etwas schenken: In den nächsten Stunden – habe ich zufällig den Boss telefonieren gehört – kommen Leute aus Amerika, die dies Büro beziehen sollen.‹ – Anne verzog das Gesicht sauersüß. ›*Oke*, danke‹, sagte sie und ging mit Pedro hinaus.

Zu dieser Episode – eine der wenigen, die sie gelegentlich erzählte – habe ich Anne einmal gefragt, warum sie sich immer so verdammt sicher gewesen sei, lebend aus einer in Kauf genommenen oder gar inszenierten Gefangennahme durch üble brutale Verbrecher hervorzugehen. Ich wusste von Pedro, dass er sich sicher war, weil die Prinzessin sich sicher gewesen sei. Aber was, wenn sie einmal an jemand geraten wäre, der so kurzen Prozess macht wie sie mit dem Metro-Mann?

Sie antwortete sinngemäß: ›Sicher war ich nie. Aber man kann auch nicht sicher sein, dass einem kein Blumentopf auf

den Kopf fällt, wenn man harmlos über die Straße geht. Doch es gibt eine gewisse Wahrscheinlichkeit, mit der sich rechnen lässt. Sie basiert auf drei Faktoren: Erstens haben diese Burschen ein hoffnungslos schlechtes Gewissen und leiden an Minderwertigkeitskomplexen. Das hat zur Folge, dass sie in Pervertierung des uralten Rechtsgedankens die Zustimmung der Opfer zu ihrer Qual haben wollen, so wie der Große Bruder in Orwells 1984 darauf besteht, die Opfer so lange zu quälen, bis sie ihrer Hinrichtung zustimmen. Sie wollen auch zur Aufbesserung ihres Eigenwertgefühls von dem reinen Opfer die Bestätigung ihrer Genialität. Beides führt dazu, dass sie viel Zeit verstreichen lassen und viele große Reden halten müssen, bevor sie handeln können. Zweitens führen schlechtes Gewissen und Minderwertigkeitskomplexe dazu, dass irrationale Angst vor dem Gegner entsteht. Er verfügt möglicherweise über ungeahnte Kräfte. Vielleicht hat man was nicht bedacht, und vorschnelles Handeln führt zur Katastrophe. Der Metro-Mann befand sich in einer bösen Klemme: Wenn wir tatsächlich Mittelsleute gewesen wären und er uns umgehend beseitigt hätte, wäre er eine Informationsquelle los gewesen. Wir haben ihn allerdings auch spüren lassen, dass wir nur Theater spielen. Und wie können sich Mittelsmänner das feinste Hotel am Ort leisten? Er wusste nicht sicher, ob wir Theater spielen, doch war das eine Möglichkeit. Andererseits wollte er uns nicht spüren lassen, dass er uns durchschaut hat. Für ihn ergab sich aus keiner seiner Hypothesen ein Sinn. Und der dritte Faktor war einfach, dass Pedro und ich das beste Team überhaupt darstellten. *Oke*, soviel zu meinem Selbstbewusstsein.‹ Das ungefähr war ihre Erklärung.«[1]
Der Rest der Geschichte ist nur vom Ergebnis her bekannt: Die »Metro« kehrte zu ihren alten Vertragsbedingungen

---
1 Henríquez, S. 222 ff.

sowohl »La Red« als auch den Bauern gegenüber zurück, ohne dass weitere Tote zu beklagen gewesen wären.

In kaum mehr als einer Woche war die Aktion »*Cepillo*« beendet, es gab nur einen Toten, »La Red« ging gestärkt aus der Konfrontation hervor, keine Feinde hatte man sich mutwillig gemacht, vielmehr Respekt verschafft für Wendigkeit und Präzision der Firma. Bewertung in der Interpol-Akte: »Seitdem die tomasische Organisation *La Red*, von der wir nach wie vor viel zu wenig Informationen besitzen, die nordamerikanische *Metro* zurückgedrängt, eingeschüchtert und Teile ihres Gebiets übernommen hat, ist es zu entscheidend weniger Gewalttaten gekommen. Allerdings auch zu entscheidend weniger Erfolgen in dem Kampf zur Abwehr des Rauschgifthandels.«[1] Sogar Hufnagel gesteht, »ich habe keine Intention, die Tötung eines bekannten Technologen der Marter aus der New Yorker Unterwelt als ›Mord‹ zu bezeichnen«; und er folgert: »In der Tat gibt die Schwäche staatlicher Rechts- und Schutzsysteme privaten Akten den Schein von Legitimität. Es ist jedoch ein bourgeoiser Trugschluss, aus dem Grund das privatistische Kohlhaas-Prinzip zu legitimieren; vielmehr muss die gesamtgesellschaftliche Abwehrkraft gestärkt werden.«[2]

Beispiel 2: Verrat in Hamburg

»Ich will Ihnen sagen, wie ich sie das erste Mal sah: Sie stieg aus dem Flugzeug, ihrem Privatjet. Unten an der Gangway stand ich. Neben mir der Kerl, der mir den gut bezahlten Job als Dolmetscher vermittelt hatte, ein Algerier. Beim Auswärtigen Amt war ich vor einiger Zeit gefeuert worden, weil ich die Kontaktaufnahme mit Franco-Spanien versaubeutelt hatte – na, das ist eine andere Geschichte. Also ja, es war ein

---
1 AP/54/XXIx.
2 Hufnagel, S. 235.

heißer Tag in Hamburg. Die Tür des Jets öffnete sich und sie trat vor. Mich laust der Affe, dachte ich. Ich wusste nicht, wo zuerst hingucken. Sie hatte eine kurze Männerhose an – damals, 1955 oder so, keineswegs normal wie heute, wissen Sie – und zeigte ihre kaffeebraunen Athleten-Beine. Ein buntes Hawaii-Hemd, über dem Bauch an den Zipfeln zusammengeknotet, enthüllte mehr von ihrem Atombusen,[1] als es bedeckte. Ihr vornehmes negroides Gesicht war zur Hälfte mit einer Sonnenbrille verborgen. Dennoch spürte ich, wie ihr Blick über die ganze vor ihr liegende Szene glitt. Die langen tiefschwarzen Haare hatte sie zu vielen kleinen Zöpfchen geflochten. Ein Arm schwang lässig hin und her, während sie den anderen leicht angewinkelt hielt. So kann ich sie noch heute vorm geistigen Auge sehen. Mit leichtem Hinken stieg sie die Treppe runter. Es gibt, wissen Sie, so eine Art, sich zu bewegen, die sagt ohne Worte: ›Dies ist meine Welt.‹
Hinter ihr her stiefeln noch zwei Leutchens. Ein Mann, ein relativ hellhäutiger Mischling, macht einen sehr kräftigen Eindruck. Er hat so diesen gewissen Ausdruck. Mit dem will man, jedenfalls solange man nüchtern ist, sicher keinen Streit anfangen. Und eine Frau, ein zierlicher weißer Blondschopf mit offenem, heiteren Gesicht. Die beiden fesselten meinen Blick bloß für eine Sekunde. Ich musste die zuerst ausgestiegene Frau anstarren. Damals war's ja noch nicht so, dass man nach Thailand flog oder so, um sich 'ne exotische Mieze zu schnappen. Aber zuerst dachte ich: Mit der würde ich auch mal gerne. Wie man das so denkt. Als sie auf halber Strecke am Boden war, meinte ich allerdings, ob es vielleicht nicht doch ratsamer wäre, ihr nicht bei Nacht zu begegnen. Ihre Bizeps waren nicht gewaltig, wirklich nicht, aber man sah ihnen an, dass in ihnen Stärke steckte. Und als sie unten

---

1 [Reine Projektion. Es gibt keinerlei Hinweise, dass Chéries Oberweite gewaltig gewesen sei. –Am. d. Hg.]

ankam, noch bevor wir ein Wort gewechselt hatten, wusste ich, dass ich ihr, weil ich sie ja auf keinen Fall kriegen würde, dienen musste. – ›Willkommen in Hamburg, Señora‹, sagte ich spanisch und bemühte mich um einen lockeren Ton. ›Wenn Sie tatsächlich ins Hilton wollen, sollten Sie sich aber vielleicht doch noch was anderes anziehen.‹ Frech war ich schon immer. Darum bin ich ja auch geschasst worden. Und sollte die es mir abgewöhnen? Sie antwortete auf deutsch: ›*Oke*, sie sollten dort Grund haben, mich einzulassen.‹ Der Grund war, wie ich später rausfand, dass sie dort das ganze Jahr ein Zimmer zahlte, ebenso an weiteren wichtigen Orten der Organisation. Der Algerier stellte vor: ›Señora Favorito, Señor Donoso, Mrs. Jackson – Herr Gärtner.‹

In der folgenden Woche unternahmen die drei einiges, und ich ging mit, weil ich dafür bezahlt wurde, ohne dass ich viel zu tun hatte. Die Señora Favorito sprach genügend Deutsch, und es machte ihr Spaß, selber Dolmetscher für die anderen zu spielen. Nicht, dass es mir unangenehm gewesen wäre, wissen Sie, bei ihnen zu sein, nein, wirklich nicht. Ganz im Gegenteil. Sie bezogen mich ein, wir unternahmen lustige Dinge, gingen in den Zoo und so. Ich hing gern mit ihnen ab, wurde aber dieses Gefühl nicht los, an etwas teilzunehmen, von dem ich nichts verstand.

Meist waren alle drei zusammen. An einem Tag jedoch ging Señora Favorito mit mir allein aus. Was die beiden anderen taten, die meiner Meinung nach einen Dolmetscher mehr gebraucht hätten, wusste ich nicht. Jetzt weiß ich natürlich, dass Pedro das wegen dem Verräter regelte und Lauren in mein Hotelzimmer einbrach. Also, ich kann nicht sagen, dass ich wirklich versucht hätte, sie anzubaggern, ich habe Ihnen ja bereits gesagt, dass ich mir das eigentlich ganz abgeschminkt hatte. Aber sie hat es doch gemerkt. Nach dem Hauptgang und vor der Nachspeise unterbrach sie die nette

Plauderei, schaute mich so durchdringend an, dass mir ganz heiß und kalt wurde, und sagte auf deutsch: ›Wenn Sie eine *Jodienta* brauchen, bloß ein Wort, ist da.‹ Bevor ich was antworten konnte, irgendwas – hätte nicht gewusst was, wissen Sie –, war die leichte Unterhaltung wieder im Gange.
Als ich in der Nacht in mein Zimmer kam, wartete Mrs. Jackson im Bett. Wie sie wohl reingekommen ist, fragte ich mich kaum noch, so baff war ich. Nicht, dass ich Einwände gehabt hätte. Auch über das, was folgte, könnte ich nicht klagen, wissen Sie. Mit einer ganz neuen Vorstellung von dem Begriff ›professionell‹ bin ich aufgewacht. Jahre später nahm ich einmal die Gelegenheit, in aller Freundschaft mit Lauren über ihre ›Arbeit‹, wie sie es nannte, zu sprechen. ›Sicher muss man eine gewisse Liebe zum Beruf haben, wenn man perfekt sein will‹, erklärte sie. ›Ein Schreiner fertigt einen Tisch, weil er dafür bezahlt wird. Aber wenn er gut, echt gut sein will, muss er einen schönen Tisch abliefern wollen und das Holz lieben.‹ Bei so einem Schreiner hat man nichts dagegen, Holz zu sein, wirklich. Na ja, und das Holz wird auch bloß einmal vom Schreiner bearbeitet, damit es für andere nützlich ist. Aber das ist eine andere Geschichte. Also, es war wirklich nicht übel. ›*Oke*‹, wie Anne sagen würde.
Na ja. Einige Tage später brachte der Kerl, der mir den Job vermittelt hatte, der Algerier, Señor Donoso und mich in eine Lagerhalle am Hafen. Dort trafen wir auf einen beklagenswerten Mann, der als Häufchen Elend dort gefesselt lag. Ich musste ihm folgende Worte von Señor Donoso übersetzen: ›Wir wissen, dass du den Implantario für Favorito International ans Messer geliefert hast. Jetzt ist er tot. Du wolltest den Laden hier auf eigene Rechnung übernehmen, aber hast ihn ruiniert. Bist zum Säufer geworden. Eigentlich könnten wir dich mit Recht umlegen. Aber du hast Frau und Kinder. Wir haben mit deiner Frau gesprochen. Sie nimmt

dich wieder, wenn du zu saufen aufhörst. Und wir‹ – Pedro schlug mit der Handkante blitzartig auf eine leere Holzkiste, die krachend zusammenbrach – ›lassen dich am Leben, sofern du keine Dummheiten mehr begehst. Dein Hals ist viel zerbrechlicher als diese Kiste‹, Pedro wies auf den Algerier und sagte: ›Der neue Implicario hier, dein Nachfolger. Geh ihm zur Hand. Und hör auf zu saufen.‹ Der Algerier band den gefesselten Mann los und sagte: ›Na, Glück gehabt. Mehr als Verstand. Verdammt viel Glück.‹ Zurück im Hotel sagte Pedro zu Anne: ›Dein neuer Implantario, Prinzessin: Herr Gärtner aus Deutschland. Wer hätte das gedacht. Das, Willie, ist Anne R. Chérie. Die Prinzessin.‹ Dann erklärte man mir, wofür ich auserkoren war.

Langsam setzte ich aus den beiden letzten Wochen Mosaiksteinchen für Mosaiksteinchen ein Bild zusammen: Ich war einem Test unterzogen worden. ›Spielerisch‹ geriet ich in Situationen, die meine körperliche und seelische Brauchbarkeit für den Job zu Tage brachten. Beispielsweise hatte mir Pedro was ›im Vertrauen‹ gesagt und Anne versuchte – an dem Abend, als wir allein waren – es herauszukriegen. Ich kann nicht mehr sagen, worum es ging, wissen Sie, es war etwas Belangloses, aber ich scheine dicht gehalten zu haben. Allerdings habe ich den Testaufbau nie ganz durchschaut. Er setzte sich wohl aus Kleinigkeiten zusammen, die ich sofort vergaß. Ich habe auch nie erfahren, was Pedro und Anne mit Laurens Bericht über unsere Nacht angefangen haben oder welche Schlüsse Lauren selbst daraus ziehen sollte. Als ich Pedro mal fragte, antwortete er: ›Lieber Freund, auch ein Implantario sollte nicht alles wissen wollen.‹ Schleierhaft auch, wie der Mann von dem (illegalen) Berliner SIT-Dienst mich ›entdeckt‹ hat. Klar ist nur, dass vor mir vielleicht ein halbes Dutzend anderer Kandidaten getestet worden sind. Wenn ich ›durchgefallen‹ wäre, wäre bei mir nichts anderes zurückgeblieben als ein buntes Bild von einer exzentrischen lateinamerikanischen Unternehmerin und ihrem Anhang. Ich bereue die Entscheidung nicht, für ›La Red‹ zu arbeiten, wissen Sie, nicht einen Moment, wirklich. Es gab für mich gar keine richtige Wahl: Am Ende der beiden Wochen war ich ihnen bereits verfallen. Vielleicht wollten sie mich aber nicht testen, sondern es könnte das Ziel gewesen sein, denke ich mir gerade, wissen Sie, mich emotional an sie zu binden. Fragen Sie Anne. Aber die sagt bestimmt nichts.«[1]

Beispiel 3: Eine Reise nach Lima

Verstreut über eine Reihe von Eintragungen findet sich in Lauren Jacksons Tagebuch folgende Geschichte, von der sie wohl plante, sie systematisch aufzuschreiben. Mir ist jedoch nicht bekannt, dass dies tatsächlich geschehen wäre:
»*Rituale sind Geschenke Gottes, oder: Die Reise nach Lima.* — Obwohl ich noch schlief, wusste ich, dass Anne schon aktiv war, vieles erledigt hatte. Sie kam ans Bett, hockte sich, griff mir sanft mit den gespreizten Fingern ins Haar und sagte: ›*Oke*, es ist Zeit, Lauren.‹ Ich brummte und drehte mich zu ihr hin. ›Ach, was bist du nur für eine *gruña* am Morgen‹, sagte Anne, erhob sich & machte ein paar ruhelose Schritte. ›Lass mich doch erst mal Atem holen, frühstücken‹, kriegte ich heraus. Sie setzte sich zu mir an die Kante, halb. Gab mir einen Kuss und fuhr mit ihrem Finger langsam über mein Gesicht, über den Hals und weiter unter das Laken, über den Busen. Es war schön, erregte aber jemand anderes. Jemand anderes liebte Anne. Ich war nirgends. ›*Oke.* Im Flugzeug ist alles für Dein Frühstück, Lauren. Ich habe Dich so lange wie möglich schlafen lassen.‹ Ich sah sie wohl verständnislos an.

---

1 Aus dem Interview mit Willie Gärtner, 1962 von Henríquez geführt; hier erfolgt erstmals der Abdruck des original deutschen Texts; spanische, stark bearbeitete Fassung: Henríquez, S. 125 ff.

Sie hatte das bunte Kleid an, das sie immer trug, wenn sie unauffällig und naiv wirken wollte. ›Du weißt doch, wir fliegen nach Lima.‹ *Oke*, ich erinnerte mich. Vage.

Murrig kam ich hoch. Anne ging wortlos, aber ich sah sie lächeln – arrogant? zufrieden? verliebt? Ich erinnerte mich, dass sie mich mit nach Perú nehmen wollte. Dort konnte ich eine alte Freundin, meine ›*profesora*‹ Doña Julia, besuchen. Warum fuhr ich mit? Lust spürte ich keine, kurz nach dem Aufwachen. Doch ich war alt genug, um zu wissen, dass es unzuverlässige Impulse gab, unwahre Gefühle. Warum fuhr ich mit? Als Gespielin? Als wer, der dazu gehörte? Wozu? Flüchtig kleidete ich mich an. Achtete aber drauf, meinen Talisman einzustecken, einen wertlosen Kiesel aus meiner Jugend, ein Geschenk von meinem ersten Freund, frankophon, so wie ich, dem dichtenden Sioux Max. Oft reagierte Anne eifersüchtig, wenn sie diesen Stein entdeckte. Anne nahm mich am Arm und führte mich nach draußen. Ich bin die Ältere, dachte ich, ich sollte der ›*caballero*‹ sein. Aber ich vergaß es wieder. Die Luft war feucht, noch angenehm. Über den geschotterten Vorplatz geleitete sie mich zu ihrem Mercedes. Rote Ledersitze. Der Inbegriff von Luxus. Von Verschwendung. Von Glück. Die Flügeltüren zu schließen, war immer ein erhabenes Gefühl für mich. Ich fühlte mich als wer. Das war besser, als für einen ›*comercio carnal*‹ 2 000 zu kassieren.

Vor uns fuhr Pedro Donoso. Ich drehte mich um. Ein Wagen folgte. Ich erinnerte mich nicht, wer noch mit uns kam. Im Wagen von Pedro saß noch, ›*naturellement*‹, Martín, der masochistische Zauberer ›El Mago‹, begnadet sowohl auf der Bühne (er ließ mich schweben, ohne dass ich herausfand, wie der Trick funktionierte) als auch im Kampf (er rettete Anne vor dem Erschießungskommando,[1] ohne dass es eine

---

[1] Welch ein Vorfall gemeint sein könnte, ist ungeklärt.

Sekunde zu früh bemerkt worden war), aber ansonsten begierig darauf, nichts als unterwürfiger Diener seiner Herrin zu sein, ihr die Milch zu bringen und den Hintern zu putzen.
›Im Menschen sind Geschöpf und Schöpfer vereinigt‹, sagt Nietzsche – in El Mago steht das beides unvermittelt nebeneinander, nicht einmal eine Brücke führt zum Menschen.
›*Je t'aime*‹, sagte ich schließlich, denn ich war jetzt durch und durch gnädig gestimmt, ›sei mir nicht böse, wenn ich was missmutig bin nach dem Wecken.‹ – ›Gleich bekommst Du was zu essen‹, antwortete Anne. Immer ganz praktisch.
Oke, (hieß das:) über Gefühle spreche ich nicht ... [...]
Oke, ich könnte mir die Geschichte der Reise nach Lima erzählen, stellvertretend für das Leben, das wir führten *y* vor dem ich flüchtete *y* nach dem ich mich sehne.
Wir waren zu neun Personen an Bord: Pedro, Martín, Anne und ich kommen gerade. Nach uns treffen noch Errico und Benjamino ein. Die drei Mann von der Besatzung machen die Maschine startklar. Der Pilot, Eduardo,[1] ist einer jener viel zu zahlreichen Männer, die für Anne jederzeit ihr Leben, zumindest aber ihre rechte Hand geben würden. Anders als die meisten anderen ihrer Gefolgsleute stammt er jedoch aus den ›*superiores*‹ von Tomasia. Zwei oder drei Jahre vorher war sein Bruder, ein bekannter kommunistischer Aktivist, verschwunden. Eduardo wusste über seinen Schwiegervater, dem korrupten Innenminister Ayes, von der Organisation Annes. Er verpfändete sein Erbe, um Anne nach dem Bruder suchen zu lassen. Sie konnte ihn nur noch verkrüppelt aus der Kammer der Qual des Militärs rausholen. Eduardo gab seine gradlinige Karriere an der fiktiven Grenze zwischen Politik und Wirtschaft auf und stellte seine als ein Hobby entwickelte Fähigkeit des Fliegens in den Dienst von unserer bunten Opposition.

1 Eduardo Curamiento Mogan.

Martín machte mir mein englisches Frühstück, verbranntes Toast, Schinken und ein Ei, wie ich es so gerne habe ... hatte. (Heute lebe ich anders.)
Als ich Errico an Bord klettern sah, fiel mir etwas ein, das ich Anne zu sagen vergaß. Ich nahm sie zur Seite und flüsterte: ›Isora‹ – Erricos Frau – ›hat die Sachen gepackt.‹ Ich mag die Isora Sánchez nicht. Mir fällt nur ein passendes Wort für sie ein – ›*finalidad*‹.[1] Sie trägt das Haar kurz, nicht weil es ihr gut steht (das tut es obendrein), sondern weil es praktisch ist. Sie trägt Hosen, nicht um jugendlich zu wirken, sondern weil es praktisch ist. & sie macht Gymnastik, nicht um fit zu bleiben, sondern um Arztkosten zu sparen. Die gute Seite von Isora, mit der sie sich die treue Liebe von Errico erhält, bleibt mir verschlossen.
Aber warum waren wir überhaupt hier an Bord? Was wollten – oder sollten – wir in Lima? Ich werde versuchen, es dir der Reihe nach zu erzählen, soweit mir diese Sache bekannt ist und soweit ich sie verstanden habe. Vor ein paar Wochen wandte sich ein Peruaner namens Mario Atranco an das SIT-Büro in Santo Tomás. *Oke*, ich muss erklären, was SIT ist – ›*Seguridad, Información, Transporte*‹, abgekürzt ›SIT‹, die Detektiv-Büros von Anne. Mit ihrer legalen kommerziellen Arbeit (spezialisiert, ›*recurso*‹[2] einzuholen) decken die SIT-Büros die illegalen Tätigkeiten von ›La Red‹, hauptsächlich ›opferlose (oder besser: konsensuale) Delikte‹ (Gesetzesbrüche, die keine Rechtsbrüche sind) wie Schmuggel und Drogenhandel. Während Annes zunehmender Politisierung verlagerten sich die Aufgaben von SIT in der Tomasischen Republik. Mehr & mehr widmeten sich die Büros der Suche – & womöglich Befreiung – verschleppter Oppositioneller.

---

1 Zweckbestimmung, Endzweck. Hier vielleicht mit »Zweckmäßigkeit« zu übersetzen?
2 [Regress. Vgl. S. 165f und S. 168ff. – Anm. d. Hg.]

Die Politisierung hatte übrigens angefangen, als Anne 1955 Errico im Auftrag seines Doktorvaters, Ben,[1] aus dem Gefängnis befreite. [...]
Der Peruaner[2] fühlt sich bedroht. Er erbittet über Annes Detektivbüro SIT Schutz. Bevor solcher Schutz von Anne gewährt wird, zieht sie Erkundigungen über die Person ein (lässt Erkundigungen einziehen). Noch eh die ›*indagación*‹ abgeschlossen ist, wird er ermordet. Als Mörder bietet sich El Cuchillero an, der, wie sich herausstellt, der Neffe von Mario Atranco ist – El Cu[3] heißt eigentlich Aarón Atranco. El Cu gehörte zur Donoso-Bande *y* er ist mit Pedro zu Anne gestoßen. 1957, die Zeit, zu der diese Geschichte spielt, war El Cu Sicherheitsbeauftragter von ›La Red‹, einer der fünf Mitglieder des Führungsgremiums, so genannt ›*el núcleo*‹ (Anne, Pedro, El Mecánico, El Cu = Aarón Atranco und auch El Mago = Martín).
El Cu verhält sich ›*extraño*‹. & er gibt keine Auskünfte über sein Motiv. Er verlangt einen Prozess vor einem ›*árbitro*‹, einem der (illegalen) Privatrichter von ›SIT‹ – als Mörder, unter Respektierung seines Willens, kein Motiv zu nennen.
Er verfasst eine Erklärung, die das einzige bleibt, das er zu dem Fall ausführt: ›Es gibt Taten, die auszuführen man sich gezwungen sieht, deren Begründung aber nicht vor einer gesellschaftlichen Instanz, der Justiz, rechtsfähig ist. Denn sie sind im juristischen Sinne nicht zu beweisen. Gesetzt den Fall – nicht mein Fall –, ich hätte als Kind beobachtet, wie mein Onkel meinen Vater ermordet und mit meiner Mutter zusammenlebt; der Mord fiele in die Peruanische Bürgerkriegszeit und wäre inzwischen unbeweisbar. Ich wüsste ihn aber für mich mit Gewissheit. Eines Tages bringe ich diesen

---

1 Benjamino R. Barbarojo Soto.
2 Mario Atranco Tomár.
3 El Cuchillero = Aarón Atranco Tomár. [Hg.]

Onkel um. Ich kann nicht verlangen, dass die Gesellschaft mich freispricht. Denn könnte sie mein Motiv akzeptieren, hätte ich ihr auch die Sühnung von dem ursprünglichen Verbrechen, die Verurteilung des Mörders meines Vaters überlassen können.‹ – Anne // außer sich. Und verunsichert. Jemand, der ihren Schutz beantragt, ist ermordet worden. Solch eine Tat war für sie ›*no lícito*‹. Der Mörder ist enger Vertrauter. & das wäre ›*traición*‹. & der Mörder behauptet, im Recht zu sein, die Rechtsgründe aber verborgen halten zu dürfen. Das bringt ihre (!) Moral durcheinander. Wer rechtmäßig handelt, darf nicht bestraft werden. Darum bekämpft sie das staatliche Rechtssystem. Weil es an Legalität anstelle von Legitimität orientiert ist.
Ben, der übergewichtige Nestor des ›*árbitro*‹-Systems, hatte allerdings keine theoretischen Probleme mit diesem Fall: Es gebe einen geständigen Täter, dessen ausdrücklicher Wille besagt, verurteilt werden zu wollen, ohne dass sein Motiv in Betracht gezogen würde ... [...]
Bens ›Gegenspieler‹ war Errico, sein Schüler (allerdings ebenso ein Schüler des mehr marxistisch orientierten Neothomisten P. Hombueno). Errico vertrat die Ansicht, dass eine Tat nur im Licht ihres Motivs beurteilt und verurteilt werden könne. & hitzige Diskussionen über situative Ethik. & Niño, unser aller Lehrer, hält sich heraus. Er ist traurig. Sein Gesichtsausdruck ist bekümmert. Er will nicht, dass die Philosophie zum Instrument im Kampf wird. *Oke*, sicher war es mehr als eine inhaltliche Auseinandersetzung, war es ein Machtkampf. & Niño hat auch Unrecht, denn die Philosophie muss die Courage zu ›*empiétement*‹ haben.
Anne entscheidet dies: Unabhängig von rechtlichen Fragen muss das Motiv aufgeklärt werden, um jede Gefährdung der Organisation auszuschließen. & darum sitzen wir im Flugzeug. Niño hat sich geweigert, mitzukommen. Das steigert

Annes Verunsicherung. — Vergangenheit oder Gegenwart? Mein Gefühl wechselt. Entscheide ich später.
Ich sitze da & knabbere an dem pappigen Toast. Die beiden Kontrahenten gestikulieren (ihre Worte erreichen mich nicht). Anne knabbert an ihren Fingernägeln. Ihrer Führung beraubt, verfallen die Intellektuellen in ihre verwirrten, nie endenden Debatten über die ›*via correcta*‹. Beide hatten recht. Falsch ist eigentlich (!) der Zwang zur Entscheidung. Aber ich sehe ein, dass es ihn gibt. (Gab. Im Wald gibt es ihn nicht.)
›... individuelle Freiheit muss Respekt vor der freien Entscheidung sein, freien Entscheidung von Aarón,[1] keine Auskunft über sein Motiv zu geben. & Aarón beweist seinen geistigen Scharfsinn, dass er dem Recht nicht zumutet, über seine ureigenen, weder beweisbaren noch nachvollziehbaren, wenn auch subjektiv zwingenden Motive urteilen zu müssen, sondern bloß über die nackten, kalten Tatsachen: den Mord.‹ Barbarojos Argumente wirken auf mich. Wissen will ich es aber trotzdem.
& was Anne anpackt, das kriegt sie auch. Die Lösung griff tief in die Gruppe ein. Mario Atranco, der Onkel von El Cu,[2] Isora Sánchez, die Frau von Errico Gat, + – überraschend – Ben Barbarojo waren in die ›*circulación*‹ von Drogen aus dem peruanischen Anbau verstrickt, die Kollaboration mit den Behörden voraussetzt. Für Anne & ›La Red‹ war dies zwar tägliches Brot, doch die drei machten es hinter Annes Rücken & ziemlich dilettantisch. Ben nun hegte ab einer bestimmten Zeit den Verdacht, dass Isora wirklich im Dienst der Regierung stand. Da er von dem Verhältnis von Isora zu Mario Atranco wusste, verdächtigte er auch ihn. Ben wandte sich an El Cu (dessen Taufname ihm – wie uns allen – nicht

---

1 Aarón Atranco Tomár = El Cuchillero.
2 El Cuchillero = Aarón Atranco Tomár. [Hg.]

bekannt war – & darum auch nicht die Verwandtschaft mit diesem Verdächtigen). El Cu hatte jedoch eine persönliche Rechnung mit seinem Onkel, den er für den Tod der Pflegemutter, der 10 Jahre älteren Violeta Pared, verantwortlich machte. (Das lag Jahrzehnte zurück. Wie beweisen?) Aber er war nicht der Mörder – – – sondern Isora (da Mario[1] der V-Mann war und nicht sie) – er *wollte* es sein.
Wie werde ich die Geschichte erzählen?
Welche Zeit? & welcher Standpunkt?
Vor allem darüber nachdenken, was die Bedeutung ist – wem gibt der Fall recht? Ich bin nicht mehr verwirrt *y* habe eher das Gefühl, dass es noch etwas gibt, das wir nicht bedacht haben. [...]
Vielleicht sollte ich ›Die Reise nach Lima‹ fertig schreiben, damit Du[2] den Schluss erfährst. Was macht Anne mit Isora?[3] Selten habe ich sie so unschlüssig, so hin- & hergerissen gesehen. Wie, um sich zu überwinden, entschloss sie sich, selbst Anlage zu führen bei einem ›*árbitro*‹ (interessierte Angehörigen des Opfers gab es nicht).
Isora verteidigte sich eher schlecht als recht, etwas wehleidig, indem sie auf die Verwicklungen hinwies, darauf, dass sie Opfer einer ›mauschelei‹ geworden sei. Der ›*árbitro*‹ – namens David Camacho, glaube ich – reagierte ungehalten, schließlich habe sie die Tat ausgeführt & könne die Verantwortung nicht abwälzen. Vollends wütend wurde er, als sie meinte, ja die Kleinen würde man hängen und die Großen laufen lassen. Er hielt dagegen, dass sie schließlich in der Führung der ›Vereinigten Opposition‹ sei & dies durchaus ein ›großer‹ Posten.
Es sah übel aus für die Isora. Dann fragte Camacho (oder so),

---

[1] Mario Atranco Tomár.
[2] Ernest Younger.
[3] Isora Sánchez Domínguez (Errico M. Gatablancos Ehefrau).

welch eine Strafe Anne wünsche. Sie wurde verlegen & sagte schließlich, die I[sora] solle ihre Schuld eingesehen & sich selber eine Strafe auferlegen. Der ›árbitro‹ machte eine abrupte Bewegung mit dem Kopf & verkündete: ›Dies ist eine zu ungewöhnliche & grausame Strafforderung, diesem Fall absolut unangemessen. Ich spreche die Angeklagte frei.‹ Kurzer Prozess mit langem Vorspiel. Ich war als Zeugin dabei in diesem kleinen Raum, vollgestopft mit alten Büchern. Der ›árbitro‹, klein, um die 60 Jahre, etwas rundlich ... seine Haut & seine gedrückte Haltung zeigten, dass er schlechtere Tage gesehen hatte (Gefängnis?) ... Isora, sie verschwand aus unserem Blickfeld.

BB[1] überstand alles völlig unbeschadet. Anne wertete sein Verhalten nicht als Verrat: Jeder habe das Recht, Handel zu treiben, wie er wolle. Nur gab sie ihm den freundschaftlichen Rat, etwas besser aufzupassen. Auch El Cu behielt seine Position bei ›La Red‹ inne. Doch Anne sprach nie wieder ein Wort mit ihm.[2]

Wenn das eine Strafe war, die schwerste Strafe, dann bleibt nur der Schluss, dass Anne eine religiöse Führerin ist, die ihre Organisation wie Gott führt. Und ich war SEine Braut. Nein, lässt sich nicht gut Liebe machen mit IHm. GOtt ist nicht tot, aber ›*frio*‹.«[3]

¿Ist die Revolution planbar?

Die Frau, die dies Leben führte, die solch eine Organisation leitete, saß den braven universitären Regimekritikern, den »Freunden der Freiheit« gegenüber und debattierte mit ihnen gekonnt über abstrakte philosophische Rechtsfragen und über die politische Zukunft des Landes. Es ist kaum er-

---

1 Benjamino R. Barbarojo Soto.
2 Ab wann? Bis wann? [Hg.]
3 Jackson, *Walden III*, S. 40ff, 104f.

staunlich, dass die Akademiker, obwohl sie nur einen Bruchteil dessen kennen, was die »Firma« von Chérie ausmacht, irritiert sind und dass Chérie es nicht bei akademischen Theorien belassen will. Claira Ovo erinnert sich in einem Fragment an die Zeit um 1955/56.[1] Dies Fragment von 1962 ist nicht zum Druck bestimmt gewesen, besteht aus Planskizzen, einzelnen Überlegungen und Formulierungen und dazwischen gelegten tagebuchartigen Augenblicksnotizen und Stenogrammen aus Diskussionen. Es bleibt zu fragen, ob die geplante Bearbeitung für eine Veröffentlichung dem Text nicht die Ehrlichkeit genommen hätte. Fehlende Ehrlichkeit kennzeichnet viele Passagen in den Erinnerungen an die vorrevolutionäre Zeit von Gatablanco, Jauve, Jefeliejo und Hombueno. Barbarojo bräuchte nichts zu beschönigen, denn er war der Einzige, der von Anfang an die Perspektive Chéries voll unterstützte. Aber er hat keinen längeren Text über jene Zeit verfasst.

Ovo schreibt (entziffert und bearbeitet von Henríquez) beispielsweise: »[Notiz 1955:] Während wir zu langatmigen Ausführungen neigen – Tomaso, Marguerite, Benjamino hört gar nicht mehr auf, Errico, (und ich?) – spricht sie[2] kurz. Selten. Hört zu und zieht dann präzise einen Schluss. Wir spüren ihre Kraft. Aber die macht auch Angst. Auch ihre Kraft ist mir unbehaglich. Ich sollte mich fragen: warum ich sie nicht mag? Manchmal mag ich sie. Vielleicht Ablehnung ihrer lesbischen Neigung? Wir Spießer. Pablo [hat] letztens gesagt: ›Wir sind doch alle scharf auf sie, das ist unser Problem.‹ Marguerite ist richtig böse drüber geworden. [:1955] [Einfügung 1962:] Ich habe dies eine Bild vor Augen – Nach einer scharfen Auseinandersetzung zwischen Barbarojo und mir – und in zweiter Linie Pablo/Errico – darüber, ob Lohn-

[1] Abgedruckt in: Hombueno u.a., S. 160-220.
[2] Chérie. [Hg.]

arbeit in freien Gesellschaften denkbar sei, eine Frage, die ich damals dogmatischer mit ›Nein!‹ beantwortete, als ich es heute tun würde, löste sich die Runde in informelle Gespräche auf. Anne (Chérie? – entscheiden, ob Vorname oder Nachname gebrauchen; dann einheitlich) kommt zu mir. Sie legt mir nicht die Hand auf den Arm, wie sie das bei den Männern tut, wenn sie kommt und vertraulich (versöhnlich? locker? leichtfüßig?) wird. Sie sagt: ›*Oke*, wie die CDC [die Baugenossenschaft] arbeitet, ist das nicht eine gute Synthese zwischen deinem Modell und Benjaminos Modell? So eine Mischung aus Lohn- und Selbstarbeit, aus Aufhebung von Arbeitsteilung und Spezialisierung, aus Massenfertigung und Handwerk?‹ Damals hörte ich die Worte bloß an mir vorbeirauschen, achtete nur auf die Spannung zwischen uns, die ich drauf zurückführte, dass ich ihr unterstellte, sie wolle mich anmachen und würde es nur mühsam unterdrücken. Vielleicht war es ganz anders: Sie spürte, dass ich jede Berührung als sexuelle Aufforderung verstanden hätte und hat sie aus Rücksicht unterlassen. Andererseits war ich auch ziemlich eifersüchtig auf den lockeren Umgang, den sie mit den anderen hatte – außer die Marguerite, die (glaube ich) Chérie hasst – [:1962]

[Notiz 1956:] Anne heute mit Plan: Wir brauchen 1. sozial realistisches Programm, das auf die tatsächlichen Probleme der Bevölkerung passt; 2. Öffentlichkeitsarbeit = Zeitung; 3. Vorbereitung auf die Übernahme staatlich ausgeführter Funktionen durch ›private‹ Organisationen (ich sage: Rekonstruktion der Gesellschaft – jetzt!); und 4. Aufbau einer revolutionären Streitmacht. Nur B^1 begeistert. Was spricht dagegen? Rational war nur das eine Argument: Rev^2 ist nicht planbar, machbar. Anne (gut!): ›Ich‹ – (das ist es: sie sieht

1 Benjamino R. Barbarojo Soto.
2 Revolution.

die Rev als ihre Privatsache an!) – ›will nicht Rev planen. Aber wenn das Volk bereit ist, dann muss was da sein, was den Weg zeigt, was eine Degeneration verhindert, was neue Diktatur verhindert.‹

Vorbehalte gegen sie, emotional? Ich denke an Machno, an Landauer, Malatesta oder Durruti: auch sie hatten das Zeug zum Diktator, zum Unduldsamen, waren Charismatiker mit einer Portion Perónismus. Oft kann ich nicht anders, wenn ich bestimmte Fotos von ihnen anschaue oder bestimmte Äußerungen von ihnen lese, bestimmte ihrer Handlungen berichtet sehe, mich zu freuen: dass sie Anarchisten waren und darum eben gerade *nicht* zu Herrschern wurden.

Anders an ihr [Anmerkung 1962: die Unaussprechliche; den Namen zu schreiben, hieß wohl schon, ihre Übermächtigkeit zu beschwören]: sie ist reich; sie ist Unternehmerin; sie wohnt in einer Villa. Ist das ein Argument? Es gab adlige Anarchisten (Kropotkin ...). Aber reiche?

Eigentlich fürchten wir uns nur vor einem: vor der Freiheit, vor der Konkretion unserer Gedanken in den Plänen von ihr. Der Plan ist genau richtig. Sie hat die Mittel, das Talent und die Ausstrahlung, ihn zu realisieren. Der Plan entspricht dem, was alle Anarchisten als taktische oder strategische Ratschläge gegeben haben. Mein Herz hüpft vor Freude. Es kann getan werden. Selbst mit B will ich mich abfinden – Freiheit zuerst. Dann werden wir sehen. Eigentlich sind die sachlichen Differenzen mit ihm geringer als z. B. mit der Wohlfahrts-Marguerite.[1]

Doch vielleicht hüpft mein Herz aus Angst. Angst vor mir? vor der Rev? vor ihr? vor Repression, vor Molina, vor der Polizei? vorm Volk? Volk: Landauer hat gesagt, Revolution sei ›zusammengepresstes Gewesenes, das sich hinauslässt und aufschäumt‹ – aber wissen wir nach dem Perónismus

1 Marguerite Jauve.

mit seinen ›spontanen‹ Massenerhebungen in Argentinien
(+Italien, +Deutschland), nach den ›spontanen‹ massenhysterischen Weinkrämpfen in Russland, als Stalin starb – wissen wir noch, ob das ›zusammengepresste Gewesene‹ gut, wie Landauer meinte, oder schlecht ist? Ob da nicht der Terror lauert? Anne könnte den Mob bändigen, wenn das überhaupt geht.
Alles spricht für ihren Plan. Rational. Der Rest? – Benjam ist viel mehr bakunistischer Kämpfer, die nichts als Kampf und Revolution sind und deren Emotionen mit der Rev identisch sind, viel mehr als ich – trotz meiner radikalen Reden bin ich zaghaft wie Pablo.
Ich weiß nicht, was ich tun soll. Aber im Zweifel kommt es darauf nicht an. Wir haben etwas in Gang gesetzt, einfach dadurch, dass wir Chérie getroffen haben, ihr von unseren Theorien, Hoffnungen, Wünschen, Ideen erzählt haben, aber wir können es nicht mehr steuern oder kontrollieren. Nur mitmachen oder danebenstehen. Und doch: Frage des individuellen Gewissens: Was soll ich tun? [:1956]
[Einfügung 1962:] Erstaunlich, ein solches Dokument des Zauderns zu lesen. Man hat mir so oft erzählt, dass ich eine der aller Radikalsten gewesen sei, der die Revolution nicht schnell genug und weit genug gehen konnte, dass ich diese Zweifel von damals ganz vergessen habe. Froh stimmt mich, dass die üblen Vorahnungen von damals nicht (noch nicht?) Wirklichkeit geworden sind. Tatsächlich stehe ich heute an der Seite von Benjamino, um das Abgleiten der Revolution in Reformismus zu verhindern, und in der Präsidentin haben wir den stärksten, wenn auch nicht immer konsequentesten Verbündeten; sie ist heute mehr denn je Garant der Rev. Wie traurig jedoch, dass ich meine gefühlsmäßige Kluft zu ihr nicht überwinden kann – jetzt, wo sie so einsam ist – Lauren weg, Pedro tot – so einsam –. Wozu diese Revolution von ihr

aus gesehen: Sie hat ihr nichts gebracht außer Kummer. Sie ist müde, schon jetzt, kaum über 30. Könnte ich ihr helfen? Ich würde gern, doch ich kann nicht, nicht den Widerstand in mir selbst überwinden [:1962].«

La Red auf dem Weg zur revolutionären Organisation

Der **erste** Schritt zur Verwirklichung vom revolutionären Plan Chéries bestand 1956 in der Gründung eines Instituts, das den offiziellen Tarnnamen »*Centro para doctrina social católico*« erhielt. Zum akademischen Leiter ernannte Chérie Benjamino Barbarojo – eine Stellung, die er bis zu seinem Tode 1995 inne behielt. Das Institut sollte ein Programm ausarbeiten und die Publikation einer Zeitung vorbereiten. Das Institut war auch Vehikel, die Amnestie für Gatablanco zu erwirken, der nun fast ein Jahr die Chérie-Villa nicht verlassen hatte. Gatablanco wurde als Mitarbeiter im Institut angestellt, das den Segen des Erzbischofs genoss und darum nicht ohne weiteres dem Zugriff des Diktators offen stand. Überdies ist nicht von der Hand zu weisen, wenn Hufnagel feststellt: »Die Blutgier dieses greisen Diktators konnte Chéries gekaufter Innenminister Ayes durch immer brutaler werdende Kommunisten-Verfolgungen stillen – ›*There is no known Communist in the Tomasian Republic!*‹ prahlte man mit ganzseitigen Anzeigen in der ›New York Times‹ –, wogegen die scheinradikale sog. liberale Opposition geschont werden konnte.«[1] In der Tat war es dem Wirtschaftsminister Borrego aus Überzeugung und dem Innenminister Ayes,[2] weil Chérie ihn besser bezahlte als der Staat, gelungen, eine Differenzierung in der Behandlung der Opposition durchzusetzen: Nicht jeder Kritiker sollte nun als »Kommunist« angesehen und bestraft werden. Hufnagels Behauptung je-

---
1 Hufnagel, S. 15.
2 Filipe Ayes begegnet uns schon oben in Laurens Tagebuch [S. 149, Hg.].

doch, Chérie habe die Kommunisten-Verfolgung aktiv angestachelt, um »nicht nur von sich selber abzulenken, sondern auch bei ihrer Machtübernahme ein kommunistenfreies Land vorzufinden, ein Land, in dem die wahre politische Alternative zum Faschismus nicht mehr existiert«,[1] entbehrt der Grundlage in Fakten. Richtig ist, dass Chérie sich anfangs offensichtlich nur wenig um die kommunistischen Verfolgten gekümmert hat; aber zunehmend, spätestens ab 1959, hat sie auch andere oppositionelle Kräfte zu schützen versucht. Nach dem, was Hufnagel die »Machtübernahme« nennt, sorgte sie dafür, dass Verfolgungen politisch Andersdenkender unterbleiben.

Über seinen fast einjährigen Aufenthalt in der Chérie-Villa schreibt Gatablanco, dass es »rückblickend die schönste Zeit in meinem Leben war: Dieser fortgesetzte Gedankenaustausch mit Niño, die ständige Nähe zu Anne, die noch unbelastet von der Präsidentschaft eine ausgezeichnete Gastgeberin, geistreiche Gesprächspartnerin und überhaupt die liebenswerteste Person überhaupt war«.[2]

Nach Jackson verhielt es sich jedoch anders. Sie schreibt: »Eifersüchtig lausche ich spät abends an der Tür zu Niños Bibliothek, eine der größten privaten Sammlungen von Blindenbüchern in der Welt. Man hört nur Niño und Gatablanco. Heute weiß ich, dass Anne dabei sitzt, ohne dass man sie bemerkt – es ist ihre Gabe, dass sie sich unsichtbar macht. Zwei Stunden reden und streiten die Männer. Soweit ich es mitbekomme, versucht Niño zu verdeutlichen, dass es schlecht sei, andere Philosophen als Aristoteles und Thomas nicht gelten zu lassen, Platon, Rousseau, Kant oder auch Nietzsche, vielmehr gehe es (natürlich) um das ›Ganze der philosophischen Fragestellung‹. Dann sagt Anne was. Bloß

[1] Ebd., S. 151.
[2] Errico Gatablanco, in: Hombueno u.a., S. 86.

noch kurz ging das Gespräch weiter – Niño antwortete ihr nicht –, bis Gatablanco sich mit dem Hinweis auf Müdigkeit verabschiedete. Als Anne nach ihm zu der Tür herauskam, dachte ich, sie habe herumpussiert und malte mir schmerzlich aus, wie sie mit ihm ins Bett ginge. Aus der Dunkelheit trat ich neben Anne und flüsterte: ›Bitte geh' nicht mit ihm, bitte.‹ – ›Ruhe, *rombière*‹, fauchte sie und stieß mich mit den Ellbogen in die Rippen, so hart, dass ich dachte, etliche wären gebrochen. Sie ging auf die Veranda. Heute vermutete ich, dass sie weinte. Aber damals war ich unfähig, als erste Frieden zu schließen. Endlich kam Anne wieder ins Haus. Versteinert verharrte ich auf dem Platz, wo ich die ganze Zeit gestanden hatte. Sie kam zu mir und sagte eiskalt: ›Oke. Du bist ein vollkommen überflüssiges Wesen. Du verdienst dein Geld, indem du dich auf den Rücken legst, die Beine breit machst, jemand anderes machen lässt und kassierst. Selbst das tust du jetzt nicht mehr. Warum, zum Teufel, gehst du nicht zur Hölle?‹ Diese Beleidigung, die mich tatsächlich tief verletzte – ich schreibe sie nieder und merke, wie ich innerlich zusammenzucke –, schien natürlich zu bestätigen, dass ich sie nur im letzten Moment gehindert hatte, fremd zu gehen.
In Wirklichkeit verhielt es sich nun ganz anders: Gatablanco hat sie geschnitten. Ständig. Alle ihre Bemühungen, seine Freundschaft oder wenigstens seinen Respekt zu erlangen, schlugen fehl. Er sprach kaum ein Wort mit & zu ihr. Wie schmerzlich muss es gewesen sein, dann auch noch von mir eifersüchtig fortgestoßen zu werden!
Es wäre alles nur halb schlimm gewesen, oder geworden, wenn man mit Anne darüber hätte reden können. Oft habe ich mir vorgenommen, mich mit ihr auszusprechen, aber es nie fertig gebracht. Ich erlaube mir an der Stelle ein einziges Wort der Kritik an Niños Erziehung: Er vergaß den zweiten

Teil des von ihm hoch geschätzten ›*Emile*‹, also die Gefühls-Erziehung. Rousseau ergänzt die rationale und naturwissenschaftliche Kindheitserziehung durch eine emotionale und soziale Jugenderziehung. Niño hat die soziale Seite mit der rationalen verbunden und damit die emotionale (und naturwissenschaftliche) Seite ausgeklammert. (Das einzige, was ich für Anne noch tun kann, ist, denke ich, alles zu lesen, was ihr wichtig war. Damit beschäftige ich mich zur Zeit. Ich vermute, dass Niños Haltung kantisch ist; aber da bin ich mir noch nicht sicher.) Das heißt nicht, dass Anne keine Gefühle hatte – beileibe nicht: sowohl Liebe als auch Hass waren ihr nicht fremd –, oder die Gefühle nicht in ihre Handlungen eingingen. Vielmehr wurden Gefühle, weil sie ihr als nichtrational erschienen, aus der Sprache, die ja rational zu sein hatte, ausgeklammert, konnten kein Gegenstand eines sinnvollen Gesprächs werden. Die Folge davon war, dass es für Gefühlsprobleme keine sozialen Lösungen gab.
Das gleiche Phänomen kennzeichnete übrigens auch all die anderen ›Neothomisten‹, ausgenommen vielleicht Claira Ovo. Claira aber verfiel in den entgegengesetzten Fehler, ihre eigenen Gefühle, oder, wie sie es nannte, ›*necesidades*‹, als Ausgangspunkt von Überlegungen für allgemeingültige Verhaltensregeln zu nehmen. Hiermit untergrub sie ständig ihre ›anarchistische‹ Position: ›Ich will keine Lohnarbeit machen. Niemand will (= soll) Lohnarbeit machen.‹ Oder auch: ›Ich bin nicht lesbisch. Niemand will (= soll) lesbisch sein.‹ (Das hat sie nicht gesagt, aber ...) Hombueno hatte zwar eine rationale Sprache für Gefühle entwickelt; doch seine Gefühle waren so mager, dass es im Wesentlichen ein Sprechen über andere wurde. Im Zweifel gab er das auch zu.
Ich habe lange darüber nachgedacht, warum Anne sich so unermüdlich für all diese Menschen eingesetzt hat, die ihr reserviert, kühl, ja ablehnend und manchmal gemein gegen-

überstanden – in Barbarojos vorbehaltloser Anerkennung von Annes Tätigkeit lag gar kein Fünkchen an Liebe oder auch an bloßer Wärme. Warum hat sie ihnen ein Institut geschenkt und schließlich für sie die Revolution gemacht, zu der sie selbst unfähig waren? Meines Erachtens – ich lese gerade die ›Kritik der reinen Vernunft‹ – gibt es nur die eine Antwort, dass sie, weil die gesellschaftspolitische Richtigkeit des Neothomismus für sie feststand, pflichtbewusst an die Realisierung gegangen ist, ohne an ihr eigenes Wohl zu denken.«[1]

Niño, dem man während des Interviews aus den bereits erschienenen Erinnerungen Jacksons *(»I Remember ARC«)* vorlas, schüttelte an dieser Stelle allerdings den Kopf und kommentiert sie dann so: »Vielleicht hat Lauren nicht ganz Unrecht. Ja, es scheint mir, dass sie ziemlich Recht hat; doch übertreibt sie stark. Sie rationalisiert ihre Eifersucht. Außerdem gibt sie uns die Schuld an Annes Tod. Alles nicht unverständlich, aber es trübt die Erinnerung, und es ist wenig hilfreich für die Analyse. Anmerken will ich, dass unsre Freunde eher Lauren als Anne reserviert gegenüberstanden – etwas, für das ich sie hätte ohrfeigen können. Lauren war Annes ›Sophie‹, ihr Lebenselixier. Manchmal wünschte ich, Anne wäre ihrer Neigung und nicht ihrer Pflicht gefolgt, hätte sich von der Politik getrennt und wäre Lauren gefolgt. Aber es ist nun einmal so, dass selbst die Pflicht eine Neigung ist.«[2]

Neben Barbarojo und Gatablanco erhielten auch Jefeliejo und Ovo eine Stelle im »Zentrum für katholische Soziallehre«. Hombueno wollte seine Tätigkeit als Studentenpfarrer nicht aufgeben; und Marguerite Jauve arbeitete (eher sporadisch) bei der – nach dem Verbot des »Espectador« 1941 – einzigen halbwegs liberalen Zeitung »Occidente«,

1 Lauren Jackson, *I Remember ARC*, S. 42ff.
2 Liberto Callejas, *Interviú*, S. 24.

die ihrem Vater gehörte. Sie vermittelte jedoch den Kontakt zu dem Dichter Francisco Henríquez y Cavajal, der sich bereit fand, am Zeitungsprojekt des Zentrums mitzuwirken. »Francisco werte ich echten Glücksgriff«, schreibt Jackson. »Er hatte die Fähigkeit zur Freundschaft, die Anne dringend brauchte. Nach meinem Weggang und Pedros Tod war wohl Francisco das einzige Feuer, an welchem Anne sich wärmen konnte.«[1]

Chéries **zweiter** Schritt zur Realisierung des revolutionären Plans bestand in dem bemerkenswerten Akt, Barbarojo alle Geheimnisse von *La Red* zu offenbaren, die gesamte Firma zu erklären, damit er folgende Frage beantworten konnte, wie er selber berichtet: »Gibt es eine Möglichkeit, ›La Red‹ so zu transformieren, dass die Organisation als Antizipation des freiheitlichen Prinzips gelten kann? Das Ergebnis versetzte mich in Erstaunen: Chérie war nämlich nicht bloß die tüchtige Unternehmerin, als die ich sie bereits bewunderte, die ihrem Land Wohlstand brachte, vielmehr hatte sie auch den Rahmen der gegebenen Gesetze gesprengt und zwar dergestalt, dass sie nicht, wie im Verbrechertum üblich, mit den Gesetzen auch das Recht negierte, sondern gerade das Recht ins Recht setzte. Dank der genialen ›Ausbildung‹, die ihr durch den großen Callejas zuteil wurde, und dank ihres eigenen starken wachen Geistes war es Chérie gelungen, das Eigentums- und Vertragsrecht als Grundlage des legitimen sozialen Handelns zu erkennen; ihre ungemein große unternehmerische, organisatorische und ›kriminelle‹ Kraft erlaubte es ihr, diese Erkenntnis in Praxis umzusetzen. Es war mir, als sähe ich die Prinzipien, die ich bloß in der Theorie ausgearbeitet hatte, bereits lebendig vor mir.

Nach eingehender Analyse des Aufbaus von *La Red* schlug

---

[1] Lauren Jackson, *I Remember ARC*, S. 45. [Ihre Bewertungen seien mit der gleichen Vorsicht genossen wie die der anderen »Freunde«; Anm. d. Hg.]

ich vor: Formalisierung der Polizei- und Justizfunktionen; d. h. das Rechtsprinzip sollte explizit gemacht werden, und die auf ihm basierenden Entscheidungen dürften nicht nur im *Núcleo* von ›La Red‹ – also Chérie und Donoso – gefällt werden, sondern müssten von möglichst vielen Menschen angewendet werden, so dass nach der Revolution genügend im neuen Recht ausgebildete Richter zur Verfügung stehen. Abkoppelung vom staatlich manipulierten Geldsystem, d. h. Schaffung eines eigenen Tauschmittels, für das der Umsatz von ›La Red‹ lange ausreichte; ein Tauschmittel auf Warenwertbasis, die vom Staat nicht (so einfach) zu besteuern und vor allem nicht zu inflationieren ist, so dass nach der Revolution die Zirkulation kontinuierlich weitergehen kann. Einrichtung einer eigenen Kreditanstalt; d. h. eine Stelle, die Kredite in dem eigenen Tauschmittel auf der Basis von einer 100 %igen Deckung (Sparbasis) und nicht auf Expansionsbasis (Geldschöpfungsbasis) vergibt, hiermit Unternehmertum und Konkurrenz und Wachstum beflügelt, ohne an das luftige Geld- und Kreditwesen unter der Kontrolle des Staats gebunden zu sein, so dass nach der Revolution die unvermeidliche Rezession aufgefangen werden kann.«[1]

Einen **dritten** Schritt zur Verwirklichung ihres Plans teilte Chérie den anderen »Freunden der Freiheit« zunächst gar nicht erst mit.[2] Sie beauftragte El Cuchillero, im Ausland 15 getrennte kleine Kampfgruppen von jeweils nicht mehr als 20 Mann aufzustellen, die dort ausgebildet werden. Ihnen sollte ab und zu ein krimineller Auftrag erteilt werden. Dadurch finanzierten sie sich selber; dadurch wurden sie »bei Laune gehalten«, und dadurch konnte vor ihnen ihr wahrer

---

1 Benjamino Barbarojo, Einleitung zu: Chérie, *Gesammelte Reden und Erklärungen*, herausgegeben und eingeleitet von T. Jefeliejo und B. R. Barbarojo, Reinbek 1980 (Original 1965), S. 15.
2 [Woher nimmt die Autorin diese Information?, Anm. d. Hg.]

Auftrag geheim gehalten werden (andernfalls hätte das die Gefahr des Verrats heraufbeschworen). El Cuchillero drillte sie für den Tag X auf gewaltsame Übernahme strategischer Punkte in der Tomasischen Republik, eine Gruppe etwa auf die Eroberung des Rundfunksenders; jeweils mit dem Befehl ausgestattet: »Halten oder zerstören.«

Ob diese Kampfgruppen je Realität waren, ist nicht unumstritten, wenngleich der militärische Verlauf der Revolution auf Aktionen von solchen schließen lässt. M. Jauve schreibt aber, die Kampfgruppen seien ein »Revolutionsmythos, der sich um Chérie gebildet« habe.[1] Laut Jauve allerdings ist sogar »La Red« ohne große Bedeutung gewesen, überhaupt taucht bei ihr in der Geschichte der tomasischen Revolution Chérie bloß selten auf: »A. R. Chérie, nach der Revolution zwei Jahre Präsidentin, war ehemalig als eine Art moderner Robin Hood bekannt, und man nannte sie den ›Engel der Armen‹; sie hatte ein abenteuerliches Vorleben und viele Legenden ranken sich um diese Frau, die in den Augen des Volkes die Revolution schlechthin repräsentiert. Solch ein Personenkult darf in der objektiven Geschichtsschreibung keine Rolle spielen.«[2] Henríquez zufolge ist die Existenz der Kampfgruppen hingegen »unumstößlich bewiesen«.[3] Auch Hufnagel bestätigt das: »Man müsste annehmen, dass mehr als fünfzig Zeugen, Mitglieder der Kampfgruppen, sich verschworen hätten, die Legende zu spinnen. Im übrigen entspricht die Aufstellung der Kampfgruppen dem technokratischen Revolutionsverständnis von Chérie.«[4] Ich werde im Folgenden davon ausgehen, dass es die Kampfgruppen wirklich gab.

[1] Marguerite Jauve, *Die Tomasische Revolution* (1964), Wetzlar 1967, S. 35.
[2] Ebd., S. 32.
[3] Henríquez, S. 19.
[4] Hufnagel, S. 17.

Nach der Transformation:
La Red in der zweiten Hälfte der 1950er Jahre

Ab Mitte 1956 ging Chérie die Veränderung von »La Red« zu einer revolutionären Organisation energisch an. Gegenüber dem zu Beginn des Kapitels beschriebenen Aufbau veränderte sich folgendes:[1]

1. All die illegalen Aktivitäten der Organisation im Ausland leitete zunehmend Willie Gärtner, der sich als ein geschickt ausgewählter Implantario erwies. Unter seiner Leitung gelang es, auch im asiatischen Raum Fuß zu fassen. Sein Stil trug allerdings eine etwas andere Handschrift als Chéries: Einerseits war Gärtner mehr der Geschäftsmann, der aufzutreten verstand; andererseits machte er sich seine Hände nicht mit der Kleinarbeit schmutzig, so dass ihm der Befehl zu einem brutalen Vorgehen gegen missliebige Personen etwas zu leicht über die Lippen ging. Dennoch unternahm er nichts, um Chérie zu verdrängen oder grundsätzlich gegen ihre Intentionen zu verstoßen. Da Chérie und der *Núcleo* weiterhin in ausländische Angelegenheiten eingriffen, wenn auch nur selten, spürten Uneingeweihte praktisch keine Veränderungen.

2. Im Inland wurden den SIT-Stellen »*árbitros*« – Schiedsgerichte – angegliedert, die als »halblegal« zu bezeichnen sind. Voraussetzung dafür, dass jemand sich »SIT-Arbitro« nennen durfte, war ein halbjähriger Kurs im »Zentrum für katholische Soziallehre«. Die Grundlage des dort gelehrten Rechts bestand aus vier Sätzen: **a.** Handlungen sind legitim, wenn sie nur »übereinstimmende Personen« einbeziehen; **b.** Handlungen sind illegitim, die nicht-übereinstimmende

---

1 Nach: Henríquez, S. 180ff; Polizeiakten mit der Nummerierung in dem »Archivo revolutionarico, Santo Tomás« AP/5611-AP/61JXL; Hufnagel, S. 158ff; Barbarojo, in: Chérie, *Gesammelte Reden ...*, S. 15ff; ders. (Hg.), *Ausgewählte Schriften des Zentrums für katholische Soziallehre*.

Personen zwingen (in Barbarojos Ausdrücken sind dies die
»Eigentumsdelikte«);¹ **c.** im Konfliktfall darf jeder mit sich
und seinem Eigentum verfahren, wie ihm beliebt, während
das Eigentum des anderen die Grenze der Freiheit markiert;
d. legitime Bestrafung besteht einzig im Regress (Wiederherstellung des Status quo ante bzw., wenn dies nicht möglich ist, Wiedergutmachung; Übernahme aller verursachten Kosten, etwa bei der Suche nach dem Täter und der Gerichtsverhandlung), Zwangs- oder Gewaltanwendung bei der Bestrafung darf nur der Einholung des Regresses dienen. Der Kurs bestand aus einer an Barbarojos Argumentation in »*Aristoteles y Tomás de Aquino sobre sociedad, derecho y libertad*«² angelehnten Darlegung, warum diese Sätze und bloß sie als »Recht« zu bezeichnen sind, und vor allem aus Übungen zur Anwendung.

Die »*árbitros*« boten ihre Dienste gegen Bezahlung an. Erlaubt war ihnen offiziell nur, in Zivilsachen zu vermitteln; trotzdem befassten sie sich auch mit Straftatbeständen bis hin zu Kapitalverbrechen wie Mord. 1957 nahmen erste »*árbitros*« ihre Tätigkeit auf. Sie brauchten rund ein Jahr, bis sich eine nennenswerte zahlende Kundschaft einfand (während des Einführungsjahrs trug Chérie die Schlichter). Dann allerdings wurden die »*árbitros*« derart erfolgreich, dass ab 1958/59 sogar Ausländer sie in Anspruch nahmen, z.B. Versicherungsgesellschaften. Die Bilanz für 1959 etwa sieht so aus: Insgesamt wurden 2132 Fälle bearbeitet, davon 112 zwischen ausländischen Kontrahenten. Bei 60% der Fälle handelte es sich um zivilgerichtliche Streitigkeiten, bei 40% um Strafrechtsangelegenheiten. Mehr als 80% der Fälle

---

1 [Nach Barbarojo sind *alle* Delikte Eigentumsdelikte, bzw. *nur* die Handlungen, die Eigentum verletzen, sind Delikte, die geahndet werden dürfen. Alles andere sei Sache von Moral und ggf. sozialem Druck. – Anm. d. Hg.]
2 Vgl. Kap. 7. [Hg.]

löste bereits der erste »*árbitro*« auf eine Weise, dass beide Parteien den Spruch anerkannten, 10% der Fälle mussten vor einem oder mehreren weiteren »*árbitros*« verhandelt werden, bevor die Sache erledigt war, und in 5% der Fälle wandten die Kontrahenten sich schließlich doch an ein staatliches Gericht (wobei die Gerichte oft einfach den Schiedsspruch bestätigten). Der Rest der Fälle (weniger als 5%) ist unerfasst.

3. Alle Geschäfte schloss die Organisation, soweit möglich, auf Basis von Platin ab. Barbarojo wählte Platin zum Tauschmittel, weil Gold überall auf der Welt in den Zentralbanken monopolisiert sei und die Regierungen somit dessen Preis beeinflussen können und weil der Preis von Silber zu sehr schwanke. Zunächst galt Platin nur als Basis für die größeren Transaktionen; mit der Zeit gelangten durch die El-Boliche-Läden, die CDC-Baugenossenschaft und die La-Red-Bank »Chérie« aber auch 100%ig gedeckte Platinscheine in Umlauf.

Ihr gesamtes Vermögen verwandelte Chérie in Platin, das sie der Chérie-Bank zur Verwahrung übergab. Einen Teil des Vermögens (etwa 20%) ließ sie auf ein jederzeit aufzulösendes (Giro-) Konto schreiben, 30% legte sie auf 60 Tage, 30% auf ein Jahr und die restlichen 20% auf vier Jahre fest. Die Besonderheit der Bank bestand darin, dass sie Girokontoeinlagen nicht verleihen, sondern zu 100% für den Abruf bereit halten musste und die festgelegten Gelder nie länger als bis zum Fälligkeitstag verleihen durfte. Die Bank gab Platinscheine, d.h. Belege über hinterlegte Platingewichtseinheiten aus *(»marcas de bazar«)*, wechselte aber auch in andere Währungen ein. Allerdings bestand der Anspruch, in irgendeine andere Währung einzutauschen, nicht jederzeit, sondern nur binnen Wochenfrist (7 Werktage).

Der Sinn der Platin-Bank ist in der Wirtschaftstheorie von

Barbarojo zu suchen, die er in »*Hombre, economía y estado*« niederlegte: Indem die Banken mit staatlicher Erlaubnis und Ermutigung von der 100%igen Deckung der Noten durch Warenwerte abgerückt seien, produzierten sie Inflation, was offiziell »Geldschöpfung« genannt werde und nach Barbarojo »Kreditexpansion« heißen müsste. Inflation bedeutet, dass einer gegebenen Warenmenge eine vergrößerte Geldmenge gegenüber tritt, d.h. der Geldwert sinkt. Solange die Handelnden von der Vergrößerung der Geldmenge nichts wissen, passen sich die Preise der »gesunkenen« Kaufkraft nicht an. Die ersten, die inflationiertes Geld besitzen, kaufen zu alten Preisen mehr Waren, als ihnen nach ihrer Leistung auf dem Markt zusteht, so dass logischerweise die »später« Handelnden (»später« bezogen auf den Zeitpunkt der Inflationierung) geringere Warenmengen zu höheren Preisen vorfinden und nicht die ihrer Marktleistung angemessene Mengen an Waren erhalten. Weil die Banken, oder der die Geldnoten drucken lassende Staat, die notorisch »ersten«, die Bankkredite erhaltenden Produzenten die »zweiten« Inflationsgeldbesitzer und -verwender sind, während die Arbeiter das Inflationsgeld stets zuletzt erreicht, muss nach Barbarojo die Inflation als Ausbeutung der Armen durch die Reichen angesehen werden.
Darüber hinaus führt die Inflation nach Barbarojos Theorie dazu, dass die Produzenten, die Kredite auf »Expansionsbasis« (wie Barbarojo es bezeichnet) erhalten, unrentable Investitionen besonders im schwerindustriellen Bereich vornehmen: Sie denken, hinter dem Geld, das sie von der Bank erhalten, stünden entsprechende Werte, die auf dem Markt realisiert seien und in Kapital (Maschinen, Arbeit usw.) umgesetzt werden könnten. Aber wenn sie mit dem Inflationsgeld Realkapital kaufen, entziehen sie – weil mehr Geld als Kapital (Warenwert) vorhanden ist – anderen Produktions-

bereichen die Mittel; wenn die angeleierte Produktion nicht unmittelbar konsumierbar ist, vielmehr weiterverarbeitet oder auch bloß weitertransportiert werden muss, fehlt das hierzu benötigte Realkapital. Insofern hat Inflation nach Barbarojo als ein »Verschwendungs- und Krisenmacher« zu gelten.

4. Das *»Centro para doctrina social católico«* kaufte 1957 mit von Chérie gestiftetem Geld das Wochenmagazin *Occidente* von dem Verleger Jauve. Ab 1958 wurde das Magazin »aufgespalten« in die populäre Tageszeitung *Occidente* und das theoretische Organ *Teoría crítica*. Bei der Übernahme hatte der *Occidente* eine Auflage von 11 000 Exemplaren (Tomasia zählte kaum 4 Mio. Einwohner mit einem Anteil von mehr als 50% Analphabeten). Die Tageszeitung erreichte 1959/60 eine Auflage von über 80 000 Exemplaren, der monatliche Theorie-Ableger von stolzen 4 000 Exemplaren. Allerdings wurde die Öffentlichkeitsarbeit anders als die anderen *Miembros* von »La Red« nicht nach Gesichtspunkten der Rentabilität geführt; allein 1959 steckte Chérie laut Chefredakteur Gatablanco fast 30 Mio. Tomasische Pesos in die Zeitungen. Es entbehrt nicht einer gewissen Ironie, dass es Chérie gelang, eine Elite von Revolutionskämpfern so zu organisieren, dass sie die Kosten selber trugen und gar einen ordentlichen Profit abwarfen,[1] während die auflagenstärkste Tageszeitung des Landes Verluste einspielte.

5. Barbarojo arbeitete mit der ihm eigenen Prägnanz und Radikalität ein politisches Programm aus, das im Kern nur eine Aussage enthielt: Sofortige Aufhebung aller Monopolansprüche und unverzügliche Senkung aller Steuern auf Null. Übersetzungen dieses abstrakten Programms in eine auf die Probleme des Volkes zugeschnittene Form lauteten etwa (ich zitiere aus den *»Ausgewählten Schriften ...«*, die

[1] 1958 auf fast 1 Mio. TP geschätzt.

Pamphlete und Artikel enthalten, einige der Überschriften):
»*Klassengesellschaft: Steuerzahler und Steuerkonsumenten*«
– »*Der Dreck stinkt zum Himmel: Weg mit dem Monopol zur Müllbeseitigung*« – »*Zu arm Steuern zu zahlen? Ist niemand (indirekte Steuern liegen auf allen Waren)*« – »*Richter gegen Recht: Für nicht-monopolisierte Arbitros*« – »*Wie Staat und Banken deine Arbeitslosigkeit machen*« – »*Traut den ›kostenlosen‹ Wohltaten des Staates nicht. Ihr habt sie bezahlt mit Steuern und Inflation*« – »*Hungert für den Staat oder esst auf dem Markt*« – »*Staatlicher Sozialwohnungsbau oder CDC-Modell: eine eindeutige Bilanz*« – »*Zukunftssicherung mit der Platin-Chérie-Bank*« – »*Hat euch schon mal ein Polizist geschützt? Kein Polizeimonopol!*« – »*Der Markt hat Arbeit für alle – der Staat besteuert sie weg*«.

6. Auf eine entscheidende Form in der Öffentlichkeitsarbeit nach einer Idee von Claira Ovo stieß Chérie im Laufe des Jahres 1957; hierdurch ergab sich dann auch ein weiterer wichtiger Inhalt: die mündliche Agitation im Elendsgürtel um Santo Tomás, der fast so viele Einwohner zählte wie die Stadt selber (mehr als 400 000 Menschen). Damit wohnte über ein Viertel aller Tomasier in der städtischen Region der Hauptstadt.

Nach den ersten Versuchen der Agitation in dem Viertel, das hauptsächlich Arme bevölkerten, die vom Land gekommen waren, stellte Chérie dem »Zentrum« die Frage: Warum gibt es eine derartige Landflucht?

Ein halbes Jahr später legten Benjamino Barbarojo, Claira Ovo und Anne Chérie den großen Bericht »*La condición al campesinos*« vor. In der zusammenfassenden Auswertung kommt die Studie zu den folgenden Schlüssen: »Die Verelendung auf dem Land ebenso wie die Abnahme der Landproduktivität basiert auf 6 Gründen: (**a**) Landraub durch die herrschenden Familien, gedeckt von den Staatsorganen. Die übergroßen Besitztümer beanspruchen ca. ⅔ des fruchtbaren Bodens, werden jedoch, da staatliche Gewalt sie schützt und sie keine Konkurrenz zu fürchten haben, unrentabel geführt, u. a. mit einem viel zu kleinen Arbeitskräfteaufwand, so dass Arbeitskräfte sich genötigt sehen, in urbane Regionen abzuwandern. (**b**) Hohe Steuerlasten auf kleine und mittlere Höfe. – Kommentar überflüssig. (**c**) Subventionen für die unrentabel arbeitenden Großhöfe. Da ein Hof um so mehr Subventionen erzielt, je unrentabler er arbeitet, und da der Pro-Kopf-Ertrag der Subventionen um so größer ausfällt, je weniger Menschen der Hof beschäftigt, sind Konsequenzen leicht abzuschätzen. (**d**) Inflationär allokationiertes Kapital fließt vorzugsweise in Industriebetriebe, so dass die Bauern, noch hinter den Arbeitern die letzten Glieder der Inflationskette, fast vollständig entkapitalisiert werden. (**e**) Lebensmittelimporte aus den USA, finanziert aus amerikanischer Entwicklungshilfe oder subventioniert mit Steuermitteln, stellen eine unlautere Konkurrenz für die Bauern dar, die ihre Produktion daraufhin auf Selbstversorgung reduzieren. (**f**) Wohlfahrtsprogramme, finanziert auch mit Steuern vom Land, sind nur in den Städten zu haben. Die Wahl zwischen einem harten, ungewissen und mit hohen Steuern belegten Arbeitsleben auf dem Land und dem elenden, aber müßigen Leben in den Elendsvierteln fällt oft zugunsten des letzteren aus.«[1]

1 Barbarojo/Ovo/Chérie, *La condición al campesinos*, Santo Tomás 1958.

KAPITEL 9

IM SCHATTEN DER REVOLUTION

Die politische Entwicklung bis 1959

Nach Marguerite Jauve ist die tomasische Republik in der Ära Molina gekennzeichnet durch eine »für Lateinamerika typische ›Gleichzeitigkeit‹ von tyrannischer Diktatur im Staate und freier Selbstregulierung im Volke«.[1] Untypisch war allerdings, wie geschickt Molina von Anfang an diese Gleichzeitigkeit benutzt hat und aufrecht zu erhalten versuchte. Neben der politischen Unterdrückung existierte ein weitgehender wirtschaftlicher Liberalismus, eingeschränkt nur durch ein vergleichsweise »billiges« Militär, geringe Privilegierung der reichen Oberschicht und erstaunlich ausgebaute Sozialgesetzgebung.

Kein anderer lateinamerikanischer Regierungschef konnte eine bessere Bilanz materieller Errungenschaften vorweisen. Molina übernahm 1934 eine Nation, die in Chaos, Bürgerkrieg und Banditentum zu versinken drohte. Zwanzig Jahre später waren die Straßen sicher und es herrschte Ruhe im Lande. 1934 bewegte sich die Republik am Rande des Bankrotts mit Auslandsschulden von fast 6 Mrd. TP bei einem Nationaleinkommen von nur knapp 2 Mrd. TP. Der Staatshaushalt 1949 war ausgeglichen, das Nationaleinkommen hatte sich bis 1953 vervierzigfacht, bis 1957 konnte der Staat auch alle Auslandsschulden tilgen. Die privaten ergänzten die staatlichen Investitionen in den Bereichen Straßenbau, Hafenanlagen sowie Strom- und Wasserversorgung.

1 M. Jauve, S. 22.

Die Analphabetenrate wurde mit dem Schulprogramm von 90 % im Jahre 1934 auf 50 % im Jahre 1958 reduziert. Die medizinische Versorgung galt im karibischen Vergleich als einzigartig. Das Verbot der Kinderarbeit überwachte der Staat effektiv. Es gab ein funktionierendes soziales Netz, das Altersversorgung, zweijährige Arbeitslosenunterstützung sowie Sozialhilfe (Nahrungs- und Kleidungsmarken) einschloss. Dies alles wohlgemerkt beschränkte sich fast ausschließlich auf die städtischen, industrialisierten Regionen von Santo Tomás, Bani, Santiago, La Romana, Puerto Plata, San Francisco, La Vega, Barahona und San Pedro; auch in den städtischen Regionen blieben 10-20 % der Bevölkerung, die offiziell gar nicht existierten, unerfasst. Fest steht jedenfalls, dass Molina sich mehr als 20 Jahre nicht nur aufgrund der politischen Unterdrückungen gehalten hatte, vielmehr konnte er mit einer Loyalität der Mehrheit rechnen, die entweder die stetige wirtschaftliche Aufwärtsentwicklung honorierte oder, wie die ländliche Bevölkerung, sich der relativen Nichteinmischung in ihre Angelegenheiten erfreute. Doch Mitte der 1950er Jahre setzte eine Rezession ein. Verelendung auf dem Lande, rapides Wachsen der städtischen Armenviertel (vor allem um Santo Tomás), Proletarisierung des Mittelstands aufgrund ständig steigender Steuern sowie zahlreiche Firmenbankrotte kennzeichneten die Lage. Der achtzigjährige (1957) Diktator vermochte nicht mehr, die Elemente seines Erfolges – politische Tyrannei, wirtschaftliche Liberalität und soziale Fürsorge – zu integrieren. In Gestalt mächtig gewordener Minister traten die Elemente vielmehr auseinander: Wirtschaftsminister Fidel Borrego, im Amt 1951-59, repräsentierte das liberale, Außenminister und Molinas Stellvertreter Manuel Grasso, im Amt 1943-61, das tyrannische sowie »Sozialminister« Napoleon Danurte, im Amt 1948-61, das »fürsorgliche« Element. Im Kabinett hatten Borregos Vorstellungen in wirtschaftlicher Hinsicht allerdings wenig auszurichten, vor allem weil der ansonsten fast »unpolitisch« technokratische Finanzminister Mario Tros, im Amt 1950-60, als Keynesianer steigenden Budgetforderungen von den übrigen Ministern nicht nur nicht widerstand, sondern sie auch für krisenüberwindend hielt. Die Steuerbelastung stieg 1950-59 ums Doppelte auf über 30 % durchschnittlich; das Haushaltsdefizit, das 1949 fast null betrug, wuchs auf 810 Mio. TP 1960 an (bei einem Gesamthaushalt von knapp 3 Mrd. TP); die *Banco de Molina*, also Zentralbank, betrieb eine Politik des billigen Geldes, die von einer durchschnittlichen Inflation zwischen 3 % bis 5 % im Zeitraum 1940-50 zu einer Inflation von 15 % im Jahr 1951 und schließlich 125 % im Jahr 1960 führte. Die Machtbasis von Borrego bestand im konservativ-liberalen Mittelstand. Den tomasische Mittelstand hatte die Diktatur dazu erzogen, politisch keine Initiative zu ergreifen; doch sein Selbstbewusstsein, den wirtschaftlichen Erfolg des Landes aus eigener Kraft ohne staatliche Hilfen bewerkstelligt zu haben, wurzelte tief. Borrego konnte eigentlich nicht als Lobbyist des Mittelstandes bezeichnet werden, da er stets seine eigenen, auch unbequemen Ansichten vertrat. Doch sorgte er für die loyale Haltung des Mittelstands, indem er die Wirtschaftspolitik der Nichteinmischung bei sonstiger völliger politischer Abstinenz öffentlich bestätigte, obwohl sie faktisch nicht mehr befolgt wurde.

Nicht weil Borrego eine Politik »für« den Mittelstand repräsentierte, sondern weil er ihn vor der Politik zu schützen vorgab, war er sein Vertreter. In der »kleinen Kabinettskrise« von 1953, in welcher dem Finanzminister Tros auf Betreiben von Außenminister Grasso, Sozialminister Danurte und Innenminister Ayes mit wohlwollender Unterstützung von Molina (Präsident und Verteidigungsminister) der Posten des abwesenden Borrego zugesprochen wurde, durfte Borrego nach der Rückkehr von einem Auslandsaufenthalt den eigenen Worten zufolge drohen: »Mit voller Berechtigung versicherte ich unserm ›Wohltäter‹, dass, wenn er meine ›Entlassung‹ nicht wieder rückgängig macht, der tomasische Peso innerhalb von eines Monats um mindestens 25 % fallen und weitere verheerende wirtschaftliche Folgen sich einstellen würden. Ich baute auf die verlässliche Unterstützung aller wichtigen Träger der Wirtschaft, der Träger echter unternehmerischer Initiative, an der das Leben der Wirtschaft hängt, nicht der privilegierten, ökonomisch nutzlosen Oberschicht.«[1] Die Presse meldete, die Nachricht von der Entlassung Borregos sei eine »bedauerliche Fehlinformation« gewesen.

Im Jahre 1957 versuchten Grasso, Tros und Danurte erneut, Borrego zu stürzen. Ayes, der seit 1952 in der Hand von Chérie sich befand, verhielt sich weisungsgemäß neutral. Danurte konnte auf die loyale Zustimmung der einzigen zugelassenen Partei, der Staatspartei *Partido Tomásio* zählen, die durch ihren berufsständischen Aufbau zu einer Quasi-Gewerkschaft oder Ersatz-Gewerkschaft geworden war. Grasso war der engste Vertraute und designierte Nachfolger von Molina und genoss das Vertrauen des Militärs, während Tros die Verwaltung hinter sich wusste. Zwar hatte sich der Einfluss von Partei, Armee und Verwaltung von 1953 bis 1957 dramatisch erhöht, während der verfallende Mittelstand an politischer Bedeutung verlor, aber inzwischen hatte Borrego noch einen weiteren Trumpf in der Hand: »Maria Favorito«.

Borrego berichtet: »Ich war damals der Ansicht, dass die wirtschaftlichen Zustände wesentlich von der Psychologie des aktiven Unternehmertums bestimmt seien. Das glaube

---
[1] Fidel Borrego, in: *La Patria*, 31. 5. 1964.

ich heute zum Teil noch, wenn auch mit Einschränkungen. Der starre Mechanismus von Barbarojos Konjunkturtheorie kann, meine ich, nicht alle Marktschwankungen erklären. Nach jener Beinahe-Absetzung macht sich der Wirtschaftsminister, also nach wie vor ich, auf die Suche nach Unternehmern, die für Zukunftsorientierung stehen. Das schien mir erfolgversprechender als die keynesianischen Taschenspielertricks von Tros. Meine Mitarbeiter analysierten also die relevanten Unternehmerentscheidungen und ich suchte die Unternehmer auf, lud sie ein, ließ mich einladen, einzeln und gesellig, redete und überzeugte, sprach ihnen Mut zu, abzulassen von ihrer kontraktiv-rezessiven Haltung. Ganz so erfolglos, wie dies Unterfangen von Barbarojo dargestellt wird, war es gar nicht: 1953/54 kam es ja zu einem leichten Aufschwung. Allerdings wurden die Ergebnisse durch eine unkluge Politik verwirkt.

Unter den tomasischen Unternehmen gab es eine brandneue Aktiengesellschaft, die Favorito S. A., die im Gegensatz zu allen anderen Unternehmen rasant expandierte. Mit dem Hauptanteilseigner, Señorita Favorito, hatte ich nicht Kontakt, und ich kannte niemanden, der Kontakt zu ihr unterhielt. Sie war unbekannt, aus dem Nichts aufgetaucht. Ich ahnte noch kaum die tatsächlichen Ausmaße ihrer wirtschaftlichen Bedeutung, wollte jedoch auf jeden Fall versuchen, sie für mein Aufschwungprogramm zu gewinnen. Um mir ein vollständiges Bild von dieser Unternehmerin zu machen, beschloss ich, sie zu Hause aufzusuchen.

Es war nicht schwer, einen Termin in der bei Kunstkennern berühmten ›Favorito-Villa‹ zu erhalten. Für Unternehmer sind politische Verbindungen wichtig und vorrangig. Und doch verlief die Kontaktaufnahme ganz anders als erwartet. Das begann damit, dass die Villa alles in den Schatten stellte, was ich kannte oder wovon ich gehört hatte. Ich wusste von protzigen und exklusiven, überladenen und geschmacklosen Unternehmervillen und von erfolgreichen Unternehmern, die in Bruchbuden hausten; die meisten der mir bekannten Unternehmer wohnten einfach in bürgerlichen Häusern, die etwas aufwendiger eingerichtet waren als die anderer Leute, sich jedoch nicht grundsätzlich unterschieden. Die Favorito-Villa wirkte augenblicklich anders auf mich: Alles an und in ihr war sinnvoll; aber nicht hässliche Funktionsorientierung kennzeichnete den ersten Eindruck, sondern ausgewogene Harmonie sinnvoller Kombinationen. Keine nichtsnutzige Dekoration stand im Wege, doch es war auch nicht öde. Der erste Gedanke bei aller Planung und Einrichtung musste gewesen sein: Wie ist das zu gestalten, dass man gut und gerne darin wohnt?

Versunken in derartige Überlegungen wartete ich in ihrer Empfangshalle, als die Srta. Chérie eintrat. Wie ein Schock durchfuhr es mich, da ich erkennen musste, dass die Frau, die unerklärlicherweise von einem auf den andren Tag das größte nicht dem Diktator gehörende Unternehmen zu gründen vermochte, kaum älter wie Mitte zwanzig sein konnte.

›Schock ohne Schmerz.‹ Noch bevor sie etwas gesagt hatte, war ich Gefangener in der einzigartigen Atmosphäre, die Chérie stets um sich verbreitete, einer Atmosphäre, die entsteht, wenn ein Mensch, Geworfener-in-die-fremde-Welt, die Welt in sich aufnimmt und zu Eigenem verwandelt. Ihr Charisma wirkte nicht unterschiedslos; ja es scheint mir berechtigt, wenn in zahlreichen Nachrufen Chérie als ›nichtcharismatische‹ Revolutionärin bezeichnet wird.[1] Auf die meisten Menschen wirkte sie wohl nicht charismatisch; nur auf solche, die Bewusstsein von ihrer Entfremdung erlangt hatten, die ihre existenziellen Ängste kannten und denen der Welt-als-Exil-Gedanke geläufig war.

1 [Vgl. dagegen die Einschätzung von Claira Ovo, S. 158. Hg.]

Nach dem Austausch von ersten Artigkeiten erklärte ich Chérie die Absicht meiner Mission. Lakonisch antwortete sie: ›Ich treffe meine Entscheidungen nach dem Markt und nicht nach der politischen Lage.‹ Obzwar dies die Quintessenz der meisten Gespräche darstellte, die ich mit freien Unternehmern geführt hatte, war Chérie die einzige, die es unverblümt sagte. Doch trotzdem gibt es die psychologische Komponente: Wenn die Unternehmer wissen, dass in der politischen Führung jemand ihre Unabhängigkeit schätzt und schützt, handeln sie offener und zukunftsorientierter. Chéries schroffe Antwort ließ mich nicht verzagen, ganz im Gegenteil fand ich mich in meiner Absicht und Haltung bestätigt.

Dass Señorita Favorito nicht bloß auf dem ›legalen‹ Sektor Geschäfte machte, blieb mir nicht lange verborgen, wenn es mich auch überraschte, als 1956 ruchbar wurde, dass sie mit der legendären La-Red-Chefin Anne Chérie, die u. a. den Innenminister gekauft hatte, identisch war. Die offiziellen Stellen wussten erst seit 1953 von Chéries Existenz, davor war *La Red* nur eine geheimnisumwitterte Organisation. Die Angst vor *La Red* und vor Chérie in den Regierungskreisen kontrastierte merkwürdig mit der Tatsache, dass der offensichtlich von Chérie abhängige Ayes weiter im Kabinett geduldet wurde. Vielleicht hatte es Ayes – oder Chérie selber – verstanden, klar zu machen, dass ein Machtkampf vom Staat nicht gewonnen werden konnte. Sicher konnte Chérie einen solchen Kampf auch nicht gewinnen; bis 1955 hatte sie ja sowieso keine politischen Ambitionen. Mir scheint Grasso jedoch eingesehen zu haben, dass es billiger sei, *La Red* auf ihrem Gebiet in Ruhe operieren zu lassen, zumal Chérie keinerlei Einfluss auf die Politik nahm, ausgenommen auf die Polizeitätigkeit.

Der einzige Fall, in welchem Chérie direkt auf die Politik

einwirkte, war meine versuchte Absetzung 1957. Ich bat sie nicht um Hilfe, informierte sie jedoch, als ich von dem Komplott gegen meine Person erfuhr. Für die entscheidende Kabinettssitzung gab sie folgende Nachricht mit: ›An das Kabinett Molina/Grasso. Wie uns zu Ohren gekommen ist, plant das Kabinett eine Absetzung des Wirtschaftsministers Fidel Borrego. In einem solchen Fall würden wir uns gezwungen sehen, sämtliche Kapitalien und Geschälte der Favorito S. A. ohne Rücksicht auf Folgen ins Ausland zu verlegen. Hochachtungsvoll: *La Red*.‹ Ähnliche Erklärungen hatte ich, wenn auch anonym, von einigen Industrie- und Handelskammern. Danurte versuchte zwar, seine Verstaatlichungs-Idee dagegen zu setzen, Grasso votierte schließlich aber – wohl ganz im Sinne des schweigenden Molina – fürs Einlenken. Dabei kam neben der erstaunlich realistischen Einschätzung der objektiven Stärke der Regierung wahrscheinlich zu diesem Votum noch hinzu, dass jene Verstaatlichungs-Idee der anti-sozialistischen Haltung von Grasso und Molina widersprach.
Die Revolution hätte schon 1957 stattfinden können. Doch Chérie war, wie sie mir später sagte, froh, dass dies nicht eintrat. Zu diesem Zeitpunkt sei das Volk noch nicht bereit gewesen; es wäre nur zu einem Staatsstreich gekommen.
Für Molina stellte es die zweite Niederlage dar, die stärker noch als die 1953 seine Autorität untergrub. Der absolute Herrscher von fast zwei Jahrzehnten mutierte zum hilflosen Greis, dem seine Kabinettsmitglieder auf der Nase herumtanzten.«[1]
Nachdem er die nationalliberale Oppositionszeitschrift *La Patria* sowie eine dazugehörige politische Organisation gegründet hatte, trat Fidel Borrego in der zweiten Jahreshälfte 1959 schließlich freiwillig aus dem Kabinett von Grasso aus

1 Fidel Borrego, in: *La Patria*, 1. 6. 1964.

und der unter Chéries Führung stehenden »Vereinigten freiheitlichen Opposition von Tomasia« bei.

Subversive Tätigkeiten 1: Agitation
Der bedrohte tomasische Mittelstand war naturgemäß die Zielgruppe der Agitation des »Zentrums für katholische Soziallehre«: der Tageszeitung *Occidente*, der politischen Versammlungen, der Broschüren, der Schulungen. Diese überaus erfolgreiche Agitation überließ Chérie den anderen »*Aficionados al Libertad*«. Sie selbst kümmerte sich fast ausschließlich um die Elendsviertel um Santo Tomás.
Die Form von Chéries Agitation war außergewöhnlich und bemerkenswert: Oft lebte sie wochenlang, manchmal gemeinsam mit Niño, Jackson und Donoso, unter den Armen und regte sie durch Rat und Tat zur Selbsthilfe an. Hauptsächlich arbeitete sie im Bereich Gesundheitsfürsorge, Bauhandwerk, Wasserversorgung, Lebensmittelproduktion und Erziehung. Wieder und wieder kollidierten die Selbsthilfeorganisationen mit den staatlichen Behörden. Aber es war dann nicht Chérie, die aufwühlende Reden hielt und den revolutionären Geist beschwor, sondern Claira Ovo. Da der »Arbeitsteilung« dieser beiden großen Revolutionärinnen wenig gedacht wird, will ich etwas bei ihr verweilen.
»Als die Bulldozer kamen«, schreibt Henríquez, »und im Namen der Bau- und Gesundheitspolizei Danurtes und im Namen des Eigentumsrechts Ayes' zehn ausgebaute Hütten abriss, die den Beginn einer florierenden Sub-Ökonomie markierten, verbarg Anne sich unter den verschreckten Bewohnern und weinte. Mit ihnen wurde sie verhaftet und das Genie des Gefängnisausbruchs wartete geduldig, ja untätig, bis Pedro sie befreien kam. Am folgenden Tag brannte es – Claira hatte die Gefühle aufgepeitscht und zum Aufruhr getrieben. Doch Anne verschwand in ihrer Villa, bis sie es von

neuem versuchte, vielleicht eine Straßenschule anregte. Jedes Mal das gleiche Ende, jedes Mal ein neuer Anfang.«[1]
An Chéries Umgang mit den Bewohnern der Armenviertel erinnert sich Lauren Jackson: »Anne ging ganz eigenartig mit den Menschen um. Sie sah eine Mutter mit einem offensichtlich kranken Kind auf dem Arm in eine Hütte gehen. Dann ging sie ihr nach, trat ohne ein Wort ein, nahm das Kind und fing – immer noch wortlos – mit der Behandlung an. Ihre medizinischen Kenntnisse waren erstaunlich, und ich weiß nicht, woher sie stammten. Eine kuriose Mischung aus Schulmedizin, Voodoo und Improvisation. Nicht selten versuchten die Eltern zunächst, Anne abzuhalten; manches Mal wurde eine Mutter oder ein Vater niedergeschlagen. Erst wenn das Kind versorgt war, sprach Anne. Sie erklärte, was in Zukunft zu tun sei. Nachdem sie einigen Familien in der Gegend geholfen hatte und sich erste Erfolge einstellten, kamen dann Leute mit kranken Kindern zu ihr. Doch Anne schickte sie zu den Müttern, denen sie bereits etwas beigebracht hatte. Nach kurzer Zeit war sie überflüssig. Je nach Mentalität der Leute entwickelte sich kostenlose Nachbarschaftshilfe oder eine semi-professionelle Ärzteschaft. Ganz ähnlich ging es zu, wenn Anne eine Schule oder eine Lebensmittelkooperative gründete. Was sie jeweils in einer Gegend tat, war niemals vorab festgelegt, sondern immer Ergebnis der spontanen Eingebung.«[2]
Hufnagel kommentiert die Agitations-Praxis Chéries ungnädig:[3] »Bezeichnend, dass Chérie sogar aus der Agitation ein blühendes Geschäft zur eigenen Bereicherung machte, während sie keinen müden Peso springen ließ, um die ›zur Selbsthilfe Angeregten‹ vor den staatlichen Übergriffen zu

---

[1] Henríquez, S. 120. [Klingt nach Hagiografie. Hg.]
[2] Lauren Jackson, *I Remember ARC*, S. 49.
[3] [Wäre denn Chérie auf seine Gnade angewiesen?, Anm. d. Hg.]

schützen – etwas, das ihr angesichts ihrer ausgezeichneten Beziehungen zur faschistischen Molina-Regierung durchaus möglich gewesen wäre.«[1] In der Tat wirft Hufnagel hier ein Problem auf. Chérie hat belegtermaßen Geschäfte mit den Selbsthilfegruppen gemacht. Allerdings war ihr Gewinn um ein vielfaches kleiner als der mögliche Gewinn bei ihren üblichen Geschälten. Henríquez: »Wenn sie Geld nahm, dann nicht, um Gewinn zu machen, sondern um nicht Almosen zu geben, um den Menschen das Gefühl der Würde wieder zu verschaffen, für sich sorgen oder die Sorge bezahlen zu können.«[2] Niño meinte, dass Chérie »jedesmal die eigene Biographie neu« erlebt hätte und darum in die Armenviertel gegangen sei.[3] Die Menschen jedenfalls, denen Chérie half, fühlten sich nicht ausgebeutet und dankten ihr mit unendlicher Loyalität.

Die andere Frage lautet, ob Chérie die polizeilichen Übergriffe hätte verhindern können. So einfach, wie Hufnagel die Sache hinstellt, liegt sie jedoch nicht. Auch für kriminelle Geschäfte konnte Chérie keinen Freibrief erlangen. Außer der Unantastbarkeit ihrer Villa hat sie keinen dauerhaften positiven Einfluss auf die politischen oder polizeilichen Entscheidungen genommen. Wenn sie einen solchen Einfluss gehabt hätte, wäre sie ja bereits an der Regierung beteiligt gewesen, was einer Revolution gleichgekommen wäre. Allerdings bleibt die Vermutung offen, dass Chérie viel früher als 1961 die Regierung hätte stürzen können. Und wenn das tatsächlich der Fall ist, hätte sie wirklich die Fortsetzung von Leiden in Kauf genommen, um »das Volk« in einem Lernprozess auf die Revolution vorzubereiten.

---

[1] R. Hufnagel, S. 166.
[2] Henríquez, S. 121.
[3] Liberto Callejas, *Interviú*, S. 61.

Subversive Tätigkeiten 2: Ein Fall für den Arbitro

»In La Romana überraschte ein falsch abbiegender Autofahrer einen anderen nachts, bei Regen und schlechter Sicht und verursachte einen Zusammenstoß. Der geschädigte Autofahrer wurde verletzt, und es entstand beträchtlicher Sachschaden; der an diesem Unfall schuldige Lenker aber beging Fahrerflucht. Der Geschädigte hatte entfernt von der ›Privatpolizei‹ SIT gehört. Da er die Schwerfälligkeit und Langsamkeit der staatlichen Polizei kannte und überdies vermutete, dass der Unfallgegner, falls die Polizei ihn je erwischt, zwar eingelocht, nicht aber zu Regress gezwungen würde, wandte er sich an SIT. Außerdem war er mittellos und unversichert, so dass er seine Arztrechnung nicht bezahlen konnte. Das SIT-Büro bot ihm an, einen Teil seiner Ansprüche dem Unfallfahrer gegenüber abzukaufen, nämlich den Schadensausgleich; behalten würde er seinen Anspruch auf Schmerzensgeld; er hatte ein Auge verloren. Die verkauften Ansprüche legte SIT aus, sodass der geschädigte Fahrer seine Arztrechnung und Werkstattkosten begleichen konnte. Von der quittierten Summe wurden 15 % als Risikoprämie abgeschlagen. Wenn sich herausstellen sollte, dass der angeblich Geschädigte den Unfall *selber* verschuldet hat, muss er die ausgezahlten Gelder zu üblichen Zinsen zurückzahlen. Das Risiko, den Unfallverursacher nicht zu fassen, trägt dagegen das SIT-Büro. Binnen Wochenfrist macht SIT den Schuldige dingfest. Doch wie nicht anders zu erwarten, weigert der sich, vor unserem SIT-Arbitro zu erscheinen. (In Santo Tomás und Santiago, wo es bereits seit längerem SIT-Niederlassungen und Arbitros gibt, sind die Prozessgegner immer öfter bereit zu erscheinen; es spricht sich herum, dass sie Gerechtigkeit erwarten können.) Die Verhandlung wird ohne den Schuldigen geführt: Die Beweisfeststellung dauert zwei Stunden. Unser Arbitro studiert zwei unabhängig voneinander angefertigte Gutachten und hört den Detektiv an, der den Schuldigen aufgespürt hat. Die Sache ist eindeutig. Der betreffende Mann wird allein-schuldig gesprochen. Dem Arbitro liegt die Kalkulation der SIT-Geschäftsstelle vor, was dort für die Suche verauslagt wurde, sowie der Beleg über die an das Opfer gezahlte Summe, der Zinsen zugeschlagen werden (außerdem die Gerichtskosten). Aber wie hoch ist der Verlust eines Auges zu bewerten? Der Arbitro erkundigt sich eingehend nach den Nachteilen, die dem Geschädigten erwachsen. Seine Arbeit kann er weiterführen. Der Arbitro erkundigt sich, ob der Geschädigte meint, dass seine ›geselligen Chancen‹ vermindert seien und präzisiert dann unter Gelächter, weil die Frage nicht verstanden wird, ob er weniger Chancen bei den Frauen habe. Weiß nicht. Schließlich schlägt der Arbitro einen kleinen monatlich zu zahlenden Betrag vor, mit dem sich der Geschädigte einverstanden erklärt. Das Urteil ergeht vorbehaltlich, dass der Schuldige doch zum Erscheinen vor Gericht bereit ist und eine Revision verlangt.

Der Detektiv berichtet, der Schuldige sei verarmt und verfüge über kein regelmäßiges Einkommen mehr. Daraufhin setzt der Arbitro dem Urteil zu, bei Zahlungsunfähigkeit solle die Summe im SIT-›Gefängnis‹ von Santiago abgestottert werden. Dort geht es aber nicht um Freiheitsentzug, der nur soweit geht, wie nötig, um die Begleichung zu gewährleisten. Unter sehr guten Arbeitsbedingungen wird hier effektiv gearbeitet, so dass bei minimalen Unterbringungskosten die Gefangenen ihre benötigten Barmittel schnell erwirtschaften können.

Ein SIT-Detektiv unterbreitete dem Schuldigen das Urteil und die Möglichkeiten, die sich für ihn nun ergaben: Dem Urteil zuzustimmen, das Urteil vor einem selbstgewählten Arbitro anzufechten oder ein staatliches Gericht gegen die unerlaubte Privatjustiz einzuschalten. Sollte er sich für das Letztere entscheiden, würden dem staatlichen Gericht aber die Beweismittel zugespielt und er hätte eine mehrjährige Haftstrafe in einem Staatsgefängnis abzusitzen, entschieden ungemütlicher als das SIT-Gefängnis in Santiago.

Die Geschichte endete in dieser speziellen Sache damit, dass der Schuldige nach zweijähriger Arbeit im SIT-Gefängnis sich nicht nur aller Schulden entledigt hatte, sondern auch selbst zu einem Arbitro wurde – einem der erfolgreichsten Arbitros überhaupt.«[1]

Der besagte Schuldige berichtet: »Ein SIT-Detektiv lebt gefährlich. Er muss, um ein Urteil zu vollstrecken, unter Umständen Gewalt anwenden. Hierfür muss er sich unter Umständen, wenn derjenige, dem Gewalt angetan wurde oder, falls der tot ist, ein Angehöriger, Anklage erhebt, vor einem Arbitro verantworten. Sogar wenn er keine Angehörigen hat, kann irgendjemand nach dem Homesteading-Prinzip den Anspruch geltend machen und den eventuellen Regress kassieren. Die nachrevolutionäre Justiz hat den Grundsatz bestätigt, dass der Gewaltausführende sich nicht auf den Arbitro-Spruch berufen kann; er selbst muss für die Richtigkeit des Schuldspruches einstehen. Damit wurde auch vor der Revolution schon verhindert, dass eine Schicht von Totschlägern entsteht, im angeblichen Dienst von Arbitros. Aber vor der Revolution bestand eine weitere Gefahr darin, dass ein staatliches Gericht eingeschaltet werden oder sich einschalten konnte. Und die staatlichen Gerichte erkannten die Berechtigung ›privater‹ Gewaltanwendung nicht an, obwohl sie oft die Arbitro-Entscheidungen übernahmen.

Auch ich wehrte mich gegen die Überführung ins Santiagoer

---

[1] Zitiert nach: Benjamino Barbarojo (Hg.), *Ausgewählte Schriften des Zentrums für katholische Soziallehre*, S. 193 ff; der Text stammt aus dem Jahre 1959.

SIT-Gefängnis, worunter ich mir nichts vorstellte. Doch ich wagte es nicht, ein Staatsgericht anzurufen. Dessen Mühlen hatten mich lange genug in der Mangel. Diese Vorrede war darum nötig: Sie erklärt, warum der Detektiv, der mich ›festnahm‹, so ganz anders mit mir umging, als ich es von Polizisten gewohnt war. Es ist sehr schwer zu beschreiben, worin die Differenz liegt. Vielleicht klingt das komisch, aber ich spürte in der Gewalt, die er gegen mich richtete, die Umsicht und auch die Achtung vor meiner Person.
Nachdem er mich überwältigt und mir die Handschellen angelegt hatte, war er durchaus bemüht, es mir so einfach wie möglich zu machen. Damals für mich völlig unverständlich und überraschend erkundigte er sich auch, ob ich Familienmitglieder, Frau oder Kinder benachrichtigen oder gar mitnehmen wolle. Ich weiß nicht, ob ich es ernst genommen hätte, aber da war niemand und so hatte ich keine Wahl.
Meine Gefängnis-Erfahrung reicht bis in mein 16. Lebensjahr zurück. Santiago war kein Gefängnis, nicht gemessen an meinen Erfahrungen. Es lebten dort ganze Familien; die Prostitution blühte. Die Unterkünfte waren primitiv, aber alle in Ordnung. Beschränkungen irgendwelcher Art gab es nicht. Es wurde gearbeitet, aber es gab auch noch Zeit zum Leben. Wenn das Wort nicht so abgegriffen wäre und falsch angewendet würde, könnte man es als ›Umerziehungslager‹ bezeichnen. Es galten nur zwei einfache Regeln:
Erstens, dass man für die Begleichung eines angerichteten Schadens arbeite und um so schneller wieder für sich selbst arbeiten könne, je effektiver man arbeite. Und zweitens, dass alles zwischen den dort lebenden Menschen erlaubt sei, solange es auf Freiwilligkeit beruhe. Die Arbeit war hart und dreckig. Aber viele, vielleicht alle, waren arbeitslos gewesen oder hatten jedenfalls keine besseren, eher schlechtere Jobs gehabt. Manch einer wollte, nachdem er oder sie die Schuld

abgestottert hatte, gar nicht gehen. Heute wissen wir genau, auf welchen ökonomischen Grundlagen das SIT-Gefängnissystem funktionierte; damals war es für uns alle ein Wunder. Das Wunder beruhte auf dem einzigartigen historischen Zufall, dass sich die langjährige ›kriminelle‹ Erfahrung und das wirtschaftliche Geschick von Anne R. Chérie mit dem theoretischen Wissen und der visionären Kraft von Benjamino Barbarojo verbunden hatte. Für mich ist das private Rechtssystem das Kernstück der Revolution und es ist undenkbar ohne jene einzigartige Verbindung zwischen Chérie und Barbarojo.«[1]

Die Effizienz der SIT-Gefängnisse nennt sogar Hufnagel »erstaunlich« und das Experiment mit Regress anstelle von Strafe »interessant«; die private Arbitro-Rechtsprechung ist für ihn jedoch »uneingeschränkt primitiv und barbarisch zu nennen«.[2] Er belegt seine negative Einschätzung mit drei Irrtümern der tomasischen Privatjustiz, die zum Tode der fälschlich Verurteilten führten. Die Fälle stammen aus den Jahren 1959, 1962 und 1969.

In dem Fall von 1959 wurde ein angeblicher Kindermörder in Abwesenheit von einem unerfahrenen, mit dem Ankläger – dem Vater des ermordeten Mädchens – befreundeten Arbitro erstinstanzlich zum Tode verurteilt; das Urteil vollstreckte unverzüglich der Ankläger selber. Der Fall blieb von den Fakten her bis heute unaufgeklärt, obwohl eine Untersuchung von 1974 (also nach Erscheinen des Hufnagelschen Buches) zu der Ansicht tendiert, den Verurteilten für tatsächlich schuldig zu halten.[3] Jedenfalls wurde der Vater von einem Revisions-Arbitro, angerufen von der Ehefrau des Ermordeten, zu einer hohen Geldstrafe verurteilt; der Arbitro

---

[1] Zitiert nach: Henríquez, S. 250ff.
[2] Hufnagel, S. 119.
[3] Vgl. *Occidente*, 14. 1. 1975.

bot der Ehefrau ausdrücklich an, über ein mögliches Todesurteil zu verhandeln, worauf sie jedoch verzichtete. (Die Geldstrafe konnte niemals realisiert werden, weil ein staatliches Gericht, das sich ungebeten einschaltete, den Mann zu lebenslänglicher Haft verurteilte; er starb auf ungeklärte Weise im Sommer 1960.) Hufnagel: »Das ist klar erkenntlich als der Anfang einer nie endenden mittelalterlichen Blutfehde.«[1] Doch übersieht er, dass der Revisions-Arbitro 1962 erklärte: »Ich nehme nicht an, dass die Todesstrafe gegen den Vater-Henker hätte verhängt werden können. Schließlich sah ich mich außerstande, die Fakten zu klären. Das Urteil gegen den Vater hatte ich nicht gefällt, weil er einen erwiesen Unschuldigen ermordete, sondern weil er einen nicht ganz Überführten voreilig gerichtet hat. Diese Formulierung ist von ihm selber akzeptiert worden, ebenso wie auch das Urteil.«[2]

Der parteiliche Arbitro der ersten Instanz wurde nicht verurteilt, da er keiner Tat schuldig sei; doch war seine Karriere als Arbitro ein für allemal zuende.

Der Fall führte zu einer noch immer[3] nicht abgeschlossenen Diskussion innerhalb der »Arbitros« über die Todesstrafe schlechthin. Im Bericht des *»Occidente«* vom 14. 1. 1975 wird der Stand der Diskussion so zusammengefasst:

»Spätestens seit 1960 wird sich kaum ein Arbitro finden, der eine Todesstrafe verhängt. Die überwiegende Mehrheit der Arbitros ist allerdings bereit, einen vorgerichtlich geübten Racheakt mit Todesfolge zu akzeptieren, wenn die Schuld des Getöteten einwandfrei bewiesen werden kann und wenn sein Vergehen todeswürdig ist, d.h. einen Mord beinhaltet.«

---

[1] Hufnagel, S. 120.
[2] Zitiert nach: *Occidente*, 14. 1. 1975.
[3] Das war 1984 so und ist auch heute, Stand Frühjahr 2017, noch so. [Hg.]

Die beiden anderen von Hufnagel angeführten Fälle drehen sich nicht um Todesstrafe, sondern um die Tötung von Verurteilten beim Bemühen, einen gerichtlich bestätigten, dann aber nachträglich als unberechtigt erwiesenen Regress einzuholen. Beide Opfer weigerten sich, bei den Prozessen mitzuwirken, obwohl ihre Beteiligung aller Wahrscheinlichkeit nach die Verurteilung erfolgreich hätte abwenden können. Wie dem auch sei, die Vollstrecker der Fehlurteile sind ihrerseits zu einem hohen Regress verurteilt worden. Das Opfer des Falles von 1962 hatte keine Angehörigen; dies war das erste Mal, dass jemand einen Anspruch »homesteadete«: Ein anderer Arbitro veranlasste die Revisionsverhandlung und kassierte nach dem gewonnenen Prozess den Regress. (Hufnagels Kommentar: »Absurd«.)[1] In dem Fall von 1969 führte die Mutter des Opfers die Klage.

Wem ein Regress zuzusprechen sei, wenn der unmittelbar Betroffene tot ist, stellt übrigens eine gewisse theoretische Problematik im tomasischen Rechtssystem dar. Praktisch scheinen die Arbitros hiermit aber keine großen Schwierigkeiten zu haben. In einigen Fällen sind sogar solche Regresszahlungen auf mehrere Personen »verteilt« worden. Als Faustregel gilt: Den höchsten Anspruch haben die Kinder unter 16 Jahre, es folgt der Ehe- oder Lebenspartner, dann Kinder über 16 Jahre, schließlich Eltern; nur wenn es keine unmittelbaren Angehörigen gibt oder – und das ist ganz wichtig – auf Anklage verzichten, kann der Fall von jedermann übernommen werden.

Im großen Ganzen ist wohl die Feststellung von Marguerite Jauve nach wie vor richtig: »Gemessen an den Leistungen der Molina-Justiz waren die Arbitros eindeutig überlegen. Und ich wage, ohne über Ergebnisse exakter komparativer Studien zu verfügen, die These, dass heute das tomasische

[1] Hufnagel, S. 123.

Rechtssystem trotz aller seiner Probleme, Ungereimtheiten, Fehlurteile, trotz aller seiner Uneinheitlichkeit und Unüberschaubarkeit sich ganz gut messen kann gar mit der höchstentwickelten westlichen Rechtsstaatlichkeit, ja ihr an Volksverbundenheit, Flexibilität, Humanität, Erfolg im Kampf gegen die Kriminalität sowie Situationsgerechtigkeit weit überlegen ist.«[1] Die meisten Beobachter stimmen jedenfalls überein, dass die Attraktivität der Arbitros und deren Unterminierung des offiziellen Rechtsverständnisses ein wichtiger Faktor fürs Gelingen der tomasischen Revolution darstellt.

Subversive Tätigkeiten 3: Die Chérie-Bank

Im Folgenden wird ein Bericht aus dem SPIEGEL, Juni 1960 wiedergegeben – der erste SPIEGEL-Bericht über die Vorgänge in der Tomasischen Republik. Der Bericht setzt sich zusammen aus einem redaktionellen Text und einem Interview mit Anne R. Chérie und Benjamino Barbarojo. Chérie sprach während des Interviews deutsch und dolmetschte für Barbarojo; die abgedruckte Fassung scheint stark redigiert zu sein, das Original ist aber unzugänglich. Anlass für den SPIEGEL-Bericht war, dass eine vom Diktator persönlich verfügte polizeiliche Schließung der Chérie-Bank durch Massendemonstrationen verhindert wurde.

»*Tomasische Republik. Unruhen. Moneten und Priester.* Am vergangenen Wochenende erhob sich das Volk gegen den Mann, der fast drei Jahrzehnte lang das Land in der Karibik selbstherrlich regiert hatte: den Diktator-General Leonidas T. Molina. Nur mit knapper Not konnte der ›Wohltäter des Vaterlandes‹, wie sich Molina gerne nennen hört, den Umsturz abwenden.

Tausende von Menschen, alte und junge, reiche und arme, Männer und Frauen, Schwarze, Weiße und Mulatten, Stadt-

---
1 Jauve, S. 108.

bewohner und Landarbeiter gingen auf die Straße, als bekannt wurde, dass die von katholischen Professoren und Geistlichen geleitete Chérie-Bank geschlossen werden sollte. Bei den Demonstrationen wurden Polizeireviere und Kasernen angegriffen und Filialen der staatlichen ›Banco de Tomasia‹ gingen in Flammen auf. Traurige Bilanz des Wochenendes: 200 Tote und mehr als dreimal so viele Verletzte. Doch der siegesgewohnte Diktator musste am Ende nachgeben.

Der Chérie-Bank, die ohne eine offizielle Lizenz seit 1956 arbeitet, wurde insbesondere Verletzung des Geldmonopols und fortgesetzte grobe Steuerhinterziehung vorgeworfen. Es ist bekannt, dass die Bank etlichen kleinen Betrieben und Bauern, die durch hohe Inflation und Steuern in die Enge getrieben wurden, geholfen hat. Dennoch ist politischen Beobachtern die heftige Reaktion der Massen ›unerklärlich‹, fasste der Reporter der *New York Times* zusammen.

Den heftigen Widerstand gegen die Schließung der Chérie-Bank mag ein Hirtenbrief begünstigt haben, den Monsignore Rafael Arias Blanco, Erzbischof von Santo Tomás, nach der verfügten Schließung von allen Kanzeln seiner Erzdiözese verlesen ließ. Erst seit wenigen Monaten trat Blanco die Nachfolge des gemäßigten verstorbenen Erzbischofs Marcos Perez Leon an. Der neue Erzbischof stellte sich sofort an die Seite der tomasischen Opposition, in der seit langem niederer Klerus führend tätig ist.

In seinem Hirtenbrief brandmarkte der Erzbischof die regierungsamtlich verfügte Schließung der Chérie-Bank als ›Enteignung des Volkes‹ und kritisierte die ›ungerechten Eingriffe der Regierung in Angelegenheiten der Gesellschaft‹. Der Erzbischof deutete unmissverständlich an, die Molina-Anhänger bereicherten sich allzu frivol an den Leistungen der hart arbeitenden Menschen.

Die Kritik des Kirchenführers liegt auf der Linie der ›Vereinigten freiheitlichen Opposition von Tomasia‹, in der konservative, liberale und kommunistische Kräfte zusammengeschlossen sind mit dem erklärten Ziel, den Diktator zu stürzen. Erst letztes Jahr war der konservative einflussreiche Wirtschaftsminister Fidel Borrego aus dem Kabinett ausgetreten und hatte sich der Opposition angeschlossen. Und Pech für den Diktator: 95 % der Tomasier sind strenggläubige Katholiken.

Die ›Vereinigte Opposition‹ steht unter der Führung der jungen Großindustriellen Anne R. Chérie, die jahrelang nur unter ihrem Pseudonym Maria Favorito bekannt war. Die Herkunft ihres Reichtums ist geheimnisumwittert, und in der Vorstellung weiter Kreise Tomasias ist ihre Macht fast unbeschränkt. Mit einem Handstreich könne sie, so wird gemunkelt, die gesamte Wirtschaft des Landes lahmlegen. Wann sie das tue, um den Umsturz auszulösen, sei nur eine Frage der Zeit. Letztes Wochenende tat sie es nicht.

Der engste Berater von Oppositionsführerin Chérie ist der Professor für katholische Philosophie, jetzt Leiter des von Chérie finanzierten ›Zentrums für katholische Soziallehre‹ und Direktor der Chérie-Bank, Benjamino R. Barbarojo. Das nachstehende Interview gibt einen Eindruck von dem Denken der beiden tomasischen Oppositionsführer.

Ein wichtiger Grund für den Erfolg, den die Proteste des vergangenen Wochenendes erzielten, ist aber auch in einer anderen Besonderheit der tomasischen Verhältnisse zu sehen: Der Herrscher über die Tomasische Republik, obgleich General, hat im Gegensatz zu vielen Kollegen auf dem lateinamerikanischen Kontinent die tomasische Armee nie über eine dekorative Einrichtung hinaus ausgebaut. Er setzte auf wirtschaftlichen Erfolg und vorbildliche Sozialfürsorge, die ihm die ›Liebe der Massen‹ sichern sollten. Aber nun bleibt der Erfolg aus und die Fürsorge wird unbezahlbar, so schwindet die Liebe zum ›Wohltäter des Vaterlandes‹ dahin.

Spiegel: Señor Barbarojo, wie erklären Sie als Direktor der Chérie-Bank es sich, dass Volksmassen eine Bank gegen den Zugriff der Justiz schützen? Ein ungewöhnlicher Vorgang.

Barbarojo: Es geht gar nicht um die Bank. Die Menschen schützen ihr Recht, mit dem selbstgewählten Tauschmittel zu handeln: mit Platin.

Spiegel: Vielleicht können Sie, Señora Chérie, als die Hauptanteilseignerin und Haupteinlegerin der Chérie-Bank erläutern, warum es vorzuziehen ist, mit Platin anstelle von tomasischen Pesos zu handeln.

Chérie: Dafür gibt es drei Gründe: Die Inflation des Peso liegt erstens zur Zeit bei 125 %, während Platin eine stabile Grundlage für langfristige wirtschaftliche Kalkulation bietet. Zweitens liegt der Zinssatz des Peso bei 150 %, d. h. real bei 25 %; unsere Zinsen liegen seit Jahren bei um 10 %. Drittens haben wir einen besseren Anschluss an den internationalen Warenverkehr. Mit Platin ist alles zu haben und nie gibt es Versorgungsprobleme.

Barbarojo: Und viertens haben wir besseren Service. Wir beraten Kreditnehmer ehrlich und wir geben Kredite an jeden guten Unternehmer, nicht an Leute, die nur Mitglied der feinen Gesellschaft, aber lausige Unternehmer sind.

Spiegel: Eine Senkung der Zinsen auf den tomasischen Peso würde der Chérie-Bank demnach ein entscheidendes Plus nehmen?

Barbarojo: Nein. Der Dollar ist billiger als unsere Platin-Kredite und die ersten Jahre, also 1956-1959 waren unsere Zinsen immer höher als die auf den TP. Objektiv gesehen sind die Zinsen des TP immer noch zu niedrig – gemessen am Ausgabenvolumen des Staates und stets fortschreitender

Kreditinflation. Es ist nicht die absolute Zinshöhe, die entscheidet, sondern die Relation zwischen Zinssatz und dem, was man mit dem Kredit machen kann.
Chérie: Aber richtig ist, dass in einer Situation, in welcher der Währungszinssatz unter dem natürlichen Zins, der in der Platin-Bank entsteht, lag, es schwieriger war, die Platinzertifikate in Umlauf zu bringen.
Barbarojo: Weil in einer ›schleichenden Inflation‹ die Inflationsfolgen unbemerkt blieben bzw. auf spätere Zeit verlagert werden.
Spiegel: Sie behaupten also, Señor Barbarojo, die Platin-Währung sei inflationssicher. Wie gelingt es Ihnen aber, sich von der offiziellen Währung und den Marktgesetzen abzukoppeln?
Barbarojo: Die offizielle Währung steht nicht unter Marktgesetzen, sondern unterliegt der staatlichen Steuerung. Die Regierung erlaubt den Banken, mehr Geld zu verleihen, als sie tatsächlich besitzen, das ist Sinn des Teilreservesystems. Wir verleihen nur das tatsächlich gesparte Sozialprodukt; darum gibt es bei uns keine Inflation, keine exorbitanten Bankgewinne und die jederzeitige Garantie, dass einem gewährten Kredit auch die entsprechende Warenmenge gegenüber tritt – der Kredit ist nichts als der Ausdruck dafür, dass eine gewisse Warenmenge zur Verfügung steht.
Spiegel: Im Grunde handelt es sich also um eine dem Goldstandard entsprechende Angelegenheit. Die Geschichte des Goldstandards ist jedoch nicht unbefleckt ...
Barbarojo: ... weil der Goldstandard nicht unbefleckt war.
Spiegel: Ist kontrollierte Inflation nicht ein positiver Anreiz für die wirtschaftliche Entwicklung?
Chérie: Sehen Sie. Vor mir liegen drei Kugelschreiber. Drei Personen, B, T und C, kaufen mit je 10 Pesos je einen Kuli. Nun druckt B aber heimlich einen neuen 10-Peso-Schein. Er

kauft zwei Kulis, und T oder C, je nachdem wer sich später zum Kauf entschließt, geht leer aus. Das ist die Inflationsstory. B wie Banco (Bank), T wie Trabajador (Arbeiter) und C wie Campesino (Landarbeiter).

Spiegel: Lassen Sie uns zurückkehren zu der Ausgangsfrage, durch was die Loyalität der Massen gegenüber der Chérie-Bank einsichtig zu machen ist.

Chérie: Ja, T und C werden die Struktur nicht mögen, die es B erlaubt, sich zu bereichern. Wir sind keine normale Bank, sondern nehmen die Funktion vorweg, die Banken in der befreiten Gesellschaft haben können.

Spiegel: Señor Barbarojo, können Sie abschätzen, wie groß der Kreis der Klienten der Chérie-Bank ist?

Barbarojo: Wir haben ungefähr 7 000 Einleger und 14 000 Kreditnehmer im ganzen Land; insgesamt ergeben sich um die 16 500 Kunden, da einige Einleger auch Kreditnehmer sind oder waren.

Spiegel: Bei den blutigen Auseinandersetzungen vom vergangenen Wochenende waren laut inoffiziellen Schätzungen mehrere zehntausend Personen beteiligt. Es waren also nicht nur Klienten, die für die Chérie-Bank auf die Barrikaden gingen.

Barbarojo: In der Tat zirkulieren unsere Platinzertifikate wie Bargeld im ganzen Lande. Über diese Verbreitung haben wir keine Kontrolle; ich schätze, dass rund ein drittel der Bevölkerung mehr oder weniger solcher Zertifikate besitzt. Der Platingegenwert liegt in unseren Tresoren. Wird die Chérie-Bank geschlossen oder das Platin, wie beabsichtigt, gar beschlagnahmt, sind die Zertifikate wertlos.

Chérie: Im übrigen ist darauf hinzuweisen, dass die Platin-Bank nur ein Teil einer revolutionären Organisation ist. Die ganze Organisation wird stets jeden Angriff auf einen ihrer Teile geschlossen abwehren.

Spiegel: Streben Sie ein zweites Kuba an, Señora Chérie?
Chérie: Die kubanische Revolution ist kommunistisch und antikapitalistisch. Unsere dagegen wird kapitalistisch und antikommunistisch sein.
Spiegel: In der von Ihnen mitgetragenen ›Vereinigten Opposition‹ sind auch Kommunisten mit von der Partie.
Chérie: Die Kommunisten werden sich damit abfinden müssen, dass der Kommunismus freiwillig ist oder nicht ist.
Spiegel: Sie sind sich sehr sicher, Señora Chérie, dass Sie die Kommunisten im Zaum halten können?
Chérie: Keine Frage. Absolut sicher.
Spiegel: Erlauben Sie uns die Frage, weshalb Sie in einem kapitalistischen Land eine prokapitalistische Revolution für notwendig halten? Was verstehen Sie unter ›kapitalistisch‹? Meinen Sie ›demokratisch‹? Wird es, falls Ihr Umsturz gelingt, freie Wahlen geben?
Chérie: Wahlen ändern nichts, sonst wären sie verboten. Auch bei Ihnen in Westdeutschland.
Barbarojo: Tomasia ist sowenig ein kapitalistisches Land wie die USA oder wie Westdeutschland. Es existiert eine Mischwirtschaft mit teilweise kapitalistischen Zügen, denen der bescheidene errungene Wohlstand zu verdanken ist, überformt von kollektivistisch-sozialistischer Staatswirtschaft. Demokratie ist nur eine Form, in der eine Staatswirtschaft geleitet werden kann, ebenso wie Diktatur eine andere Form ist. Wir dagegen streben die Minimierung von Staat, also auch von möglicher Demokratie an.
Spiegel: Die Grundlage der Chérie-Bank, die moralisch begründete Selbstbeschränkung, keine über die Sparsumme hinausgehenden Bankkredite zu gewähren, verweist doch auf eine notwendige Aufsicht des Staates über exzessive an Profitmaximierung orientierte Bankgeschäfte.
Barbarojo: Falsch. In der heutigen Situation ist die Selbst-

beschränkung moralisch motiviert. Wir könnten mehr Gewinn machen. Aber in der freien Gesellschaft wird dies eine schlichte Notwendigkeit sein. Denn mehr Geld zu verleihen als vorhanden ist, ist Betrug. Und Betrug wird gerichtlich verfolgt.
Spiegel: Die moralische Grundlage der Chérie-Bank bildet der katholische Glaube ...
Chérie: *(Gelächter)*
Spiegel: Ist Ihre Revolution eine leicht verspätete Ausgabe gregorianischer Kirchenherrschaftsphantasien?
Barbarojo: Grundlage ist die ökonomische, politische und soziale Wissenschaft, zu welcher die christlich-katholischen Philosophen Erhebliches beitrugen. Aber kein Glaube.
Chérie: Herrschaft und Kirche sind Gegensätze.
Spiegel: Ist das nicht ein protestantischer Grundsatz?
Chérie: Der Protestantismus ist in gewissen Ausprägungen selbst nichts als eine Erneuerung des katholischen Mittelalters gewesen, das degenerierte. Doch hat er sich faktisch leider als Unterwerfung unter die Staatshoheit ausgewirkt.
Spiegel: Unsere letzte Frage: Was sind Ihre Pläne für die nächste Zukunft?
Chérie: Revolution ...
Spiegel: Wann?
Chérie: Der Tag wird kommen.
Spiegel: Wir danken Ihnen beiden für das Gespräch.

Exkurs: Lauren verlässt Anne

»Wenn ich heute an die Gründe zurückdenke, um derentwillen ich Anne verließ, so kommen sie mir klein und nichtig vor. Dennoch weiß ich, dass ich nicht anders hätte handeln können und jederzeit ebenso entscheiden würde. Nein, ich hätte die folgenden vier Jahre nicht an Annes Seite ausgehalten. Und Anne hätte mich nicht an ihrer Seite gebrauchen können. Mir scheint ausgeschlossen, dass die Bevölkerung ein aktives lesbisches Verhältnis ihrer Präsidentin geduldet hätte, ein Verhältnis mit einer ›*putain*‹.

In den Jahren 1957 bis 1959 sah ich Anne mehr arbeiten, als ich je einen Menschen arbeiten gesehen habe, mehr als mir vorstellbar war. Typisch folgender Tagesablauf: Um halb sechs wachte Anne in einer armseligen Hütte am Stadtrand auf, bei irgendeiner fremden Familie, die sie im Rahmen der Agitation kennengelernt hatte; erhob sich, um eine Stunde Niño zuzuhören, der immer in der Nähe war. Mit einer allgemeinen Eingangsfrage – etwa ›Was ist Realität?‹ – gab sie ihm Gelegenheit, seine Gedanken darzulegen. Bei der Beantwortung der Realitätsfrage war auch ich zugegen – es war eine der selten gewordenen Nächte vorangegangen, in denen wir miteinander schlafen konnten – und von Niños scharfer Argumentation ist mir haften geblieben:

›Eine eigenartige Aura umgibt den Begriff der Realität. Sie ist da, solange wir nicht über sie nachdenken. Sobald wir uns auf sie konzentrieren, verfliegt sie. Denn alles besteht nur aus unseren Gedanken, Hypothesen, was die Realität sei. Nie können wir aus unserem Gedankengehäuse ausbrechen, um selber zu sehen, ob die Gedanken der Realität auch entsprechen. Aber dann laufen wir gegen eine Mauer, stoßen uns den Kopf, weil wir die Mauer nicht fühlten. Die Realität ist dies: der Widerstand, den das missachtete Objekt uns entgegensetzt, der Schlag auf den Kopf. Ich lernte, nachdem ich blind wurde, die Mauern zu fühlen, bevor ich mir den Kopf stieß; auch das Sehen ist ein Fühlen, und das Kind lernt die Mauer sehend fühlen wie ich. Dann brauchen wir keinen Schlag auf den Kopf mehr, um uns in der Realität zurechtzufinden. Aber je weniger Schläge auf den Kopf wir brauchen und kriegen, um so mehr entfernen wir uns von der Realität. Schließlich brauchen wir – und kriegen wir – wieder einen

Schlag auf den Kopf, um der Realität genügend Achtung entgegenzubringen. Ohne das Konzept ›Realität‹ kommen wir nicht aus. Aber das Konzept der Realität können wir nicht füllen. Die Realität, das ist der Glaube. Wir leben durch Glauben. Wir glauben, dass wir leben. Wir glauben, dass die Schwerkraft uns auf dem Boden der Tatsachen halten wird, ohne dass wir die Schwerkraft beweisen müssen oder können. Wir erkennen, weil wir glauben, dass etwas zu erkennen ist. Die Realität ist unser Werk, aber wir gestalten sie so, dass sie der Objektivität entsprechen möge; dass es so sei, glauben wir.‹ So redete Niño in einem fort.

Um halb sieben frühstückte Anne, entweder bei der Familie, bei der sie übernachtet hatte, oder sie war mit jemand anders verabredet. Danach setzte sie ihre Agitation fort, d. h. sie schaute, wo es etwas zu tun gab und begann mit der Arbeit. Beispielsweise sammelte sie Kinder auf und versuchte, sie für etwas zu interessieren. Aufgeweckte Kinder brachte sie zu Niño. Bis Mittag war auf diese Weise eine Straßenschule entstanden.

Mittags gegen eins traf Anne Pedro zum Essen, wobei sie die anstehenden Probleme des illegalen Zweigs ihrer Unternehmungen besprach; bisweilen wurde Willie Gärtner hinzugezogen. Danach, pünktlich um halb drei suchte Anne den Chefmanager der legalen Favorito S. A. auf, um dort nach dem Rechten zu sehen.

Nachmittags mussten die Projekte am Stadtrand weiter verfolgt werden. Etwa mussten die Eltern der Kinder überzeugt und angeleitet werden, der Straßenschule Kontinuität zu geben, Lehrkräfte zu besorgen, Spenden zu sammeln, Arbeit zu beschaffen. In den Geschichtsbüchern heute steht der Erfolg im Vordergrund. Damals schien es uns, als gäbe es nur Niederlagen. Und wenn ein Projekt lebte, kam die Polizei und zerschlug es.

Am Abend versammelte sich im ›Zentrum für katholische Soziallehre‹ die Führung der Opposition: Barbarojo als der Leiter des Zentrums und Direktor der Chérie-Bank, Gatablanco als der Herausgeber des ›*Occidente*‹, Borrego als der Führer der konservativ-liberalen Allianz ›*La Patria*‹, Claira Ovo als die Chefin der anarchistischen Jugendorganisation ›revolutionäre Garde‹, Jefeliejo als der Vorsitzender (oder M. Jauve als die stellvertretende Vorsitzende) der (seit 1956 formalisierten) ›*Aficionados al Libertad*‹ sowie Angel Elias Pérez als der Vertreter des sozialistisch-kommunistischen Bündnisses. Bisweilen nahm Erzbischof Blanco als Kirchenvertreter persönlich an den Sitzungen teil, ansonsten war die Kirche durch Hombueno vertreten. Anne saß den Sitzungen vor – ohne Legitimation, allein kraft ihrer unumstrittenen Autorität.
Nach den Sitzungen wurde irgendwo am Stadtrand ›gefeiert‹ – andere feierten, für Anne war Teilnahme Pflicht. Selten kam sie vor zwei Uhr zur Ruhe.
In diesem strengen Tagesablauf war für mich kein Platz, ausgenommen als Blitzableiter. Ein Satz klingt mir in den Ohren, ohne die dazugehörige Geschichte; es ist, als hätte ich ihn tausendmal gehört oder vielleicht nur ein einziges Mal: ›*Oke*, warum stehst du ständig im Weg?‹
Niño, mit dem ich manches einsame Mal über Anne und mich sprach, trat bedingungslos für Standhalten ein. ›Die Liebe‹, dozierte er, ›gibt uns einen Platz in der Welt. Einen Platz. Nur einen. Und nur einmal. Und wenn wir ihn aufgeben, werden wir zu ewigen Wanderern zwischen den Winden. An dem einen Platz müssen wir verharren und aushalten was da kommen mag.‹ – Gemein entgegnete ich: ›Du hast deinen Platz an der Seite deiner Frau aufgegeben.‹ – ›Ja‹, sagte der alte blinde Mann und weinte lautlos. Schließlich sagte er: ›Ich wanderte bereits zwischen allen Winden.

Doch der Herr gab mir eine zweite Chance. Das ist meine besondere Aufgabe, um derentwillen ich als ein Wanderer zwischen den Winden dennoch einen festen Platz habe: An der Seite deiner Frau, die das Reich Gottes errichten wird.‹ Kurz nachdem Niño dies zu mir sagte, stand mein Entschluss fest, Anne zu verlassen. Ich nahm die Erinnerung an sie mit in die einsame Wildnis von Kanada, wo ich sie ganz für mich haben konnte – in meiner (Wahn-)Vorstellung. Aber wenigstens *Lebewohl* hätte ich Anne sagen müssen. Ich tat es nicht.«[1]

Die Revolution

Am 11. Mai 1961 um punkt 12 Uhr wurde Erzbischof Monsignore Rafael A. Blanco in seiner Residenz und Benjamino R. Barbarojo in den Räumen des »Zentrums für katholische Soziallehre« verhaftet, eine polizeiliche Einsatzgruppe besetzte die Redaktion der oppositionellen radikalen Tageszeitung »Occidente« sowie der konservativen Wochenzeitung »La Patria«, eine Hundertschaft der Armee versuchte, die Chérie-Villa zu stürmen. Außenminister Manuel Grasso erklärte Diktator Molina für abgesetzt und ernannte sich selber zum Chef einer »demokratischen Übergangsregierung«. Molina befand sich derweil zu einem Freundschaftsbesuch in Venezuela.

Der Kampf um die Chérie-Villa dauerte zwei Stunden. Dann wurde die Luftwaffe eingesetzt, die im Umkreis von einigen hundert Metern alles in Schutt und Asche legte. Doch wer immer von den wichtigen Mitgliedern »La Reds« sich in der Villa aufgehalten haben mag, sie waren auf geheimnisvolle Weise entkommen.

Sowie die Nachricht über die Verhaftungen und Kämpfe sich verbreitete, begannen unkoordinierte spontane Kämpfe. Bis

---
1 Lauren Jackson, *I Remember ARC*, S. 52 ff.

zum Abend blieben die Kämpfe vereinzelt, und es gab keine Anzeichen, dass die Lage für den neu=alten Machthaber militärisch unhaltbar werden könnte. Um 22 Uhr 32 allerdings unterbrach der staatliche Rundfunk sein Programm, und der Erzbischof persönlich erklärte seinen Landsleuten, dass sich Tomasia im »Zustand der Revolution« befände. Neben diesem Rundfunksender hätten die revolutionären Truppen den Präsidentenpalast in Händen, der Präsident der Übergangsregierung sei tot, Ex-Diktator Molina zöge vor, nicht zurückzukehren, seine wichtigsten militärischen Stützpunkte wären zerstört, erobert oder sie hätten sich ergeben.
Kaum ein Zweifel kann bestehen, dass diese Wendung des Schicksals Werk der von Chérie trainierten revolutionären Kampfgruppen war. Der gleichzeitige präzise Einsatz gegen alle neuralgischen Punkte der Machtstruktur ist anders nicht zu erklären. Viel Aufhebens wurde in der Weltpresse über die Brutalität der Kampfgruppen gemacht: Innerhalb von weniger als einer Stunde war praktisch die gesamte militärische Führung im Land eliminiert worden. Andererseits muss man zugestehen, dass in einer Revolution, in der eine Konfrontation auf offenem Feld stattfindet, sehr viel mehr Blut fließt – das Blut einfacher Soldaten und normaler Bürger, nicht hoher Offiziere. Die Strategie der zahlenmäßig kleinen Kampfgruppen bestand darin, die Führung bei den Gegnern zu beseitigen, was die Truppen kopflos macht. Das ist gelungen.
Am Morgen wurde nur noch in der Gegend um San Pedro de Macoris, gut 200 km östlich von Santo Tomás gekämpft, ausgenommen kleinere Scharmützel von verstreuten und desorientierten Armee- und Polizeirotten. Es war der auf die wichtige Kaserne zwischen San Pedro und Mato Mayor angesetzten Kampfgruppe nicht gelungen, die unter dem

Befehl von Jorge Trujillo stehenden Truppen zu besiegen. Die Truppen waren in der Nacht auf San Pedro zumarschiert und belagerten am Morgen die Stadt, in der Pedro Donoso den Widerstand organisierte.

In Santo Tomás war das Führungsgremium der »Vereinigten freiheitlichen Opposition« gerade zusammengetreten, um über die zu bildende vorläufige Regierung zu beraten, »als die Nachricht eintraf, dass die Situation in San Pedro sich dramatisch verschärft habe. Anne stand auf, öffnete die Tür, sagte im Hinausgehen: ›Oke, Tomaso, ich verlasse mich auf dich, dass du es richtest‹, und verschwand. Der Kampf um San Pedro wurde in der Nacht entschieden, weil inzwischen Revolutionäre umliegender Gebiete der bedrängten Stadt zu Hilfe kamen. Für Pedro aber kam jede Hilfe zu spät. Er war gefallen.

Erst eine Woche später tauchte Anne wieder auf. Die Gerüchte besagen, sie habe die ›Mörder von Pedro Donoso‹ gejagt und dutzende versprengter Leute des Generals und den General Trujillo höchstselbst erledigt.

Tomaso Jefeliejo hatte inzwischen ein Kabinett gebildet, in welchem alle vertreten waren: Barbarojo, Jauve, Ovo, Hombueno, Angel Elias Pérez und, kaum zu glauben, Napoleon Danurte, der Sozialminister Molinas, als ›Gewerkschaftsvertreter‹. Die Arbeit des Kabinetts in der ersten Woche beeindruckte nur wenig: Der Beschluss lautete, zunächst alles beim Alten zu belassen ›bis zu den kommenden Wahlen‹; nichtmal die Pressezensur war aufgehoben worden, obwohl man sie nicht mehr ›streng‹ handhabte. Das Kabinett beschäftigte sich mit Wahlvorbereitungen und dem Versuch, das ›Vertrauen des Auslands‹ zu gewinnen.

Das ›revolutionäre‹ Kabinett tagte, als Anne hineinplatzte – rußig, in dreckigen, zerrissenen Kleidern, blutverschmiert und bis an die Zähne bewaffnet trat sie die Tür ein. Totenstille. Mit abgrundtiefer Verachtung blickte Anne einen nach dem anderen in der Runde an. ›Ich habe‹, sagte sie geringschätzig, ›im Radio gehört von den Maßnahmen der revolutionären Regierung.‹ Pause. ›¡Ovo!, Barbarojo!‹, rief sie aus und verdrehte verzweifelt ihre Augen. Dann ging sie zum Platz von Jefeliejo: ›¡Weg da!‹ Sie setzte sich an seiner statt. Ihre MP hielt sie in der Linken auf die revolutionären Minister gerichtet. Über ihre Köpfe fegte eine Salve hinweg. Marguerite Jauve sprang auf und erklärte mutig: ›Nie werde ich mich der Waffengewalt beugen. Eher lasse ich mich erschießen.‹ Anne legte Waffe für Waffe ab, zuletzt zog sie drei Messer aus den Stiefeln. ›¡*Ban m zòrèy mwen, vaca!*‹,[1] befahl sie der Jauve. Die gehorchte. ›Nun‹, begann Anne so leise wie scharf, ›Señor Barbarojo, wie lautet der erste Grundsatz der Revolution?‹ Mit einer brüchigen Stimme reagierte der Gemaßregelte: ›Aufhebung von allen staatlichen Monopolansprüchen.‹ – ›Hat hier jemand irgendwelche Einwände?‹, fragte Anne. ›*Oke*. Die Revolutionsregierung unter Führung von Präsidentin Chérie gibt bekannt, ihre Politik bestehe in der Aufhebung aller staatlichen Monopolansprüche. Die ersten Durchführungsbestimmungen lauten wie folgt: Jede Pressezensur und jegliche Beschränkung der Versammlungsfreiheit bleiben ausgesetzt. Weitere Maßnahmen werden in den nächsten Tagen und Wochen von den Fachministern erarbeitet, dem Kabinett vorgelegt und verabschiedet. Hiermit ist die Sitzung geschlossen.‹ – Dergestalt kamen wir zu unserer Präsidentin.«[2]

---

1 [Etwa: »Hör zu (ossuor-kreyolischer Ausdruck), Kuh!« – Anm. d. Hg.]
2 Henríquez, S. 7f.

»Spiegel« Titel-Story, Mai 1961

Die für die Montage verwendete und abgewandelte Wiedergabe des Werkes von Eugène Delacroic (*La Liberté guidant le peuple*, 1830) ist ein Werk von Nickelsouc, lizensiert als Creative Commons Attribution Share Alike (*via* Wikipedia).

KAPITEL 10
PARADOX EINER FREIHEITLICHEN DIKTATUR

Am Morgen, nachdem Anne R. Chérie sich an die Spitze Tomasias gesetzt hatte, legte sie die Prinzipien ihrer Politik vor den versammelten Botschaftern dar. Es war die erste und konziseste Darlegung der »cherieistischen« Prinzipien. Darum sei sie hier vollständig abgedruckt. Die Botschafter aller derjenigen Staaten, die mit der Tomasischen Republik diplomatische Beziehungen unterhielten, einschließlich des vatikanischen Nuntius, waren noch von Jefeliejo eingeladen worden, um »Vertrauen in die demokratische neue Führung des Landes« zu wecken. Neben den Botschaftern hatte er auch einige Journalisten zugelassen.
Chérie sagte: »Señores! Das oberste Ziel der revolutionären Regierung von Tomasia ist die Minimierung des Staats. Als Endpunkt ist die völlige Auflösung des Staates gedacht, die aber in der gegenwärtigen Situation noch undurchführbar erscheint. Ich will Ihnen nicht die gesellschaftspolitischen Perspektiven der Revolution erläutern oder gar die philosophischen Grundlagen unserer Überzeugung nahezulegen versuchen. Falls Sie sich dafür interessieren, stehen Ihnen genügend Wege offen, sich zu informieren. Ich verweise besonders auf unser Zentrum für katholische Soziallehre. An dieser Stelle werde ich Ihnen nur mitteilen, in welcher Weise die Revolution Ihre Tätigkeit berührt und welche Stellung bezüglich internationaler Beziehungen die Revolutionäre Tomasische Republik einnehmen wird.
Der oberste außenpolitische Grundsatz unserer Revolution

lautet folgendermaßen: Handel mit jedem, politische Bündnisse mit niemandem. – Manche von Ihnen werden wissen, dass der Autor dieses Grundsatzes Thomas Jefferson heißt. – ›Handel mit jedem‹ bedeutet, dass Tomasia keine Handelsbeschränkungen irgendwelcher Art für Im- oder Exporte kennen wird. Keine. Keine Quoten, keine Zölle. Es hat auch keinen Zweck, die tomasische Regierung zum Kampf gegen Waren aufzurufen, die in anderen Ländern verboten sein mögen, beispielsweise Drogen. Die tomasische Regierung hat keine Autorität, irgendwelche Handelsbeziehungen, die auf freien Verträgen beruhen, zu unterbinden. Ausschließlich Betrug, Verkauf von Waren mit falscher Inhaltsangabe, ist nach unserem Rechtsverständnis verboten. ›Handel mit jedem‹ bedeutet für uns auch, dass es keinerlei Devisenbestimmungen gibt. In den nächsten Tagen werden wir die tomasische Zentralbank auflösen und das Kurantgeldgesetz annullieren. Dann ist der tomasische Peso Geschichte. Die ausländischen Peso-Besitzer kriegen keine Entschädigung. ›Bündnisse mit niemandem‹ heißt, dass die tomasische Regierung keinen militärischen oder anderen internationalen Bündnissen mit Ausnahme der UNO beitritt. Sofern wir, was mir leider nötig scheint, eine staatliche Armee weiter unterhalten, darf sie für nichts anderes als der Verteidigung des freien Tomasias eingesetzt werden. Wir sehen uns überdies außerstande, anderen Staaten militärische Stützpunkte zu gewähren, da die Tomasische Republik ihren sämtlichen Grundbesitz veräußern wird.
Um diplomatische Verwicklungen zu vermeiden, wird der Boden der Botschaften der Einfachheit halber unentgeltlich den betreffenden ausländischen Regierungen als Eigentum überschrieben. Für die weitere Sicherheit müssen die Botschaften in Zukunft selber sorgen bzw. private Firmen mit dem Schutz beauftragen.

Obgleich ich persönlich mir keinerlei ›außenpolitische‹ Funktionen, denen es in der Revolution nachzugehen gälte, denken kann, wird der Form halber ein Außenminister, Señor Tomaso Jefeliejo, als Ansprechpartner der Botschafter und der ausländischen Regierungen zur Verfügung stehen. Seien Sie jedoch versichert, dass weder der Außenminister noch ein anderer Minister meines Kabinetts noch meine eigene Person ermächtigt ist, in freie Entscheidungen oder freie Verträge tomasischer Bürger einzugreifen oder über ein Budget zu verfügen, mit dem irgendwelche staatlichen Maßnahmen zu finanzieren wären. Wenn es internationale Probleme geben sollte, können Sie uns lediglich als Berater betrachten, die Sie an die entsprechenden Entscheidungsstellen vermitteln.
Zum Abschluss gebe ich Ihnen zwei international relevante Beschlüsse der revolutionären Regierung bekannt:
1. Alle im Ausland befindlichen tomasischen Pesos werden mit sofortiger Wirkung entwertet. Einen Regressanspruch sehe ich zur Zeit nicht, das müssten im Streitfalle aber die privaten Gerichte entscheiden.
2. Die revolutionäre Regierung der tomasischen Republik erklärt alle von der verbrecherischen Molina-Regierung aufgenommenen Kredite für nicht-rückzahlbar.
Ich danke Ihnen für die Aufmerksamkeit. Diese Erklärung wird zu Ihrer Erinnerung Ihnen im Wortlaut schriftlich zur Verfügung gestellt.«[1]
Mit dieser kurzen Prinzipienerklärung, die Eingeweihten so klar und unmissverständlich ist, wurde dem Durcheinander ausländischer Reaktionen auf die tomasische Revolution nicht abgeholfen. Eine umfangreiche Dokumentation der Pressereaktionen auf die Revolution 1961-1963 hat Uesyka Prawon 1967 unter dem Titel »*Die tomasische Revolution im*

[1] Zitiert nach: Anne R. Chérie, *Gesammelte Reden ...*, S. 35f.

Spiegel der Weltpresse« vorgelegt. In der Sowjetunion hielt man einige Wochen an einer positiven Einschätzung – »Die Kräfte der Demokratie siegen über faschistischen Diktator« – fest; die Nichtrückzahlung der zumeist amerikanischen Kredite wurde als anti-imperialistische Tat gefeiert. Doch als Chérie den Vertreter des sozialistisch-kommunistischen Bündnisses, Angel Elias Pérez, als »kubanischen Agenten« aus der Regierung hinauswarf und dabei die UdSSR als eine »Hydra internationaler Tyrannei« bezeichnete, wendete sich die Beurteilung. Auch in den USA wurde der Umsturz zunächst als »kommunistisch« bezeichnet. Die Regierung der USA hielt sich mit Bewertungen zwar erst zurück und versuchte, Druck auszuüben, um dann doch noch die Rückzahlung der Kredite zu erreichen; aber nach dem Scheitern dieser Bemühungen äußerte Präsident John F. Kennedy sich sehr abfällig über die »barbarischen Umgangsformen der tomasischen Steinzeitkommunisten«.

Am Mittag desselben Tages verkündete Barbarojo die bis heute zentralen fünf Maßnahmen der Revolution und leitete erste Schritte zu ihrer Verwirklichung ein.

1. Privatisierung der Geldversorgung: Der Annahmezwang für den tomasischen Peso werde abgeschafft. Ab dem folgenden Tag tausche jede Bank TP-Geldscheine ein halbes Jahr lang in Gold um, Parität 25:1; diese Parität entspreche den Goldvorräten der tomasischen Zentralbank. Über die eingelöste Menge tomasischer Pesos gebe es eine Quittung, die für zukünftige Rückzahlungen des Staats (siehe Pkt. 2) entscheidend sei. Die Angestellten aller Banken bekämen als Übergangsgeld eine einmalige Summe gezahlt, sofern ihre Bank im folgenden halben Jahr Pleite machen sollte.

2. Privatisierung des Staatseigentums: Alle staatlichen Einrichtungen und Besitztümer, außer die Einrichtungen von Armee und Justiz, sollen versteigert werden. Die ersten Ver-

steigerungen finden vier Wochen später statt. Das aus den Versteigerungen eingenommene Geld werde in Anteilen zu durch Quittung nachgewiesenen abgelieferten tomasischen Pesos an die Bevölkerung ausgeteilt. — Dieser Verteilungsschlüssel wurde später oft als ungerecht kritisiert; Barbarojo: »Es war der einzig gangbare Weg«.[1] Den Angestellten der staatlichen Unternehmen zahlte der Staat, falls sie der Gewinner der Versteigerung nicht weiterbeschäftigte, ein Übergangsgeld. Sowohl die Übergangsgelder für die Bankals auch für die Staatsangestellten sind anscheinend aus dem Privatvermögen Chéries beglichen worden (jedenfalls nach Jackson;[2] andere Quellen äußern sich hierzu nicht).

3. Privatisierung der Justiz: Private Polizei, private Richter = Arbitros, und private Gefängnisse werden legalisiert. Alle staatlichen Gerichte erhalten die Anweisung, solche Fälle, in denen es entweder kein Opfer gibt oder in denen das angebliche »Opfer« keine Klage erhebt, nicht zu bearbeiten. Bis zur Ausarbeitung eines neuen Rechtskodexes sollen die Staatsgerichte aber weiter auf Grundlage des geltenden Gesetzbuches richten. Aber auch die Richtersprüche an staatlichen Gerichten werden dem Prinzip der Regresspflicht unterliegen, sofern sie jemandem (Kläger oder Beklagtem) einen unberechtigten Schaden zufügen. Strafen haben dem Grundsatz nach in Geldzahlungen an die Opfer zu bestehen; ein Freiheitsentzug sei nur zwecks Erzwingung der Zahlung zulässig. Für die Durchsetzung eines Urteilsspruchs müssen auch staatliche Richter auf die neue private Polizei zurückgreifen. (Den staatlichen Polizeiapparat ersteigerte sich umgehend der SIT-Unternehmenskomplex.)

4. Festsetzung einer Steuer: Zur Finanzierung verbliebener staatlicher Aufgaben (d.h. Armee, Außenpolitik, Justiz) lege

---

1 In: Chérie, *Gesammelte Reden* ..., S. 28.
2 Lauren Jackson, *I Remember ARC*, S. 57.

die Regierung einen einheitlichen Steuersatz von 1,2 % auf Geldeinkommen fest. Überdies werde mit Steuergeldern die »Hungerhilfe« eingerichtet, eine Fürsorge für Menschen in akuter existenzieller Not; 50 % des Haushalts der Hungerhilfe übernehme allerdings die katholische Kirche.
5. Der Boden, auf welchem die illegalen städtischen Armenansiedlungen (im wesentlichen um Santo Tomás) errichtet seien, werde unabhängig vom aktuellen Besitzter den Bewohnern übereignet. — Barbarojo stimmte eigentlich nur dann einer solchen Übereignung zu, wenn es sich um staatlichen Boden handelte (ungefähr 70 % der infrage stehenden Fläche), aber Chérie hatte durchgesetzt, dass keine Unterschiede gemacht werden dürften; bei 20 % handelte es sich um Kirchenbesitz und bloß bei den übrigen 10 % um echtes Privateigentum. Es war aber auch klar, dass es sich um eine einmalige Aktion handeln sollte; es galt kein Grundsatz, der Boden gehöre generell dem, der ihn bewohne. (Dies war der von Claira Ovo verfochtener Grundsatz.)
Diese Maßnahmen verkündete Barbarojo, während Chérie sich um persönliche Angelegenheiten kümmerte: Sie löste das gesamte La-Red-Imperium auf, indem sie die einzelnen Teile an die jeweiligen Implantarios & Implicarios verteilte bzw. verkaufte oder verpachtete. Sie blieb nur Besitzerin der Chérie-Bank. Außerdem tat sie noch etwas anderes, das die Grundlage ihrer Macht bilden sollte und bis heute höchst umstritten ist: Sie stellte aus bewährten La-Red-Kämpfern eine etwa 100-köpfige Truppe zusammen, die sie persönlich bezahlte und befehligte. Diese Kämpfer bildeten gleichsam eine Art »Revolutions-Polizei«, die an Stellen eingriff, wo gegen die Prinzipien der Revolution verstoßen wurde oder wo Konflikte außer Kontrolle gerieten.
Die Maßnahmen der Revolutionsregierung trafen auf eine »gut vorbereitete Bevölkerung« (Jauve), die teilweise be-

reits mit den »neuen« privaten Institutionen vertraut war. Dennoch brach an den ersten Tagen der Goldausgabe die Hölle los, zumindest in allen größeren Städten. Die Leute verhielten sich, als kriege nur der seinen Anteil, der als erster bedient würde. Vor den Banken bildeten sich Massen, die zu Aufruhr neigten. Banken wurden gestürmt, geplündert, die Angestellten erdrückt. Viele Menschen wollten ihr Gold mit nach Hause nehmen (und akzeptierten keine 100%-Gold-Zertifikate), was Lieferprobleme heraufbeschwor und dem Straßenraub Vorschub leistete.

Auch die Umrechnung der TP- in Gold- Preise machte der Geschäftswelt Schwierigkeiten. Die ersten Tage herrschten völlig überhöhte Preise für Konsumwaren vor, da manche Anbieter eine simple Parität 1:1 durchsetzen wollten. Es kam zu Plünderungen durch die empörten Käufer; andere Menschen gaben in den ersten Tagen ihr ganzes Gold aus, um die Preise zu bezahlen. Ein Korrespondent der »Welt« schrieb: »Diese kommunistisch verhetzten Massen lassen ihrer Wut gegen die ›Kapitalisten‹, Banken, Geschäftsleute, Handwerker, freien Lauf. Sie plündern, stehlen und morden. Ein Privateigentum gibts nicht mehr. Ungebildete Bauernlümmel, die nun an der Spitze der ›Regierung‹ stehen, verteilen den Staatsschatz, verbrämt mit pseudo-christlichen Sprüchen.«[1] Die Regierung fühlte sich, wie Chérie bekannt gab, »nicht autorisiert, in diesen schöpferischen Prozess der revolutionären Selbstregulierung einzugreifen«.[2] Jackson: »Ich stelle mir vor, dass Anne in dem ganzen Chaos um sie herum nur die Augen für eins hatte: die völlig unerwartete blühende Entwicklung in den Elendsvierteln um Santo Tomás. Innerhalb von wenigen Tagen, so wird berichtet, wandelte sich das Bild dort, wo die Sicherheit des Eigentums

[1] Am 3. Juni 1961.
[2] Anne R. Chérie, *Gesammelte Reden* ..., S. 38.

es sinnvoll machte, sich zu engagieren. Schon lange vor der Revolution sagte Anne einmal zu mir: ›Es naht die Zeit, in der der Boden, auf dem diese Menschen wohnen, ihnen selbst gehört. Du wirst sehen, wie sie das verändern wird. *Oke*, dann pfeife ich darauf, wem der Boden vorher gehörte, dem Staat oder einem Privatschwein, das den Boden brach liegen lässt und dann die Bulldozer holt. Dann zum Teufel mit Barbarojos Eigentumsfetischismus.«[1]

Die Versteigerung der staatlichen Besitztümer bestand in einer einzigen Farce. Bis auf die tatsächlich öffentlich und fair durchgeführten Versteigerungen von land- und forstwirtschaftlichen Nutzflächen wurden die staatlichen Einrichtungen, besonders die der Infrastruktur, an ehemalige La-Red-Leute verschleudert, so dass heute »fast die ganze tomasische Infrastruktur aus quasi-staatlichen Institutionen besteht«, wie Barbarojo selbstkritisch anmerkt;[2] sogleich setzt er hinzu: »Allerdings, und das ist im internationalen Maßstab eine Leistung unserer Revolution, ohne Monopolansprüche.«[3]

Alle Formen einer »Demokratisierung« der Staatsführung lehnte Chérie kategorisch ab: »Wir sind angetreten, den Staat zu beseitigen, nicht ihn mit Wahlen aufzuwerten«, erklärte sie vor der internationalen Presse.[4] Ihre Amtsführung ist nicht anders als diktatorisch zu nennen.

Einige Wochen nach dem 21. Mai 1961, dem Tag, an dem die revolutionären Maßnahmen verkündet worden waren, beruhigte sich die Lage; tatsächlich schien eine »Selbstregulierung« eingetreten zu sein. Jauve: »Geradezu wie ein Wunder muss es anmuten, dass eine derart tiefgreifende Ver-

---

[1] Lauren Jackson, *I Remember ARC*, S. 55.
[2] Benjamino Barbarojo, im *Occidente*, 11. Mai 1981.
[3] Ebd.
[4] Anne R. Chérie, *Gesammelte Reden ...*, S. 92.

änderung in so schneller, unblutiger und optimaler Weise vollzogen werden konnte. Ursache des Wunders ist die einfache Tatsache, dass die Revolution nicht durch Pläne, Dekrete und Polizei, sondern durch die Kreativität des Volkes sich verwirklichte. Keiner ist an chaotischen Verhältnissen interessiert, es sei denn, er wird dazu gezwungen.«[1]
In Wirklichkeit spitzte die Lage sich jedoch zu. Nach den ersten Wochen sah man deutlich, welche sozialen Gruppen durch die neuen Verhältnisse Privilegien verloren, die zu der Basis ihres Einkommens geworden waren. Diese Gruppen hielten nichts von der offiziellen Beruhigung, langfristig würden alle wieder Arbeit finden oder alle im Endeffekt reicher werden. »Wir hatten«, bedauert Barbarojo rückblickend, »mit der Zahlung von Übergangsgeld an Bank- und einige Staatsangestellte einen schlimmen Präzedenzfall geschaffen. Nun kam jedermann, von den Taxifahrern bis zu Großindustriellen, die aufgrund des Wegfalls von Monopolschutz Einkommenseinbußen beklagten oder die gar keine Arbeitsgrundlage mehr hatten. Sie rotteten sich zusammen und forderten Geld – Geld, mehr und mehr«.[2]
Chéries Reaktionen blieben »prinzipienlos« (Barbarojo), oder, wie Hufnagel feststellt, »orientiert an den finanziell-militärischen Kräften von den rebellierenden Gruppen«,[3] so dass eine gewisse »Reprivilegierung«[4] nicht abzustreiten war:
Etliche Gruppen der »wegen des Fortfalles von Monopolschutz« Betroffenen kriegten Entschädigungen; besonders wenn Unternehmer aufgrund von Monopol- oder Oligopolschutz Investitionen geleistet hatten, die sich nach dessen

---

1 M. Jauve, S. 75.
2 Benjamino Barbarojo, *Occidente*, 11. Mai 1981.
3 Hufnagel, S. 178.
4 Claira D. V. Ovo, in: Hombueno u. a., S. 215.

Abschaffung als überflüssig erwiesen. Bis Ende 1961 waren alle staatlichen Ressourcen, die Erlöse aus Versteigerungen von Staatseigentum, sowie Chéries eigenes Vermögen restlos aufgebraucht. Um weiteren »Entschädigungsforderungen« nachzukommen, wurden die Steuern auf 2 % erhöht. Aus den Entschädigungsforderungen sind für eine Handvoll Unternehmer quasi »Leibrenten« entstanden, die man erst 1981 strich.
In einigen Fällen, besonders seit Ende 1961, wurden Berufsprivilegien wieder eingeführt, so bei Taxifahrern (bis 1978) und Ärzten (bis 2016).
Die überwiegende Zahl der »Entschädigungsforderungen« jedoch ignorierte die neue Regierung.
Im Spätsommer 1962 kam es in der nordwestlichen Region von Imberte/Valverde/Villa Isabel/Montecristi/Luperón zu einem Aufstand der Landbevölkerung, deren Existenz durch das Fehlen der Schutzzölle bedroht war. Ihn heizte Pérez an, das Haupt der Sozialisten. Chérie führte die »Revolutions-Polizei« zu ihrem härtesten Einsatz, bei dem neben Pérez hunderte von Landarbeitern und Bauern ihr Leben ließen (Hufnagel: »Massaker«).[1]
»Die gerade Linie«, schreibt Lauren Jackson, »die Anne als Organisatorin von *La Red* an den Tag legte und mit der sie ihre Landsleute in die Revolution führte, ging Präsidentin Chérie ab. Mir scheint, sie habe nicht realisiert, dass die Umgestaltung eines ganzen Landes unvergleichbar ist mit dem Aufbau von einer illegalen Organisation. Andererseits fehlte es denen, die um sie her als ihre Berater und Minister fungierten, an innerer Festigkeit, die nötig gewesen wäre: Anne stand keine andere Wahl offen.«[2]
Das Kabinett von Chérie sah, nach Pérez' Rausschmiss Juli

---

[1] Hufnagel, S. 181. [Von Sezessionsrecht, vgl. S. 109f, also keine Spur. Hg.]
[2] Lauren Jackson, *I Remember ARC*, S. 56.

1961, folgendermaßen aus: **Anne Chérie**, Präsidentin und Verteidigungsministerin. — Ihre Funktion als Oberbefehlshaberin des von Willie Gärtner, dem ehemaligen Favorito-Internacional-Implantario, aufgebauten und betreuten Freiwilligenheers musste sie schon im Winter 1961/1962 wahrnehmen, als die Republik Ossuor einen Angriff gegen das scheinbar sich in desolatem Zustand befindliche Tomasia startete, nach einigen Wochen, in denen die revolutionäre Tomasische Republik ihre Widerstandsfähigkeit zeigte, aber schnell einstellte.[1] Rückhalt in der Bevölkerung hatte Chérie besonders in den städtischen Armenvierteln und der Landbevölkerung (ausgenommen im Nordwesten), die den ungewöhnlichen und unerwarteten Wohlstand, den sie erlebten, direkt der Präsidentin zuschrieben, sowie unter der kreolischen Bevölkerung des (Süd-)Westens, die in Chérie eine Vertreterin der eigenen Volksgruppe sahen. Auch die Loyalität der Kreolen hat wesentlich zu dem Misserfolg des ossuorischen Angriffs beigetragen.

Benjamino R. Barbarojo, »Minister für Staatsauflösung«. Seine Aufgabe bestand eigentlich bloß hierin, für Chérie detaillierte Pläne in speziellen und schwierigen Fragen des Staatsabbaus auszuarbeiten. Darüber hinaus fungierte er als Finanzminister, d.h. Chérie überließ ihm die Budgetpolitik. Barbarojo verfügte allerdings über keine eigene Machtbasis, nachdem er die Direktion der Chérie-Bank im September 1961 aufgegeben hatte, da »man nicht alles selber machen kann, auch wenn das besser gewesen wäre«.[2]

Tomaso Jefeliejo, Außenminister. Durch eine recht stille, aber intensive Arbeit baut er sich seine ständig wichtiger werdende Position auf: ohne irgendeine Weisungsbefugnis macht er sich als beratender Mittler zwischen tomasischer

---

1 [Auch dank Jefeliejos umsichtiger Diplomatie. – Anm. d. Hg.]
2 Benjamino Barbarojo, im *Occidente*, 11. Mai 1981.

Wirtschaft und dem »Welthandel« unabdingbar. Überdies hält er Kontakt zu ausländischen Regierungen, bei denen er die tomasischen Verhältnisse einigermaßen verständlich macht. Im Kabinett setzt er durch, dass die diplomatischen Beziehungen, wenn auch mit jeweils wenigem Botschaftspersonal, aufrechterhalten werden und dass die Tomasische Republik Pässe ausstellt.

Fidel Borrego, Wirtschaftsminister. Er betätigte sich ähnlich wie Jefeliejo als Berater. Im Prinzip setzte er seine Arbeit fort, die er unter Molina begonnen hatte: Durch Gespräche mit den Wirtschaftsführern des Landes versuchte er, das seiner Meinung nach Richtige durchzusetzen. Seine Macht beruhte, wie unter Molina, auf den guten Verbindungen zu Unternehmerkreisen.

Errico Gatablanco, »Minister für Volksaufklärung«. Um die Defizite der Zeitung »*Occidente*« zu begleichen, erhielt er ein kleines Budget, mit dem er auch einen Rundfunksender finanzierte. Die Programmgestaltung des Senders übertrug er Pablo Hombueno. Beide Einrichtungen – die Zeitung und der Sender – werden heute als »halb-staatlich« bezeichnet.

Marguerite Jauve, Sozial- und Justizministerin. Ihr unterstand die sog. »Hungerhilfe«, die der Staat gemeinsam mit der katholischen Kirche einrichtete. Neben der Austeilung von Nahrung, Kleidung, der Organisation von Wohnraum und ärztlicher Hilfe in Notfällen dienten die Büros der Hungerhilfe auch als Beratungsstellen, die im Laufe der Zeit so etwas wie Arbeitsamtfunktionen übernahmen. (Tatsächlich organisierte Napoleon Danurte die »Hungerhilfe«, der letzte Sozialminister unter Molina. Chérie weigerte sich jedoch standhaft, Danurte als Minister am Kabinettstisch zu dulden.) Außerdem sollte Jauve die Neuordnung des Justizwesens leiten, d.h. die Kompetenzen zwischen staatlicher

Justiz und privaten Arbitros klären, sowie den Rechtskodex für die staatliche Justiz auszuarbeiten. Eine bis heute nicht abgeschlossene oder geklärte Angelegenheit.

Claira D. V. Ovo zog mit ihrer revolutionären Garde in den Osten der Insel, die Gegend um Higüey, wo ein großangelegtes anarchokommunistisches, d. h. auf freiwilliger Basis bestehendes »kollektivistisches« Siedlungsexperiment entstand. Heute ist die Ostspitze des Landes bis La Romana mit rund hunderttausend Menschen durch einen mehr oder weniger freien Sozialismus bestimmt. Doch alle Versuche, die Idee auch an anderen Stellen des Landes zu verbreiten, schlugen fehl. Als Chérie mit Ovo im Sommer 1962 vor Ausbruch des offenen Aufstands in die Krisenregion des Nordwestens fuhr, um zu sehen, ob das Higüey-Modell für jenes Gebiet tauglich sei und helfen könne, die Schwierigkeiten zu überwinden, wurde ein Anschlag auf die beiden Frauen verübt, dem Ovo zum Opfer fiel.[1] Chérie überlebte unverletzt. Ein Jahr später endete ein Anschlag anders.

Der Anschlag führte zu einer doppelten Polarisierung: Im Krisengebiet hätte die begabte Rednerin Ovo die Chance gehabt, den Aufstand abzuwenden. Doch ihre Ermordung isolierte von vornherein die Aufständischen, da Ovo insbesondere bei der übrigen Landbevölkerung Tomasias eine merkwürdige Verehrung genoss, die sich nach ihrem Tod in eine Art Heiligenverehrung steigerte. Diese Konstellation erlaubte es Chérie, den Aufstand mit unnachgiebiger Härte zu unterdrücken.

---

1 Am 20. Juni 1962. [Hg.]

Chéries 300 SL
Prunkstück im Revolutionsmuseum von Santo Tomás

Foto: Fabian Lange at the German language Wikipedia
Creative Commons Attribution - Share Alike 3.0

KAPITEL 11

DER MORD

Am 22. Oktober 1963 um 8 Uhr morgens hallte ein Schuss über den »Platz der Republik« vor dem Präsidentenpalast. Anne Chérie, die aus dem acht Jahre alten Mercedes 300 SL, Überbleibsel aus »La-Red«-Zeiten, stieg, wie immer ohne jeden Personenschutz, traf eine Kugel in den linken Arm. Augenzeugenberichten zufolge wartete sie, dem Attentäter voll zugewandt, den zweiten Schuss ab, der ihr durchs rechte Auge in das Gehirn drang. Ein Beobachter will sogar gehört haben: »*Oke*, schieß noch mal, du hast nicht getroffen.« Auf der Stelle nach dem zweiten Schuss bewusstlos, starb Chérie einige Stunden später im Krankenhaus. Der Attentäter, von den Passanten überwältigt und im Gerangel schwer verletzt, kam am Abend des Tages aus ungeklärten Gründen um; die Frage, ob er seinen Wunden erlag, Selbstmord beging oder umgebracht wurde, ist bislang nicht entschieden. Ebenso liegt sein Motiv im Dunkeln.

Die Biographie des knapp 40 Jahre alten Attentäters, Louis Enrique Mejia, lässt verschiedene Möglichkeiten offen. Anfang der 1950er Jahre stand er für kurze Zeit in den Diensten »La Reds«, und zwar war er als ausgezeichneter Schütze bis in eine Einsatztruppe El Cuchilleros aufgestiegen. Da sich herausstellte, dass er ein schießwütiger Waffenfreak war, wurde er jedoch bald fallen gelassen. Mejia versank daraufhin im Alkohol. Es scheint sicher, dass er ab und zu Geld durch bezahlte Mordaufträge verdiente. Damit liegt es nahe, dass er das Attentat auf Chérie im Auftrag ausführte. Aber in

wessen Auftrag? Mitte der 1950er Jahre sind Verbindungen zwischen Mejia und der nordamerikanischen Rauschgiftorganisation »Metro« nachgewiesen, der Firma, die »La Red« 1955 in die Schranken verwiesen hatte. Im Sommer 1963 kam es wohl zu einer Auseinandersetzung zwischen der wiedererstarkten »Metro« und einem der Nachfolger von »La Red«. Möglich wäre es, dass die »Metro« Chérie weiter für den Kopf der Organisation hielt, entweder weil sie die Auflösung »La Reds« nicht zur Kenntnis nahm oder als Trick einschätzte. Doch beides ist nicht wahrscheinlich, da »eine Verbrecherorganisation des Ausmaßes der ›Metro‹ für gewöhnlich über gute Informationen verfügt«.[1]
Ein andrer Auftraggeber könnte Ayes gewesen sein, ehemals Innenminister unter Molina. Ayes lebte bis zu seinem Tode 1968 im Exil in der Republik Ossuor, von der aus und mit deren Hilfe er die tomasische Revolution zu destabilisieren versuchte. Es könnte also sein, dass er Rachegefühle gegen Chérie hegte, von der er einst abhängig war. Mejia wird angelastet, im Auftrag von Ayes den kommunistischen Dichter Rubén Galíndez 1956 im New Yorker Exil gekidnappt, nach Tomasia zurückgebracht und dort ermordet zu haben. Insofern bestünde eine Verbindung von Ayes zu Mejia. Diese Möglichkeit, das Attentat zu erklären, verficht das offizielle Tomasia. Je nach politischer Ausrichtung werden indirekt die USA oder Cuba (die UdSSR) beschuldigt, hinter Ayes zu stehen. Doch Hufnagels gründliche Untersuchung hat ergeben: »Es gibt keine Anzeichen dafür, dass Ayes in seinem Exil mehr als nur Traumschlösser baute. Der alte Mann war wahrscheinlich derart senil, dass er zu keiner effektiven Tat mehr fähig war.«[2]

[1] Barbarojo, *Occidente*, 11. Mai 1981.
[2] Hufnagel, S. 261. [Anm. 2017: Die Spekulationen halten an und sind in verhärtete Verschwörungstheorien übergegangen. Hg.]

Es muss auch die von Liberto Callejas favorisierte und gut argumentierte Möglichkeit erwogen werden, dass Mejia auf eigene Faust arbeitete. Denn seine Familie stammt aus der nordwestlichen Region Tomasias, in der Chérie das Jahr vor dem Attentat einen Aufstand blutig niederschlug. Zwar sind keine direkten Verwandten Mejias bei dem Aufstand umgekommen oder sonstwie aufgefallen; er könnte während des Kampfes jedoch alte Freunde verloren haben. Allerdings waren an diesem Aufstand gar keine Personen beteiligt, mit denen Mejia in den letzten 20 Jahren seines Lebens Kontakt hatte. Er war auch seit 20 Jahren nicht mehr in der Gegend gewesen. Jedoch »könnten sich im verwirrten Gehirn des Betrunkenen aus früherer Zeit herrührende Ressentiments mit törichtem Lokalpatriotismus verbunden haben zu dem schrecklichen Mordgedanken«.[1] Niño bevorzugte diese Erklärung des Attentats, weil dessen Ausführung und die Tatsache, dass die Revolutionsgegner keine Versuche gemacht haben, aus dem Attentat »politisches Kapital zu schlagen«, auf eine »nicht-professionelle und paranoide Motivstruktur schließen lässt«.[2]

Die Meinung Rudolf Hufnagels, Chérie habe »ihre eigene Ermordung inszeniert«[3] und zwar aus einer Mischung von persönlichem Überdruss und politischem Kalkül, hat jedenfalls den folgenden Gedanken gegen sich: »Wenn sie nur aus Überdruss hätte sterben wollen, hätte sie sich eigenhändig getötet (das wissen wir alle, die wir sie kannten); wäre es ihr jedoch auch darum gegangen, politische Vorteile für die Revolution aus ihrem Tod zu ziehen, dann hätte sie doch eindeutigere Spuren ins Weiße Haus oder nach Havanna gelegt. Spuren, die ihr die ganze Welt geglaubt hätte. Jeder, der

---

[1] Callejas, *Interviú*, S. 59.
[2] Ebd.
[3] Hufnagel, S. 261.

ihre Arbeit mit *La Red* nur in Umrissen kennt, kann hieran nicht zweifeln.«[1]

Als die feststehende Tatsache ist anzunehmen: Chéries Verhalten während des Attentats deutet darauf, *dass* sie sterben wollte, in jenem Moment. Selbst wenn sie den Attentäter nicht zum zweiten Schuss aufforderte, berichten die Augenzeugen, zwischen den Schüssen sei genug Zeit verstrichen, sich fallen zu lassen. Chérie war solche Situationen gewohnt. »Nachdem ich Ovos letzte Aufzeichnungen gelesen habe«, schreibt Lauren Jackson, »bin ich sicher: Anne hing nicht mehr am Leben.«[2] Ovos Aufzeichnungen, auf die Jackson verweist, entstanden kurz vor der eigenen Ermordung, vielleicht am ersten oder zweiten Tag der gemeinsamen Reise nach Valverde im nordwestlichen Krisengebiet. Der Stil der Notizen liest sich wie der Entwurf für einen Brief, »der jedoch niemals abgeschickt wird« (Henríquez): »Wie hast Du Dich nur verändert Chérie! Wo ist die Anne, die ich so gehasst und so geliebt habe? Du scheinst mir aus dem Kühlhaus zu kommen, aus der Leichenhalle. Was hast Du mit Dir gemacht? Was macht man mit Dir? Das Land blüht, blüht und blüht, abgesehen von diesen kleinen Schwierigkeiten, die wir meistern werden; die Menschen sind überall am Werk, Du hast sie befreit, Du hast uns alle mitgerissen und überzeugt, – aber hast Du denn keinen Funken Hoffnung mehr in Dir? Warum? Wenn ich bloß wüsste, was ich tun könnte für Dich! Nein, Du bist nie für diese Welt bestimmt gewesen, Du bist zufälliger Gast und hast nie eine Chance gehabt, dazuzugehören. Was mir bleibt, ist, Dich im Stillen zu beweinen und – weiterzukämpfen.«[3]

Die Ironie des Schicksals: Ein anonymer Künstler malte vor

---

[1] Barbarojo, im *Occidente* am 31. Januar 1969.
[2] Lauren Jackson, *I Remember ARC*, S. 59.
[3] Claira D. V. Ovo, in: Hombueno u. a., S. 219.

einem unbeschreiblich kitschigen ländlichen Idyll Claira Ovo und Anne Chérie als händchenhaltende Kinder, die beiden Frauen, die im Leben zueinander nicht fanden. Das von der politischen Spitze des Landes abgelehnte Bild wurde tausendfach gedruckt und hängt heute noch in vielen Wohnzimmern der einfachen Land- und Stadtbevölkerung neben einer Jesus-, Maria- oder Papstdarstellung.

Kurz vor ihrer Ermordung, im September, hatte Chérie ihre einzige Rede im Ausland auf der UN-Generalversammlung gehalten, die nun zu ihrem »politischen Testament« (Jefeliejo) wurde. Die Rede verfasste Chérie aufgrund von Vorlagen, die Barbarojo, Jefeliejo und Hombueno schrieben: »Meine Herren! Keiner von Ihnen kann von mir erwarten, dass ich die Meinungen wiederhole oder zusammenfasse, die über die internationale Ordnung und über die Unterentwicklung weiter Teile der Welt verbreitet sind. Ich vertrete an diesem Ort ein Land, das an einer völlig anderen internationalen Ordnung teilnimmt als die, die hier vertreten ist: die internationale Ordnung des freien Vertrages, des freien Handels, der menschlichen Begegnung und gegenseitigen Hilfe. Sie existiert unterhalb oder außerhalb der nationalen und internationalen Militärsysteme, die sich ›vereinigen‹, um die gegenseitige Zerstörung wenigstens zu zügeln, dabei die Zerstörung der Völker, ihrer Arbeit, ihres Handels und ihrer Freundschaft effektiver betreiben zu können.

Die in diesem Haus vereinigten Nationen werden durch drei Machtbewegungen bestimmt, an denen unsere Revolution keinen Anteil nimmt: Da sind zuerst zwei imperialistische Blöcke, von denen der eine stark und aggressiv ist, immerhin jedoch eine gewisse Freiheit duldet, während der andere schwach und defensiv sich gebärdet, jedoch den Menschen kaum Luft zum Atmen lässt. Ich spreche, wie Sie sich denken können, von den USA und der UdSSR, der NATO und dem

Warschauer Pakt. Eine dritte Machtbewegung ist erst im Keimen. Unter den Schlagwörtern ›Entkolonialisierung‹ und ›Neutralität‹ entstehen nationale Systeme mit internationaler Wirkungsrichtung. Die politische Anlehnung der Neutralen an den Sowjetblock bei gleichzeitiger Forderung nach sogenannter Entwicklungshilfe aus dem Westen oder aus dem Budget der hauptsächlich westlich finanzierten UN ergeben eine Mixtur aus dem Schlechtesten beider Welten. Die Ideen der ›Entkolonialisierung‹ und der ›Neutralität‹ gebären einen Superkolonialismus und eine Verewigung der Blocklogik.

Noch sind diese Machtbewegungen nicht an ihrem Ende. Die Völker Asiens haben vielleicht kaum mehr zehn Jahre, die Völker Afrikas eher zwanzig Jahre vor sich, in denen die Krise, die die Verstaatlichung der Wirtschaft mit sich bringt, noch nicht lebensbedrohlich wird; die Planwirtschaften des Ostens werden auch kaum mehr als zwanzig Jahre brauchen, um ihre Ressourcen zu ruinieren; die Krise der westlichen Teil-Planwirtschaften mag dreißig Jahre auf sich warten lassen, bis sie zur Umkehr zwingt. Aber noch vor Ende des Jahrhunderts wird die Frage nach dem Rückfall in Barbarei neu gestellt. Unmissverständlich heißt es dann: Kapitalismus oder Barbarei. Aufgrund besonderer historischer Umstände ist die tomasische Revolution verfrüht, und bis in die 80er Jahre hinein wird sie isoliert bleiben. Aber dann, meine Herren, wird ein neues Kapitel im antikolonialen Kampf aufgeschlagen, das Kapitel des Kampfes der Gesellschaft, der Wirtschaft und der Freiheit gegen die Kolonialisierung durch den Staat.

Die tomasische Republik hat vom Moment der Revolution an sich abgeschnitten von aller Möglichkeit, Entwicklungshilfe zu erhalten oder Kredite mit besonderen Bedingungen zu beanspruchen, indem wir die Rückzahlung der von der

alten Regierung aufgenommenen Kredite und Schulden ablehnten. Dennoch klagt unsere Wirtschaft nicht über Geld- oder Kreditmangel. Unsere Entwicklung ist nicht ungesund boomartig wie in einigen anderen Ländern, sie ist langsam und solide. Wir kennen extremen Reichtum, obwohl bei uns nie so extremer Reichtum herrschen wird, wie ihn diejenigen genießen, die an staatliche Funds herankommen, etwa die in diesem Saal versammelten Diplomaten; unsere Reichen sind durch den Markt reich, durch die Tatsache, dass sie Leistungen anbieten, die die Mitmenschen wertschätzen. Aber nur zwei Jahre nach der Revolution gibt es in Tomasia kaum noch echte Armut – und das ohne jede Umverteilung, die zukünftige Krisen vorbereitet.
Nie werden wir an den internationalen kostenaufwendigen Bemühungen teilnehmen, zwischen den Blöcken oder verfeindeten Nationen zu ›vermitteln‹, Frieden zu stiften oder Abrüstung zu erlangen. Wir ersehen wie alle aufrichtigen Menschen auf der Welt Frieden. Doch den Frieden erreichen nicht staatliche Organe, die zum gleichen Körper gehören wie die Mittel des Kriegs. Die Vereinigten Staaten von Nordamerika waren ein ziemlich freies Land, ein leuchtendes Vorbild für die Welt, Hoffnung der Unterdrückten und der Entrechteten, bevor sie anfingen, sich als Weltpolizist aufzuspielen.
Heute können Sie, meine Herren, vermutlich noch nicht viel mit meinen Worten anfangen, *oke*, wie ich sehe, schütteln Sie die Köpfe und tragen das Lächeln der Tyrannen auf ihren Lippen zur Schau. Aber der Tag wird kommen, an dem Sie mit Schrecken sich meiner erinnern. Vielen Dank für Ihre wenig geschätzte Aufmerksamkeit.«[1]
Jefeliejo, der Chérie auf ihrer einzigen außenpolitischen Reise begleitete, hatte nach eigenen Worten »bis zuletzt ge-

---

[1] Anne R. Chérie, *Gesammelte Reden ...*, S. 97 ff.

hofft, ihr nahezulegen versucht, dass sie eine versöhnlichere Linie einschlagen, dass sie den Weg für die Tomasische Republik in eine Lage freimachen würde, in der wir Mittler in Sachen Frieden, Antikolonialismus und Freiheit sein und gleichsam eine Brücke zwischen der Blockfreien-Bewegung und dem Westen schlagen könnten. Chérie hatte Barbarojos Wunsch, der UNO eine Lektion in ›wahrer Ökonomie‹[1] zu geben, von vorn herein als ›Zeitverschwendung‹ abgetan. Meinen Vorschlag erklärte sie für ›unethisch‹: Mit solchen Leuten, wie sie in New York sich als die ›Führer der Welt‹ aufspielten, könne man sich nicht einlassen, ohne selber ein ›Schwein‹[2] zu werden. Sie folgte weitgehend Hombuenos Idee, die eigene Außenseiterposition politisch noch zu übersteigern; doch wählte sie ihre eigenen Worte, reduzierte die gestenreiche Pathetik Hombuenos auf knarrende Analyse, die mir heute,[3] nach langen bitteren Erfahrungen, richtiger denn je vorkommt. Unser Weg führt über die Revolution der Völker, nicht über halbwahre oder ganzfalsche Regierungsgeschäft.«[4]

Nicht nur Jefeliejo brauchte Zeit, um die Botschaft Chéries voll zu erfassen. Erst im Laufe der 1980er Jahre beginnt die Tomasische Revolution einen Sex-Appeal auf die Völker der Erde auszuüben. Der »Chérieismus« schickt sich an, eine weltweite Bewegung zu werden. Nicht unerheblich zu dieser Entwicklung trug der Erfolg von der nordamerikanischen chérieistischen »Libertarian Party« bei, die Lauren Jackson 1971 mit dem Dichterphilosophen Paul Goodman[5] und dem radikalliberalen Ökonomen Murray N. Rothbard gründete.

---

1 *economía veraz.*
2 *cerdo.*
3 [1980. Hg.]
4 Tomaso Jefeliejo, Geleitwort zu: Chérie, *Gesammelte Reden.* .., S. 11 f.
5 Bruder des Architekten Percival, der die Chérie-Villa entworfen hatte.

Gleich nach Chéries Tod entbrannte um die Nachfolge ein politischer Machtkampf zwischen Jefeliejo und Borrego. Übergangsweise wurde Errico Gatablanco zum Nachfolger von Chérie. Doch bereits im Februar 1964 stand fest, dass für Borrego keine reale Chance bestand: Da er unter Molina langjährig Minister gewesen war, hätte ihn die Mehrheit der Bevölkerung kaum akzeptiert. Jefeliejo führte das Amt bis 1967 in der unbestimmten Art fort, in der Chérie es hinterlassen hatte. Ab 1968 wurde der Präsident der Republik durch ein kleines 51-köpfiges Parlament auf 5 Jahre gewählt. Die ersten Parlamentswahlen fanden im Winter 1967 statt. Bis zu seinem freiwilligen Rückzug aus der Politik 1979 war Tomaso Jefeliejo unbestritten der erste Mann der Republik. Durch eine unaufdringliche und stetige Politik, landesväterliches Charisma und »informierte Beharrlichkeit« hatte es Jefeliejo zu großer Popularität gebracht.[1]

Die Politik des Landes wird bestimmt durch zwei lose Wahlbündnisse (»Parteien«): Die »Konstitutionalisten« von Borrego und die »Antikonstitutionalisten« von Jefeliejo. Dabei haben sich recht eigenartige Kombinationen ergeben: Den Hauptteil der »Konstitutionalisten« bilden Borregos Konservative, die wirtschaftsliberal Gedanken mit dem Wunsch verbinden, in sozialen und kulturellen Fragen »mehr Autorität des Staates einzusetzen, um die Zügellosigkeit zu unterbinden und der echten Freiheit die Stange zu halten«.[2] Die nach der militärischen Niederlage im Nordwesten völlig zerstreuten Sozialisten rufen ebenfalls zur Wahl der »Konstitutionalisten« auf. Auch der Anarchist

---

1 [Die Autorin hielt es vermutlich Mitte der 1980er Jahre für unopportun, auf die guten Beziehungen zu General Augusto Pinochet einzugehen, obgleich die Republik auch den vorm Terror des Generals Flüchtenden Asyl bot. Hugo Chávez genoss ebenso das Vertrauen Jefeliejos. – Anm. d. Hg.]
2 Vgl. Erklärung in: *La Patria*, 23. 11. 1967.

Barbarojo neigt überraschenderweise dieser Partei zu. Gemeinsam ist den drei Richtungen, dass sie eine Verfassung für die Republik ausgearbeitet sehen möchten. Völlig uneinig sind sie sich über die Art der Verfassung. Die Konservativen wollen in ihr die Grenzen der Freiheit festgelegt sehen; die Sozialisten, denen sich ungebeten auch der ehemalige Molina-Minister Danurte zugesellte, fordern, die soziale Verantwortung des Staates zu definieren; während Barbarojo eine eindeutige Begrenzung des Staates in die Verfassung schreiben will.

Die »Antikonstitutionalisten« hingegen sind sich sicher, »den Prinzipien der Revolution« sei »eine gewohnheitsrechtliche Entwicklung am angemessensten«.[1] Das eine Extrem der »Antikonstitutionalisten« bildet Marguerite Jauve, die sich eine »zunehmende Verrechtlichung durch Gewohnheitsrecht« im Staat erwartet;[2] während das andere Extrem von Gatablanco und Hombueno markiert wird, die »in jeder Verfassung den Keim des sich totalisierenden Staates« erkennen und dem Gewohnheitsrecht nachsagen, es sei »tendenziell in Gesellschaft aufgelöster Staat«.[3]

Jefeliejo nimmt eine Stellung zwischen diesen Extremen ein, verhielt sich als Präsident jedoch fast »überparteilich« (in seinen Kabinetten war stets Borrego vertreten und Danurte fungierte als wichtiger Bremser im Sozialministerium von Marguerite Jauve).

Die Partei der »Antikonstitutionalisten« ist im großen Ganzen homogener als die der »Konstitutionalisten«. In den meisten tagespolitischen Fragen unterstützt die Barbarojo nahestehende Fraktion (Barbarojo selber ließ sich aus prinzipiellen Erwägungen heraus niemals in das Parlament

---

1 Vgl. Erklärung in: *El Espectador Nuevo*, 14. 11. 1967.
2 M. Jauve, in: *El Espectador Nuevo*, 3. 12. 1967.
3 Gatablanco/Hombueno, in: *Occidente*, 15. 12. 1967.

wählen) die »Antikonstitutionalisten«, während Jauves Fraktion selten Initiativen der »Konstitutionalisten« mit trägt.

Für die Bevölkerung ist die Politik, die in ihrem täglichen Leben kaum eine Rolle spielt, eher uninteressant. Die Wahlbeteiligung betrug 1967 immerhin 58%, 1971 nur noch 21%, 1975 25%, 1979 28% und 1983 23%.[1]

Die politischen Tageszeitungen *»Occidente«* (überparteilich chérieistisch, halb-amtlich), *»La Patria«* (konservativ-konstitutionalistisch) sowie *»El Espectador Nuevo«* (antikonstitutionalistisch) können sich denn auch nicht selber tragen; sie sind auf Zuschüsse und Spenden angewiesen.[2]

---

[1] [Seit 2016 ist, besonders im Gefolge des Wahlsiegs von Donald Trump in den USA, eine Repolitisierung des Landes zu beklagen. – Anm. d. Hg.]
[2] [Inzwischen sind die meisten Printmedien ins Internet umgezogen. Hg.]

Straßenkampf in Santo Tomás, Mai 1961

Foto: FUSMC Archives, Quantico, USA
Creative-Commons Namensnennung 2.0 via Wikipedia.

KAPITEL 12

DIE TOMASISCHE REPUBLIK: STANDPUNKTE

Vierzig Jahre revolutionäres Tomasia:[1] Wie steht es um das »Chérieistische« Experiment? Was sind die Probleme? Was sind die Errungenschaften? Im Folgenden sind unter den Stichworten »*Staat*«, »*Recht*«, »*Wirtschaft*« und »*Kultur*« einige Ansichten aus der jüngsten Zeit[2] zu diesen Fragen gesammelt.

Staat

Newsweek (anonym). Anlässlich des Papst-Besuchs in der Tomasischen Republik Spätsommer 1984, währenddessen er den »Neothomismus« kritisierte und Pablo Hombuenos Exkommunikation (!) ankündigte,[3] veröffentlichte »*Newsweek*« eine Titelstory über Tomasia. Unter der Überschrift »*Where Is the State of Tomasia?*« war dort folgende separate Kolumne eingerückt:

»Eine lexikalische Beschreibung des tomasischen Staates würde wenig Aufsehen erregen: ›Präsidential-Demokratie, der Präsident wird vom alle 5 Jahre gewählten 51-köpfigen Parlament (Mehrheitsprinzip) bestimmt. Der Präsident ernennt die Minister. Die Politik seines Kabinetts muss der Präsident vor dem Parlament vertreten, das Kabinett ist dem Parlament nicht direkt verantwortlich. Es existiert keine ge-

---

1 [Die Zahl bezieht sich vermutlich auf die Überarbeitung um 2002. Neues Material gegenüber 1984 ist jedoch nicht hinzugefügt. – Anm. d. Hg.]
2 [Bis 1984. – Anm. d. Hg.]
3 [Mehr dazu unter »Kultur«, Ansicht von P. Hombueno. – Anm. d. Hg.]

schriebene Verfassung; die Regeln der Politik bilden sich nach angelsächsischem Vorbild gewohnheitsrechtlich heraus. Wichtigste Parteien: *Konstitutionalisten*, konservativ, die ihren Namen aus der Forderung nach geschriebener Verfassung ableiten, und *Antikonstitutionalisten*, progressiv, die das bestehende Gewohnheitsrecht verteidigen.[1]
Verteidigung: Freiwilligen-Armee (1984: ca. 12 000 Männer und Frauen; Frauenanteil ca. 13 %); oberster Befehlshaber ist der Präsident.
Tauschmittel: Parallelwährung Gold u. Platin in Gewichtseinheiten sowie US-Dollar. Kein Geldmonopol.<
Hinter einer solchen formalen Beschreibung verschwindet allerdings die Frage, ob es in Tomasia tatsächlich einen Staat im üblichen Sinne gibt.
Gibt es in Tomasia einen >Staat<? Um diese Frage zu beantworten, müssen wir wissen, was ein Staat ist. Ein Staat sei, so sagt es Semms Wörterbuch, >eine Sozialordnung, durch die ein Volk auf einem umgrenzten Gebiet mit monopolisierter Hoheitsgewalt[2] zur Wahrung gemeinsamer (ideeller und materieller) Güter verbunden wird<. Gibt es in Tomasia eine solche >monopolisierte Hoheitsgewalt<?
Da gibt es wohl einen Präsidenten. Aber woher nimmt er die Hoheitsgewalt, um seine Entscheidungen durchzusetzen? Keine Verwaltung kann seine Bestimmungen ausführen, denn es gibt keine staatliche Verwaltung (ausgenommen eine richtig kleine halbstaatliche Verwaltung zur Verteilung von Sozialleistungen), es gibt nichts zu verwalten: Straßen, Polizei, Wasserversorgung, Erziehung usw., in den normalen Ländern staatliche Verwaltungsaufgaben, besorgen private Unternehmern, und solche Dinge wie Bauplanung oder Bau-

---

1 [Interessant: Progressive verteidigen das Bestehende, aber Konservative wollen es abändern. – Anm. d. Hg.]
2 *monopolized supreme Authority*.

und Feuerpolizei gibt es nicht. Das einzige Instrument der Macht, mit dem der Präsident seinen Entscheidungen Nachdruck verleihen kann, ist die rund 100 Mann zählende paramilitärische Truppe – bei einer Bevölkerung von ungefähr 10 Mio. Einwohnern kein beeindruckendes Zeugnis ›monopolisierter Hoheitsgewalt‹. Die Armee, das besagt ein ungeschriebenes Gesetz von Tomasia, dürfe bei innenpolitischen Auseinandersetzungen nie eingesetzt werden; sie dient ausschließlich der Landesverteidigung.

Der Präsident ist auf die Zustimmung der Bevölkerung angewiesen. Er ähnelt mehr dem einen Konsens ausdrückenden indianischen Stammeshäuptling denn einem modernen Staatsmann. Im Falle eines Konfliktes des Präsidenten mit einem Bürger oder einer Gruppe von Bürgern kann dieser ein privates Gericht anrufen; das ungeschriebene Gesetz bestimmt, dass nie eins der wenigen staatlichen Gerichte den Disput zwischen Regierung und Bürgern übernehmen darf. Die privaten Gerichte entscheiden aufgrund von Gewohnheitsrecht, nicht von positiven Gesetzen. So ist die Steuererhöhung von 4 % auf 5,5 % im Jahr 1981 daran gescheitert, dass private Gerichte in ihrer Mehrheit Steuerverweigerern gegen den Staat recht gaben.

Sollen wir uns darüber wundern, dass Tomasia auch ohne Staat im üblichen Sinne nicht im Chaos versinkt? Vielleicht nicht. Der profilierteste Vertreter chérieistischer Ideen in diesem Land, Murray Rothbard, erinnert uns: ›In vielem entspricht die Tomasische Republik den ersten Jahrzehnten der Vereinigten Staaten von Amerika nach der Revolution, jedenfalls dem Ideal der Republik, wie Thomas Jefferson und manche seiner radikaleren Freunde es sahen‹.«

Tomaso Jefeliejo. In einer Rede vorm Parteitag der Antikonstitutionalisten zur Vorbereitung der Wahl im Jahr 1983 zog Jefeliejo folgendes Resümee (Auszug):

»Freunde! Ein langer Weg liegt hinter uns, aber ein noch längerer Weg liegt vor uns, vor unseren Nachfahren: Den Weg bestimmt die große Aufgabe, der Freiheit ein inneres Gerüst zu geben. Es ist ein Fehler – ihr wisst, von wem – zu glauben, das Gerüst könne um die Freiheit herum gebaut werden; das Gerüst muss von innen heraus wachsen.

Wir beklagen uns nicht: Der Weg ist nicht so beschwerlich. Wir essen bereits heute die Früchte unserer Freiheit, und sie geben uns die Kraft und das Vertrauen, auf unserem Wege weiter voran zu schreiten.

Was haben wir erreicht? Ich brauche euch nicht zu sagen, dass in unserem Land die größte wirtschaftliche, politische und kulturelle Freiheit, die die Welt je gesehen, existiert, brauche euch nicht zu sagen, welches Glück diese Tatsache für unser Volk bedeutet, wenn es auch nur das irdische Glück ist, das vom Auf und Ab des Schicksals bestimmt wird, nicht das paradiesische Glück unendlicher Harmonie und Liebe. Die irdische Liebe bricht bisweilen entzwei; aber Glück in solchem Unglück bedeutet es, wenn nicht törichte Gesetze oder borniere Gewohnheiten dem Auseinandergehen des Auseinandergegangenen entgegen stehen.

Dem größten Teil des Volkes erscheint unsere Aufgabe, das Gerüst für die Freiheit zu zimmern, wenig interessant, ja überflüssig zu sein. Für eine solche Ansicht soll niemand kritisiert werden *(Beifall)*. Ich kritisiere niemanden, der sich um die Politik nicht kümmert, sondern dem Glück der Mitmenschen oder dem eigenen Glück sich widmet.

Aber, meine Freunde, wir, wir Wenigen, wissen, dass unsere Aufgabe notwendig ist, dass wir unseren Weg weitergehen müssen. Die irdische Freiheit ist nicht mit paradiesischer Harmonie gesegnet. Es gibt Konflikte. Manche, nein: die meisten Konflikte lösen sich im Vollzug des alltäglichen Lebens selber. Einige enden tragisch. Aber es gibt Konflikte, das wissen wir aus der Geschichte, die sich fortfressen und die das Volk und die Freiheit zu zerstören drohen, wenn sie nicht auf eine weise Art beigelegt werden.

Es ist nicht weise, eine große und teure Polizei zu haben, mit der sich die modernen Staaten in aller Welt schmücken; sie zerstört mehr, als sie heilt. Aber es ist weise, über eine kleine Truppe zu verfügen, die in Fehde ausartendem Rechtsstreit Einhalt gebietet, die keimenden Bürgerkrieg erstickt. Es ist nicht weise, eine Regierung zu haben, die den Menschen in ihre Angelegenheiten dreinredet, die eine waffenstarrende Polizei und Armee zur Hand hat, jederzeit zum Bürgerkrieg bereit; eine solche Regierung schafft Konflikte, legt sie nicht bei. Aber es ist weise, eine Regierung zu haben, die berät, die internationale Angelegenheiten regelt, die eine Armee befehligt, um die Grenzen und die Freiheit der Bürger zu schützen.

Zwanzig Jahre sind keine lange Zeit. Und doch haben wir diese weisen Einrichtungen, während wir die unweisen Degenerationen vermeiden konnten. Aber diese weisen Einrichtungen arbeiten nicht von selber, automatisch, gut. Wir müssen lernen, in und mit ihnen gut zu arbeiten. Wir haben viele Fehler gemacht und werden noch viele Fehler machen, bis wir eines Tages der Freiheit gewachsen sein werden: das ist unsere Aufgabe und das ist unser Weg.«[1]

Benjamino Barbarojo. Zum 20. Jahrestag der Revolution am 11. Mai 1981 verfasste Barbarojo eine große Studie für den »*Occidente*« über die Entwicklung des chérieistischen Experiments. Ich zitiere aus dem selbstkritischen Schluss:

»Bei allen Errungenschaften der Revolution, die ich hier an dieser Stelle nicht nochmals wiederholen muss – da jedem Leser klar geworden sein dürfte, wie ich zur Revolution stehe – sind doch Fehler zu beklagen, deren Korrektur not-

[1] Tomaso Jefeliejo, *Política a la revolución*, S. 183 ff.

wendig, jedoch leider politisch im Augenblick nicht durchsetzbar ist. Die Fehler liegen aber nicht in den Prinzipien der Revolution, sondern darin, dass die Prinzipien nicht streng genug befolgt werden. Die drei Hauptfehler sind:

1. *Rechtsdualismus.* Manche unserer Freunde haben es als großen Sieg und große Hoffnung gefeiert, dass die diesjährig verfügte Steuererhöhung um 1,5 % an Arbitros scheiterte, die sie für >unbillig< erklärten. Aber ich frage mich, wieso Arbitros sich bereit finden, 4 % Steuern zu akzeptieren, Pfändungen gegen Resistente zu verhängen, die bislang von keinem Arbitro als unrechtmäßig verurteilt wurden. Kein Privatmann darf, wie die Regierung, ohne Kontrakt, ohne Übertrag von Eigentumsrechten, von Mitmenschen Gelder erheben, und entsprechende Pfändungsanträge würden bei jedem Arbitro auf Gelächter stoßen. Wo ist das Gelächter, wenn Staatsbeamte Steuerverweigerer verklagen? Hier liegt ein Rechtsdualismus zugrunde, der nie über das Gewohnheitsrecht besiegt wird, weil der Dualismus eine lange >Gewohnheit< hinter sich weiß, sondern bloß über einen unmissverständlichen Verfassungsgrundsatz, nämlich dass alle nichtkonsensuellen Handlungen kriminell seien.

2. *Korporativstruktur.* Bei der >Privatisierung< der Dienstleistungsstruktur sind schwerwiegende Unregelmäßigkeiten aufgetreten. Auch die Entprivilegierung der Berufsgruppen war nicht vollständig. Beides resultierte in eine, wie unsere unvergessene Freundin Claira Ovo es sagte, *Reprivilegierung*. Die Reprivilegierten – einige Berufsgruppen und die Privat-Monopolbesitzer von Versorgungsgütern – haben mit der Regierung eine korporative Struktur gebildet. Insbesondere ist die Chérie-Bank zu einer Quasi-Zentralbank geworden, die in Absprache mit der Regierung Steuerungsfunktionen übernimmt; dafür werden ihr rechtswidrig Gelder aus dem >Hungerhilfe-Fond< eingelagert, mit denen sie, weil sie die

Auszahlung ja mit beeinflussen kann, eine Teilreservepolitik treiben kann. Der erste Schritt zur Eindämmung der Gefahr, die von der Korporativstruktur ausgeht, wäre Abschaffung der überflüssigen Hungerhilfe; dann Aufhebung der Berufsprivilegien; dann Abschaffung von Steuern und Regierung: Bloß so wird sich unsere Theorie, dass Monopole sich auf dem Markt von selber auflösen, bestätigen können.

3. *Lokaltyrannei.* Die Revolution hat nur in bezug auf den Zentralstaat stattgefunden. Die Gemeindeebene haben wir zu lange vernachlässigt. Was unser Freund Hombueno so enthusiastisch als *dezentrale* Sozialorganisation preist, ist in Wahrheit vielerorts nichts als lokale Tyrannei. Gemeinden besitzen weiter Land und Dienstleistungsbetriebe, mit denen sie Politik treiben; die Gewohnheit lässt vielen Gemeinden Rechte zum Eingriff in persönliche Dinge wie Gestaltung eines Hauses – das Gewohnheitsrecht schützt diese Lokaltyrannei. Dabei ist es unerheblich, ob die Gemeinden, wie es nur in der Minderzahl der Fall ist, demokratisch legitimiert sind oder, wie meistens, als scheinbarer ›Privat‹-Besitz geführt werden.

Meine Schlussfolgerungen sind nicht bitter. Wir haben viel erreicht. Ich befürchte nur, dass einige Entwicklungen das, was wir erreicht haben, wieder gefährden. Und darum sage ich: Der Staat muss sterben, weiter sterben, solange bis er ganz tot ist; damit wir leben können.«

Recht

F.-J. Mästmarker. Der bundesdeutsche ordo-liberale Franz-Jochen Mästmarker schreibt anlässlich der deutschen Veröffentlichung von Chéries »*Gesammelten Reden*« 1980 eine Kritik unter dem Titel »*Vom Bürgerkrieg als Utopie*«. In dem Artikel bezieht er sich mehr auf Barbarojos Einleitung denn auf Chéries Reden. Sein Kernpunkt:

»Barbarojo betrachtet Recht und legitime Gewalt nicht als öffentliche, sondern als private Güter. Hier macht er sich zur Aufgabe, die Marxsche Kapitalismuskritik als eine Idylle zu entlarven. Bei Marx rasen nur die anonymen Kapitale, und der Krieg aller gegen alle wird als Metapher für die wirtschaftliche Konkurrenz verwendet; in Tomasia darf scharf geschossen werden.«[1]

Marguerite Jauve. Im »*El Espectador Nuevo*« legte Jauve am 18. 10. 1984 eine Analyse des tomasischen Rechtssystems vor. Dort heißt es u. a.:

»Die Vorstellung vom ›Wilden Westen‹ als Schießwütigen-Idylle ist von der historischen Forschung bereits widerlegt und es ist nachgewiesen worden, dass die Okkupation des Rechts durch den Staat nicht von dem Motiv des Friedens geleitet wurde. In den mehr als 20 Jahren der tomasischen Revolution hat sich aber mehr gezeigt als das Vorhandensein eines funktionierenden Naturrechts der Marke Wild-West; es zeigte sich, dass Naturrecht zu einem funktionierenden Rechtssystem führen kann, in welchem Rechtssicherheit, Revisionsrecht und relative Sicherheit vor Justizirrtümer institutionalisiert werden. Das tomasische Rechtssystem hat folgende Charakteristika, die es als gelungenes und vorbildliches Experiment ausweisen:

(**a**) *geringe Deliktshäufigkeit*, bedingt durch

1. *enge* Interpretation dessen, was ein Delikt sei. Als Delikte gelten die Handlungen, die allen Menschen im ›spontanen Gewissen‹ (Kant) kriminell erscheinen; politisch gesagt, Handlungen, die gegen Eigentumsrechte anderer verstoßen. Damit fällt die Last weg, die die moralisierende Gesetzgebung der Gesellschaft aufbürdet, nämlich sich um Dinge zu kümmern, die die Gesellschaft nichts angehen.

2. die hohe Aufklärungsrate solcher Delikte, die wirklichen

[1] In: *Ordo*, S. 106f.

Schaden anrichten, während auf die Aufklärung von nicht oder kaum schädigenden ›Delikten‹ kein Geld und keine Zeit aufgewendet werden muss. Konkurrierende Polizei und Bezahlung nach Erfolg führen zu diesem Phänomen.

(**b**) *hohe Rechtssicherheit*, bedingt durch

1. *klare* Interpretation dessen, was ein Delikt sei, nämlich wie oben (s. **a.1**). Es gibt nur wenige Fälle, in denen einem Handelnden nicht klar ist, ob er das Eigentum eines anderen widerrechtlich benutzt oder nicht. Bei keinen anderen Handlungen braucht er Angst zu haben, verfolgt zu werden, wie dies in Systemen mit positivem Recht so oft der Fall ist.

2. Verklagbarkeit aller Rechtsorgane bei ganz unabhängig von den verklagten Organen existierenden Rechtsorganen. Richter richten nicht über Richter, die dem gleichen Arbeitgeber verpflichtet sind und eine berufsständische Haltung herausbilden, sondern Konkurrenten treffen aufeinander. Polizisten genießen keine Privilegien, vielmehr werden ihre Gewalthandlungen mit ganz besonderem Misstrauen begutachtet.

(**c**) *situative Gerechtigkeit*, bedingt durch

1. Anbindung der Klageerhebung an die Klage des Opfers. Es gibt keine hoheitlichen Rechte, einen Menschen zu verklagen, wenn niemand sich als Opfer fühlt und sein Opfersein beweist.

2. Anbindung der ›Strafe‹ an den Schaden, den das Opfer genommen hat. Alle Leistungen des Täters kommen dem Opfer zugute. Es gibt keine ›abstrakte‹ Strafe, die etwa Freiheit entzieht, nicht um dem Opfer zu seinem berechtigten Regress zu verhelfen, sondern den Täter zu ›bestrafen‹. Die Trennung von Täter und Opfer durch den Staat, der dann den Täter bestraft und das Opfer versorgt, ist der Tod der Gerechtigkeit.

Aus dem Punkt **c.1** ergibt sich, dass ich gegen das augenblickliche Homesteading-Prinzip bei Mord Einwände habe. Mord wäre berechtigterweise eine hoheitliche Angelegenheit der staatlichen Gerichte; wobei, soweit vorhanden, Angehörige und enge Freunde als Nebenkläger und Empfänger des Regresses zugelassen sein müssten. Von diesem einen Punkt abgesehen hat mich erst die *Praxis* des tomasischen Rechts gegen meine frühere theoretische Position überzeugt, dass private Rechtsfindung möglich und der staatlichen Rechtspflege überlegen ist.«

Errico Gatablanco. Einen anderen Aspekt des tomasischen Rechts beleuchtete Gatablanco vor einer Gruppe von europäischen Umweltschützern, die Anfang 1984 in Tomasia sich über die dortige Auseinandersetzung mit der Ökologie-Problematik informierten wollten:[1]

»Verehrte Damen und Herren! Zur Vorbereitung unseres Treffens habe ich mich ein wenig in die Argumentationen von europäischen Ökologen eingelesen. Es scheint mir keine Karikatur zu sein, wenn ich aufgrund üblicher ökologischer Argumentation folgende Hypothese formuliere: Ein Land, das wie die Tomasische Republik von radikalem Kapitalismus gekennzeichnet ist, kann aufgrund des ungezügelten individuellen Strebens nach privater Gewinnmaximierung ein kollektives öffentliches Gut wie Umwelterhaltung nicht erreichen.

Die Hypothese lässt sich, so meine Behauptung, in Tomasia empirisch widerlegen. Sie vergisst, dass Liberalismus nicht bloß eine Wirtschaftsordnung der Gewinnmaximierung ist, sondern auch und vor allem eine Rechtsordnung, die auf Achtung vor dem Eigentum Anderer beruht. In meinem Land ist Umweltverschmutzung stets Verschmutzung von jemandes Eigentum. Wenn der Besitzer des verschmutzten

---

1 Dokumentiert in: *Natur*, Mai 1984; Ausschnitt. Es gab kaum sonst eine Auseinandersetzung mit dem Tomasischen System in Medien der BRD.

Eigentums etwas gegen die Verschmutzung hat, so kann er gegen den Verschmutzer auf Unterlassung, auf Zahlung von Regress oder auf Zahlung einer Gebühr für die Erlaubnis der weiteren Verschmutzung klagen.

Wie das tomasische Rechtsprinzip in der Frage der Umwelt funktioniert, kann ich Ihnen an der Entwicklung unseres Straßenverkehrs erläutern. Als Sie vom Santo Tomás International Airfield in die Stadt gefahren sind, benutzten Sie ›*Jitney Transit*‹, eine Einrichtung, die nach der Idee des US-Amerikaners David Friedman 1978 aufgebaut wurde; übrigens gegen den Widerstand der Taxifahrer, die seitdem einen schweren Stand haben. Jitney Transit ist ein Zwischending zwischen Taxi und Trampen.[1] Jeder Autofahrer kann gegen eine geringe Gebühr die Infrastruktur von Jitney Transit benutzen und sich auf seinen Fahrten durch die Stadt etwas dazuverdienen, wenn er bei den Jitney-Stops Passagiere aufnimmt. Er fährt seine normale Route und setzt seinen Passagier an dem letzten Stop ab, der noch auf dessen Weg liegt.

Sie haben gesehen, wie gut das sogar für Fremde klappt, die sich nicht in der Stadt auskennen. Über den Jitney-Funk bekommt jeder Fahrer Informationen, wie weit sein Weg mit dem seiner Gäste übereinstimmt. Einen so billigen Transport bekommen Sie nirgendwo sonst in der Welt. Aber entscheidend: In Santo Tomás ist die Verkehrsdichte geringer als in jeder vergleichbaren lateinamerikanischen Stadt; dagegen ist die Mobilität der Gesamtbevölkerung höher.

Nun, warum nehmen Autobesitzer von Santo Tomás die Mühen auf sich, die mit einem Anschluss an Jitney Transit verbunden sind? Es gibt dafür einen gewichtigen Grund: Autofahren ist bei uns verdammt teuer und das, obwohl wir

---

1 [In Zeiten von Mitfahrzentralen, Uber und Carsharing kann man sich kaum vorstellen, wie revolutionär diese Idee *damals* war. – Anm. d. Hg.]

weder Steuern auf Benzin noch auf Automobile erheben. Die Straßen unseres Landes sind zum größten Teil Privatbesitz. Sie finanzieren sich aus den Gebühren der Autofahrer entsprechend ihrer Kilometerleistung. Die drei wesentlichen Straßenunternehmungen von Santo Tomás haben solch eine Regelung gefunden, die Mauterhebung an den Übergängen zwischen den Eigentümern überflüssig macht. Davon ausgenommen sind Spezialstraßen und Straßen in Wohnvierteln, die nur den Anwohnern offen stehen. Wer nicht Auto fährt, bezahlt nicht für Straßenbau und Straßenerhaltung.

Aber mehr noch: Schon in den [19]60er Jahren, zu Beginn der Revolution, haben unsere Gerichte, deren einziger Rechtsgrundsatz der Schutz des Eigentums ist, festgestellt, dass die Eigentümer der Straßen haftbar sind für Lärm- und Abgasbelästigung. Das ist für uns nur logisch: Von wessen Eigentum eine Schädigung auf ein anderes Eigentum wirkt, der ist regresspflichtig, auch wenn die aktuelle Schädigung durch einen Dritten verursacht ist; doch dieser Dritte, also in unserem Falle der Autofahrer, benutzt das Eigentum, also die Straßen, aufgrund der von dem Besitzer verfügten Bedingungen. Der Besitzer ist in der Lage, die Bedingungen zu ändern, die Schädigung zu unterbinden.

Diese Regelung hat in zwei Richtungen geführt: Früher als überall auf der Welt sind bei uns Einschränkungen der Fahrpraxis mit Hinblick auf Umweltschutz erlassen worden; die dennoch vom Verkehr ausgehende Belästigung hat Straßenbesitzer zu hohen ständigen Regresszahlungen gezwungen, die sie den Autofahrern in Rechnung stellten. Der Preis des Autofahrens stieg dermaßen, dass eine explosionsartige Vermehrung des Straßenverkehrs, wie sie in anderen Ländern stattfand, ausgeschlossen war.

Auch dem Ausbau des Straßennetzes sind Grenzen gesetzt. Zum einen kennen wir hier kein Enteignungs->Recht< >im öffentlichen Interesse‹ mehr. Keine Straßenplanung kann mehr gegen den Willen der Grundstückseigentümer durchgesetzt werden. Zum anderen sind die ökologischen Veränderungen, die Straßenbau eventuell verursacht, regresspflichtig. Vor einigen Wochen hat die Straßenbetreiberin, A. P. ihren Plan einer großangelegten Umgehungsautobahn um Santo Tomás aufgegeben. Etliche Gebäudebesitzer befürchteten eine Grundwasserspiegelabsenkung und klagten auf Unterlassung des Projekts. Völlig geklärt ist die Frage in technischer Hinsicht noch nicht. Aber durch vier Instanzen hinweg entschieden die Richter, dass das Risiko zu groß sei; die A. P. müsste, um die Umgehung doch noch bauen zu können, bessere Gutachten als bisher vorlegen.

Ich möchte noch auf den in lateinamerikanischen Vergleich unübertroffenen Sicherheitsstandard, die niedrigen Unfallzahlen gerade mit schweren Personenschäden, hinweisen, den unsere privaten, konkurrierenden und gerichtlich belangbaren Straßenbetreiber erreicht haben und den unsere Autofahrer einhalten, weil auch bei ›fahrlässiger Tötung‹ erhebliche Regressforderungen anstehen.

Sicherlich: Durch unsere Rechtsordnung ist der Ausbau der Infrastruktur langsam. Wenn wir mit Gesetzen die Infrastruktur geschützt, mit Subventionen sie unterstützt hätten, hätte wir schätzungsweise 2 % bis 5 % mehr jährliches Wirtschaftswachstum in den Jahren 1975-1980 erreicht. Aber so, wie es bei uns gelaufen ist, haben wir eine Infrastruktur, die mit den Wünschen der Leute übereinstimmt und nicht das, was sie an Fortschritt bringt, an anderer Stelle wegnimmt.

Der Schlüssel zur Umwelterhaltung ist nicht, Regierungen zu bewegen, andere Entscheidungen zu treffen. Die Entscheidungen mögen ebenso falsch sein; die Liebe der europäischen Ökologen zur Eisenbahn etwa ist unangebracht. Unsere Eisenbahngesellschaft jedenfalls hat kaum geringere

Schwierigkeiten als die Straßenbetreiber. Der Schlüssel ist das Eigentumsrecht: ist die radikale kapitalistische Rechtsordnung.«

Wirtschaft

Rudolf Hufnagel. Der marxistische Gegner der Revolution fasst seine Ablehnung so zusammen: »Die Tomasische Republik wird heute beherrscht durch die ungezügelte Macht der Monopole. Ohne jede Beschränkung werden Kapitale akkumuliert, die einen ungeahnten Boom des Reichtums für die Reichen bedeuten. Und die Reichen werden reicher, ohne dass auch nur der Anschein eines Ausgleichs gegeben wird. Darum darf niemanden verwundern, dass der Abstand zwischen Arm und Reich ständig größer geworden ist.«[1]

Fidel Borrego. In einer Besprechung[2] von Hufnagels Buch geht Borrego kurz auf die marxistische Kritik ein: »Der Autor meidet jede Bezugnahme auf absolute Zahlen. Ja, die Reichen werden reicher. Aber die Armen werden *auch* reicher. Der Lebensstandard der sog. ›untersten 10 %‹ der Bevölkerung liegt in Tomasia um 150 % über dem Lebensstandard der ›untersten 10 %‹ in dem Wirtschaftswunderland Brasilien, schätzungsweise 70 % über den ›untersten 10 %‹ in der Lohnhierarchie Cubas. Die tomasische Hungerhilfe, die bei Bedrohung des Existenzminimums eingreift, betreut kaum 2 % der Bevölkerung. Diese Leistung muss an der Tatsache gemessen werden, dass die Bevölkerung sich in zwanzig Jahren verdreifachte. Da auf eine größer werdende *relative* Diskrepanz zwischen den Spitzen- und den Niedrigeinkommen hinzuweisen, ist lächerlich.«

Benjamino Barbarojo. Er besprach Hufnagels Buch auch.[3]

1 Hufnagel, S. 11.
2 *La Patria*, 1. 2. 1969.
3 *Occidente*, 31. 1. 1969.

Zu der zitierten Stelle schreibt er: »Was ist ein Monopol? Ein Monopol, das auf einhelligen Käuferentscheidungen beruht, ist nicht schädlich, sondern gut: so gut, dass die Käufer keine Alternative wünschen. Nur wenn ein Monopol davor geschützt ist, dass bei Wandel der Käuferprioritäten oder bei Sinken der Anbieterleistung o. ä. Konkurrenz entsteht, kann von schädlichen, ausbeuterischen Monopolen gesprochen werden. Da es solchen Monopolschutz, der immer vom Staat ausgeht, in Tomasia (fast) nicht gibt, gibt es bei uns (kaum) ausbeuterische Monopole.«

Kultur
Pablo Hombueno. Vor tomasischen Katholiken, die nach der Exkommunikation Hombuenos durch den Papst aus der Kirche ausgetreten waren oder als Kirchenmitglieder gegen die Exkommunikation protestierten, sprach Hombueno.[1] Unter den Anwesenden befand sich auch Erzbischof Blanco. »Liebe Freunde! Wir sind enttäuscht. Es geht nicht um die Person. Wenn ich geirrt habe, werde ich zurecht bestraft. Wir sind enttäuscht, dass der Papst keine Worte fand dafür, dass *Amnesty International* keine Menschenrechtsverletzung seit 1967 in Tomasia mehr festgestellt hat. Eine solche Feststellung gibt es nicht einmal für die Gringos. *(Beifall.)* Stattdessen hat er die Unmenschlichkeit der Schwangerschaftsabbrüche gegeißelt. Ja, ich darf sagen, dass auch ich die Abtreibung ablehne, nicht weniger als der Heilige Vater selbst. Aber was sollen wir von einem Sozialisten in Gewändern des Papstes erwarten? *(Beifall.)* Dass er sich auf die spirituelle Macht des Geistes und diejenige des Glaubens nicht verlässt, die einzige der Kirche und ihrer wunderbaren Tradition zu-

---

1 Dokumentiert in: *Die Zeit*, 26. 10. 1984. Neben dem Artikel in der Natur und Mestmärkers Beitrag eins der wenigen Zeugnisse von deutscher Wahrnehmung der Tomasischen Verhältnisse.

kommende und geziemende Macht, sondern auf die weltliche Macht des Staats, des Hasses, die Macht des Konfliktes, die Macht, die immer das Gegenteil ihrer guten Intentionen erreicht! Der Papst sagt: ›Ein Land, dessen Führer sich vom christlichen Glauben durchdrungen wähnen, darf keine Abtreibung dulden, darf nicht auf jede gesetzliche Regelung des Ehelebens verzichten, darf nicht jede Zügelung der Pornographie unterlassen, darf nicht jede soziale Verantwortung gegenüber skrupellosem materialistischen Gewinnstreben ableugnen. Wiederholt haben wir betont, dass der Glaube nicht die politischen Geschicke eines Landes bestimmen kann; aber wenn sich die Führer eines Landes, in dem nicht die einfachsten Formen christlicher Nächstenliebe geübt werden, christlich nennen, so dürfen wir nicht schweigen.‹ Woitila: Hat der Ghostwriter, der Dir dies aufschrieb, im Kreml oder im Weißen Haus gesessen? Hat er den Finger an dem Knopf, der unser aller Tod sein kann? *(Beifall.)* Nach der Abschaffung der standesamtlichen Eheschließung sind die kirchlichen Eheschließungen um die Hälfte gestiegen. Die Aufhebung des Abtreibungsverbots hat unermessliches Elend für Tausende von Frauen verhindert, ja auch Elend vielen nicht-geborenen Kindern erspart. Es gibt, vielleicht, bessere Möglichkeiten als Abtreibung: ich wünsche das und fördere das – aber das Verbot ist die schlechtere Lösung. Nun zur Pornographie: Sollte der Papst nicht das Augustin-Wort kennen, der Versuch, die Hurerei polizeilich abzuschaffen, würde mehr Schlechtes bringen als Gutes? Um wie viel mehr muss das von der Pornographie gesagt werden! Vielleicht ist dieser Sozialistenknecht *(Beifall)* nicht stark genug, die Straßen von Santo Tomás Innenstadt zu durchqueeren, vorbei an jenen Plakaten und Leuchtzeichen, die in ihrer widerlichen Schmierigkeit doch Zeugnis von der Schönheit dieses Landes sind, weil Schönheit ohne Freiheit nicht atmen kann und Schönheit verblüht, wenn Hässlichkeit unterdrückt wird – vielleicht ist der Papst diesen Anfechtungen nicht gewachsen. Die tomasischen Katholiken sind es! *(Beifall.)* Der Papst sprach von ›Führern‹. Hat er nicht begriffen, dass dieses Land von freien Menschen bewohnt wird, die keine Führer brauchen und die bloß von der Autorität des Geistes und, jedenfalls die Gläubigen, von der Autorität der Geistlichkeit geführt werden? Unsere Christlichkeit drückt sich in unseren Herzen aus, nicht in dummen Gesetzen und schießwütiger Polizei. Aber die Ungläubigen erschlagen wir nicht, wir disputieren mit ihnen. Staat und Glaube, Staat und Kirche, betrügen wir uns hierüber nicht, sind Gegensätze.«

Lauren Jackson. In der us-amerikanischen chérieistischen Zeitschrift »*Libertarian Vanguard*« notiert Jackson:[1]
»Die Überbetonung ökonomischer Aspekte in der [nord-]amerikanischen chérieistischen Bewegung scheint mir verfehlt. Nicht nur die Wirtschaft bedarf der Freiheit, auch und gerade die Kultur ist auf sie angewiesen. Die subventionslose Politik Tomasias hat eine lebendige Kultur von Straßen-, Keller- und Kleinkunsttheatern, von den zahllosen kleinen Amateurorchestern, von den hochwertigen Rundfunk- und Fernsehstationen im lokalen Bereich hervorgebracht. Alles das bleibt nicht auf eine ›Hauptstadt‹ beschränkt, vielmehr ist es gleichmäßig verteilt über unser [sic] ganzes Land.«

Zum Skandal um »Walden III«[2]

Im März 1960 begann die frühere Prostituierte und spätere politische Aktivistin Lauren Jackson, sich an einem einsamen kanadischen See, den sie nach ihrem großen Vorbild

---
1 August 1983.
2 [Folgender Text stammt aus der Einleitung zu einer nur geplanten Einzelveröffentlichung der Tagebücher von Jackson. – Anm. d. Hg.]

»Waldensee« taufte, ein Blockhaus zu zimmern. Jackson, 1920 geboren und 1988 gestorben, lebte fast drei Jahre in der Einsiedelei. Während der ganzen Zeit hat sie sich tagebuchartig Aufzeichnungen zur Autobiographie gemacht. Drei Hefte sind uns zugänglich: Diese Hefte – Frühjahr, Sommer und Herbst 1960 – schenkt sie ihrem Freund, dem Schriftsteller Ernest Younger. In welcher Weise er von den Notizen Gebrauch macht, beschreibt er in seinem Geleitwort. Nach ihrem Tod publiziert er die Aufzeichnungen.

Die Herausgabe von Jacksons »*Walden III*« hat zu einem internationalen Skandal geführt, dessen Ursache nicht in den Texten selber zu finden ist, sondern in den Umständen ihrer Publikation. Obwohl Ernest Younger sich ein »reines Interesse an der Person«, wünschte, »die in jeder Zeile, auch der theoretischsten, hervorscheint«, gab es zunächst und vor allem ein Interesse ganz anderer Art.

Lauren Jackson war fünfzehn Jahre lang (ca. 1944 bis 1959) Geliebte von Anne R. Chérie (*1930 †1963), Revolutionsführerin und Präsidentin (1961 bis 1963) der Tomasischen Republik der Karibikinsel Ossuor. Die »chérieistischen« Nachfolger haben ihr Vorbild zu einer Heiligen stilisiert und ihre lesbischen, und überhaupt: ihre sexuellen, Bedürfnisse ausgeblendet.

Um das Erscheinen des »kompromittierenden« Buches zu verhindern, hat sich der ansonsten durchaus liberale »Informationsminister« Errico Gatablanco dahin verstiegen, der US-Regierung anzubieten, ein Prinzip der Tomasischen Republik zu opfern: nämlich das Angebot, sich am »Krieg gegen das Rauschgift« zu beteiligen. Seit der Revolution 1961 betrachtet Tomasia den Handel mit Drogen als legal und weigert sich, »opferlose Handlungen«, die in anderen Ländern gegen das Gesetz verstoßen, zu verfolgen. Glücklicherweise verfügte die US-Regierung aber nicht über die

Macht, das Erscheinen von Büchern zu kontrollieren, obwohl sie sicherlich gern auf das Angebot eingegangen wäre. Die Sache kam raus und Gatablanco musste zurücktreten.[1] In den Tagebuch-Notizen »*Walden III*« wird Gatablanco menschlich neutral, doch mit intellektueller Hochachtung erwähnt.[2] Erst später, in *I Remember ARC*, taucht Jacksons Ablehnung auf. Eventuell datiert sie aus der Zeit nach der Revolution. Zur Rechtfertigung der Zensur-Bestrebungen schrieb Gatablanco etwa: »Jackson ist schrecklich. [...] Das Erscheinen dieses Buches zeigt die sogenannte [!] Pressefreiheit von ihrer übelsten Seite, dem Missbrauch. Niemand würde solche abartigen Gedanken lesen wollen, würden sie sich nicht der Schlüssellochperspektive auf unsere geliebte Revolutionsheldin bedienen. [...] L. Jacksons vergammelten marxistisch-sozialistischen [!] Thesen mögen in die Zeit der [19]60er Jahre passen, in unsere Zeit des Zusammenbruchs der kommunistischen Ideologie passen sie nicht. [...] Absichten wie ›das Scheitern meiner eigenen Liebe politisch mit den gesellschaftlichen Verhältnissen erklären zu wollen‹ klingen heute nur komisch: Hier spricht eine Vergangenheit, in der überspannte und gescheiterte Kreaturen mittels einer unglückseligen Ideologie der kleinmachenden Gleichmacherei meinten, den beklagten Zustand des Schlechtweggekommen-Seins ausgleichen zu können.«[3]

Ein zweiter Aspekt hat die Mitstreiter und Freunde – auch die des US-amerikanischen »*Movement of the Chérieist Left*«, das Jackson in den 1980er Jahren ins Leben rief – an den Walden-III-Aufzeichnungen verwirrt: Die Verbindung

---

[1] Vgl. Uesyka Prawon, *Der Fall Gatablanco und der Kampf gegen die internationale Zensur*, Wetzlar 1990.
[2] [Allerdings verflucht Jackson schon im Tagebuch Gatablancos Begriff »desdoblar« (verdoppeln); wie oben sogar gleich zwei Mal zitiert, S. 56 und S. 123. – Anm. d. Hg.]
[3] Errico Gatablanco, in: *El Espectador Nuevo*, 26.12.1989.

mit Ernest Younger. Ihre Freundschaft zum konservativen, ja oft »faschistisch« gescholtenen Autor war zwar nicht ganz unbekannt, aber die intime Beziehung, die geistigen Verwandtschaft, die enge Zusammenarbeit war nur wenigen Vertrauten klar. Selbst Sam Niknock III, einer ihrer engsten politischen Weggefährten der letzten Jahre, konnte »ein Befremden schlecht verhehlen«.[1] Unter den alten tomasischen Freunden hat sich bloß der radikale Benjamino Barbarojo vorbehaltlos positiv geäußert: »*Walden III* ist eine Offenbarung. Obwohl ich gewiss nicht mit jeder Zeile, jedem Wort übereinstimme, begrüße ich, dass Jackson die radikale Ursprünglichkeit von Chérie wieder in Erinnerung ruft. [...] In diesen Notizen zeigt unsere unvergessene Freundin Lauren Jackson, dass sie nicht nur ein ›Anhängsel‹ ihrer Freundin ist, wie die Biographien-Schreiberlinge von Henríquez bis Tembrins[2] uns einreden wollten, sondern eigenständige Gedanken hat, eine Philosophie, die weniger politisch, aber dafür weitläufig humanistischer ist. [...] Ich meinenteils habe mich besonders an den Thomas-Stellen gefreut. Wenn ich mich auch für einen besseren Kenner des Gesamtwerkes als sie halten darf, wäre es mir unmöglich, mit knappen Zitaten zu belegen, dass Thomas in der Tat der radikalste Vernunftethiker überhaupt ist. Und das ist logisch nichts anderes als politischer Anarchismus. [...] Meine zusammenfassende Bewertung lautet: Lauren Jacksons ›*Walden III*‹ gelten mir als die ›*Minima Moralia*‹ des Neothomismus.«[3]

Benjamino R. Barbarojo hat die Publikation in Tomasia veranlasst und gegen allen Widerstand durchgesetzt.

---

1 Vgl. Samuel Niknock III, *Lauren Jackson, Revolutionist, in memoriam*, in: The New Chérieist, Frühjahr 1989.
2 Barbarojo bezieht sich auf die erste Chérie-Biographie von mir (Wetzlar 1989), die ich leider noch ohne die Kenntnis der Tagebücher von Jackson verfasste.
3 Benjamino R. Barbarojo, in: *Teoría crítica*, 6. 1. 1990.

BIBLIOGRAFIE

Los autos de policía sobre Anne R. Chérie (alle sind zugänglich im *El archivo revolucionario*, Santo Tomás)
Barbarjojo, Benjamino, *Aristoteles y Tomás de Aquino sobre sociedad, derecho y libertad* (1931, Diss.), S. Tomás 1934
———, *Hombre, economía y estado*, Santo Tomás 1948 u. ö.
———, *Ausgewählte Schriften des »Zentrums für katholische Soziallehre«*, 1965, dt. Freiburg 1967
———, *Lauren Jackson 1920-1988, amiga*, in: *Teoría crítica*, am 6. 1. 1990
———, Nachwort: *Collected Essays of Lauren Jackson* (s. d.)
Barbarojo/Ovo/Chérie, *La condición al campesinos*, Santo Tomás 1958
Borrego, Fidel, in: *La Patria* 31. 5. und 1. 6. 1964; 1. 2. 1969
Callejas, Liberto (Niño), *Psicología con San Tomás de Aquino*, Santo Tomás 1927; deutsch *»Die Psychologie des heiligen Thomas von Aquin«*, Frankfurt/M. 1957
———, *Sobre moralidad de acción* (Übersetzung aus der *Summa theologica*), Santo Tomás 1928; dt. (Übernahme der Auswahl und des Kommentars) *»Zur Sittlichkeit der Handlung«*, München 1990
———, *La ética filosofía con Santo Tomás de Aquino*, Santo Tomás 1929
———, *Virtud de comunidad* (Übersetzung aus der *Summa theologica*), Santo Tomás 1931, dt. (Übernahme von Auswahl und Kommentar) *»Tugenden des Gemeinschaftslebens«* als Band 20 der Thomas-Ausgabe, Jena 1943
———, *Interviú*, Santo Tomás 1964

Chérie, Anne R., *Gesammelte Reden und Erklärungen*, hg. u. eingel. v. T. Jefeliejo und B. R. Barbarojo (Hg.), Reinbek 1981 (Orig. 1965; erweiterte Neuauflage 1980)

———, *Rousseau, estado y anarquía: El >contrat social< y la revolución americana*, Santo Tomás 1959

Doenecke, Justus, *Not To The Swift: The Old Isolationists In the Cold War Era*, Lewisburg 1979

Gärtner, Willie, *Interview*, 1962 (im Besitz von Henríquez; spanische Übersetzung in dessen Biographie)

Gatablanco, Errico, *La teoría crítica de neotomismo* (Diss., 1956), Santo Tomás 1961

———, in: Natur, Mai 1984

———, *Protesta con L. Jackson*, in: *El Espectador Nuevo*, am 26. 12. 1989

Gatablanco/Hombueno, in: *Occidente*, 15. Dezember 1967

Henríquez y Cavajal, Francisco, *Barco de fuego*, 1925, dt. als »*Feuerschiff*«, Leipzig 1928

———, *Historia de torno*, 1931, dt. als »*Windgeschichten*«, Frankfurt/M. 1951

———, *Monte cardo*, 1955, dt. als »*Distelberg*«, Berlin 1956

———, *Habla, lengua y idioma*, Santo Tomás 1957

———, *La biografía de Anne R. Chérie*, Santo Tomás 1962

Hombueno, Pablo, *La ética sexual con Santo Tomás de Aquino* (1930, Diss.), Santo Tomás 1961 u. ö.

———, in: *El Espectador*, 9. Juli 1937

———, Dokumentation der Rede gegen den Papst anlässlich der Exkommunikation führender Neothomisten, in: *Die Zeit*, 26. Oktober 1984

Hufnagel, Rudolf, *Chérie – Hure auf dem Thron*, Berlin 1968

Jackson, Lauren, *I Remember ARC*, New Rochelle 1963

———, (unter Mitarbeit von Pablo Hombueno), *St. Thomas on the Nature of Angels* (Übersetzung von und Kommentar zu »*De subtantiis separatis*«), Westport 1965

———, *Action Doomed Doing the Wrong Thing*, 1969, Nachwort zu: Ernest Younger, *Helios City*, jetzt auch in ihren: *Collected Essays ...* (s. d.)
———, *Paul, I Miss You*, in: *Berkely Bab* Nr. 13, 1972, jetzt auch in ihren: *Collected Essays ...* (s. d.)
———, (mit Benjamino Barbarojo), *What Is Left? Building the Chérieist Economy*, San Francisco 1975
———, *On the Death of Herbert Marcuse*, in: *The New Yorker*, 12/1978, jetzt auch in: *Collected Essays ...* (siehe dort)
———, (mit Samuel Niknock), *Move Up To the Chéieist Left*, Santa Barbara 1982, jetzt in: *Collected Essays ...* (s. d.)
———, (mit Heddy Hence, Wendy McRand und Voltairine Nichols), *On »Feminist Individualism«: Against Fascist Feminism*, in: *Mother Earth* 5/1988, jetzt in: *Collected Essays ...* (s. d.)
———, *The Collected Essays of* Lauren Jackson, 1964-1988, ed. Benjamino Barbarojo, New York (englisch) / Santo Tomás (spanisch) 1990
Jauve, Marguerite, *Die Tomasische Revolution*, Wetzlar 1967 (Orig. 1964)
———, in: *El Espectador Nuevo*, am 3. Dezember 1967 und 18. Oktober 1984
Jefeliejo, Tomaso, in: Chérie, *Gesammelte Reden ...*, S. 5-12
———, *Política a la revolución* (das sind seine gesammelten Aufsätze, Reden und Erklärungen), Santo Tomás 1984
Leonard, Albert, *Ernest Younger: Rightist Critic of American Imperialism*, New York 1987
Llosa, Carlos J., *Cuando ya no importe: El mundo de Francisco Henríquez y Cavajal*, Madrid 2008
Mästmarker, Franz-Jochen, *Vom Bürgerkrieg als Utopie*, in: *Ordo*, Stuttgart 1981
Morph, Gabriel, *Is the Chérieist Movement Burried Together With Lauren Jackson?* In: *Vanguard* 3, 1990

Nichols, Voltairine, *Walden Goes Hip*, in: *Journal of Chérieist Feminism*, Herbst 1990

Niknock III, Samuel, *L. Jackson, Revolutionist, in memoriam*, in: *The New Chérieist*, Frühjahr 1989

Ovo, Claira D. V., *Selección de »La ayuda mutua« por Pedro Kropotkin* (Übersetzung und Kommentierung), Santo Tomás 1957

———, Notizen und Fragmente (ediert von Henríquez) in: Hombueno/Gatablanco/Ovo, *La revolución y Anne R. Chérie*, Santo Tomás 1963

Prawon, Uesyka (Hg.), *Die tomasische Revolution im Spiegel der Weltpresse*, Olten 1967 (Nachdruck mit neuem Vorwort Frankfurt/M. 1979)

———, *Der Fall Gatablanco und der Kampf gegen die internationale Zensur*, Wetzlar 1990

Tembrins, Karola, *Zum kritischen Pragmatismus Pablo Hombuenos: Lehre und Bild der Gesellschaft*, Wetzlar 1983

Younger, Ernest, *Capitalism Is Doomed*, 1931, in Neuauflage mit einer Einleitung von Albert Leonard »*What the Old Isolationists Really Stand For*«, New York 1988

———, *Facism Coming In America*, 1936, in Neuauflage mit dem Nachwort von Albert Leonard »*The Prophecy of the Coming of Domestic Fascism in America*«, New York 1973

———, *The Other Side of Pearl Harbor*, in: *Human Events*, Mai 1943

———, *Peace is War*, 1946, zusammen mit dem Essay »*Cold War Was Not A Favorit Song Among Our* ›literati‹« von Albert Leonard, New York 1968

———, *Helios City*, 1958, in der Neuauflage mit einem Essay von Lauren Jackson »*Action Doomed Doing the Wrong Thing*«, New York 1969

———, *Venator City Limits*, 1964, New York 1981

Stefan Blankertz
Penelope Heiler: Kampf dem Gesundheitsterror
2068-2077

2068: Europa ist mit China verbündet. Die USA sind der dämonisierte Feind. Statt *Denglisch* spricht man *Chineutsch*. Am Arm muss ein jeder sein »Zwanjang« tragen, ein Gerät, das einem sagt, was gesund ist. Die Regierung besteht aus nichts mehr als dem Gesundheitsministerium, dem allgewaltigen Zentrum der Herrschaft. Wer nicht auf sein Zwanjang hört, kriegt Strafpunkte. Zu viele Strafpunkte führen zur Entmündigung. Alle unterwerfen sich. Alle? Nein, eine Gruppe von Alten probt den Aufstand. Und schon bald schließen sich auch junge Studenten dem Protest an. Unter ihnen Penelope Heiler. Als ihr Freund, einer der renitenten Alten, stirbt und Penelope die mysteriösen Umstände seines Todes aufklären will, wird sie zur Ikone des Widerstandes.
Von der Wirkungslosigkeit des auf bloßen Spaß und Kreativität gegründeten Widerstandes entnervt, geht sie 2077 in den bewaffneten Untergrund. Als sie erkennt, dass sie den falschen Weg eingeschlagen hat, ist es zu spät. Sie muss erfahren, wie ihr Idealismus sie zum Spielball fremder Interessen macht. Welche Möglichkeiten bleiben ihr? Bis zum bitteren Ende gibt sie nicht auf.

Roman · edition g. 207 · ISBN 978-3-8391-1275-5

Stefan Blankertz
Das illustre Maodeking:
Anleitung zur Politik der Achtsamkeit

Ein achtsamer Umgang mit den Opfern der Politik und den Mitteln des Kriegs verbietet jedes Relativieren. Dass die »andere« Seite auch Terror ausgeübt habe, ist kein moralischer Freispruch, egal für welche Ideologie, Religion oder noch so herrliche Zukunftsvision.

Lebe dein Trauma! Das Maodeking, ein postmodernes Weisheitsbuch. Zu lesen wie ein spirituelles Retreat. Immer noch werden die Opfer des »wohlmeinenden« Kommunismus als Opfer zweiter Klasse gegenüber Opfern des Nationalsozialismus und Faschismus behandelt. Gegen solche menschenverachtende Haltung ist *Das Maodeking* angeschrieben.

Eine Montage von lyrisch verfremdeten Zitaten aus dem *Tao te king*, der *Bibel*, dem *Koran*, aus dem Kriegstagebuch irgendeines unbekannten Soldaten irgendeines Schlachtfeldes im 20. Jahrhundert, von Joseph Stalin und Mao Tse-tung über Heinrich Mann und Heinrich Himmler bis zu Ernesto »Che« Guevara und Jean Paul Sartre, konfrontiert mit den grausigen Fakten der durch den Staat Ermordeten – ein empörter Aufschrei gegens Morden namens »Menschlichkeit«.

Die dreizehn Pop-Art-Farbtafeln nebst den launischen Kommentaren dieser Ausgabe in Hardcover und mit Fadenheftung des Paperbacks von 2014 lassen es zum *illustren* Maodeking werden.

13 farbige Illustrationen, Hardcover, Fadenheftung
edition g. 308 · ISBN 978-3-7412-7213-4